MANIAC

Benjamín Labatut

MANIAC

EDITORIAL ANAGRAMA
BARCELONA

Ilustración: © Bennett Miller, a partir de una imagen generada por DALL·E2; diseño de lookatcia
Imágenes del interior: Paul Ehrenfest, Paul «Parlik» Jr. y Albert Einstein, junio 1920, cortesía del asociado de Paul Ehrenfest/Wikimedia Commons; John von Neumann, 1956, cortesía del Departamento de Energía de Estados Unidos/Wikimedia Commons; Lee Sedol, © Geordie Wood, 2016

Epígrafe de Hadewijch de Brabante adaptado por Eliot Weinberger en *Angels & Saints*. © Eliot Weinberger, 2020, reproducido con la autorización de New Directions Publishing Corp.

Primera edición: octubre 2023
Segunda edición: octubre 2023
Tercera edición: (primera en México): noviembre 2023
Cuarta edición: noviembre 2023
Quinta edición: enero 2024

Diseño de la colección: Julio Vivas y Estudio A

ISBN: 978-84-339-1100-1
Depósito legal: B. 11509-2023

Printed in Spain

Liberdúplex, S. L. U., ctra. BV 2249, km 7,4 - Polígono Torrentfondo
08791 Sant Llorenç d'Hortons

Para Juana, Julieta, Kali y Pina

Vi una reina, con un vestido dorado, y su vestido estaba lleno de ojos, y todos los ojos eran transparentes, como si fueran llamas ardiendo, y sin embargo parecían cristales. La corona que usaba en su cabeza tenía tantas coronas encima, una sobre la otra, como ojos había en su vestido. Se acercó a mí con una rapidez espantosa y puso su pie encima de mi cuello, y clamó en una voz terrible: «¿Sabes quién soy yo?». Y yo le dije: «¡Sí! Durante mucho tiempo me has causado dolor y miseria. Eres la parte de mi alma capaz de razonar».

HADEWIJCH DE BRABANTE,
mística y poeta belga, siglo XIII, fragmento
adaptado por Eliot Weinberger
en *Angels & Saints*

PAUL

o

El descubrimiento de lo irracional

En la madrugada del 25 de septiembre de 1933, el físico austriaco Paul Ehrenfest entró en el Instituto Pedagógico del profesor Jan Waterink para niños discapacitados en Ámsterdam, le disparó a Vassily, su hijo de catorce años, y luego se pegó un tiro en la cabeza. Paul falleció al instante, mientras que Vassily agonizó durante horas antes de ser declarado muerto por los mismos médicos que lo habían cuidado desde su llegada al instituto, en enero de ese año. Su padre lo había traído a Ámsterdam luego de decidir que la clínica donde el joven había pasado casi una década, ubicada en Jena, en el corazón de Alemania, ya no era un lugar seguro para su hijo después de la llegada de los nazis al poder. Vassily (o, más bien, Wassik, como casi todos lo llamaban) padecía síndrome de Down y había tenido que soportar severas incapacidades físicas y mentales a lo largo de toda su vida; Albert Einstein, quien amaba al padre del joven como si fuese su hermano y era un invitado habitual en la casa de los Ehrenfest en Leiden, se refería al niño como «el diminuto y paciente gateador», porque el dolor en sus articulaciones llegaba a ser tan grande que muchas veces Wassik solo podía desplazarse por el suelo, arrastrando las piernas como si fuese un pequeño cocodrilo. Pero incluso entonces no perdía el buen ánimo, ni su entusiasmo aparentemente ilimitado, y apenas escuchaba la voz de su «tío» favorito tras la puerta, reptaba por las alfombras del pasillo, con sus inútiles extremidades a rastras, para ser el primero en saludarlo.

Wassik pasó casi toda su infancia internado en sanatorios y hospitales; sin embargo, era un joven sociable y optimista que a menudo enviaba postales a sus padres en Leiden con pintorescos paisajes alemanes, o cartas escritas en su torpe caligrafía, llenas de relatos sobre las nuevas cosas que había aprendido, o la enfermedad que padecía su mejor amigo, o el enorme esfuerzo que estaba haciendo por ser un buen chico («tal y como ustedes me han enseñado»), o lo enamorado que estaba, no de una, sino de dos de sus compañeras de clase, y también de su maestra, por supuesto, la hermosa señorita Gottlieb, «brillante como un faro y paciente como un ángel», una descripción que conmovía a su padre hasta las lágrimas, porque Paul Ehrenfest era, ante todo, un profesor, un hombre dedicado en cuerpo y alma a la enseñanza, alguien que encontraba el sentido de su vida en la alegre iluminación de los demás, aunque él mismo había sufrido ataques de oscurísima depresión y paralizante melancolía desde que era un niño pequeño.

Al igual que su hijo, Paul había sido una criatura débil y enfermiza. Cuando no sangraba por la nariz, sufría un ataque de tos producto de su asma, o jadeaba, mareado por la falta de aire tras escapar de los matones que lo atormentaban y se reían de él en la escuela –*¡Oreja de cerdo, oreja de burro, eso come el perro judío!*–, fingía alguna otra dolencia, fiebre quizá, o un resfrío, o un dolor de estómago, solo para poder quedarse en casa con su madre, escondido del mundo, arropado en sus brazos, como si de alguna manera, en el fondo de su corazón, el pequeño Paul, el menor de cinco hermanos, hubiese sabido que ella iba a morir antes de que él cumpliera los diez años. Llegó a pensar que todos los sufrimientos y penurias previos a esa gran tragedia habían sido fruto de su premonición, dolores de una pérdida anticipada sobre la cual no podía hablar, ni consigo mismo ni con los demás, por miedo a que, si lo decía en voz alta, si encontraba el coraje para articular su presentimiento en palabras, la muerte de su mamá, ya inevitable, de alguna forma se adelantaría. Así que se mantuvo en silencio, triste y temeroso, cargando un peso que ningún niño debería tener que soportar, una oscura profecía cuya influencia no terminó jamás, porque se extendió más allá de la agonía de su madre, y más allá del fallecimiento de su padre, seis años después que el de ella, marcando el compás de su vida como el lejano tañido de una campana, hasta el día de su muerte, por su propia mano, a los cincuenta y tres años de edad.

Vivió en conflicto consigo mismo y con el mundo, pero también fue el miembro más dotado de su familia, y el mejor estudiante de todas las clases en que participó. Era muy querido por sus amigos y apreciado por sus compañeros y profesores, pero nada podía convencerlo de su propio valor. Aunque inseguro y extremadamente melancólico, no conocía la introversión; muy al contrario, vertía hacia afuera todo lo que su cerebro era capaz de absorber, deleitando a quienes lo rodeaban con fantásticas demostraciones de conocimiento y una prodigiosa capacidad para expresar las ideas más complejas con imágenes y metáforas que cualquier persona podía comprender, trenzando conceptos de campos absolutamente disímiles, extraídos de la enorme biblioteca con que alimentaba su voraz inteligencia. Paul se nutría de todo lo que lo rodeaba, sin hacer ninguna diferencia. Su alma porosa carecía tal vez de una membrana protectora, porque él no solo estaba fascinado por el mundo, sino que era invadido por sus múltiples formas. Sin nada que lo mantuviera a salvo del vendaval de información que entraba rugiendo en su cerebro, se sentía siempre en carne viva, expuesto y desnudo. Incluso cuando obtuvo su doctorado y se estableció como uno de los profesores más distinguidos de Europa, tras suceder al gran Hendrik Lorentz como director de la cátedra de física teórica en la Universidad de Leiden, lo único que le daba verdadero placer era entregarse a los demás, a tal punto que, según uno de sus más queridos alumnos, «Ehrenfest prodigaba todo lo que era vivo y activo en sí mismo», y parecía «regalar cada uno de sus hallazgos y descubrimientos, sin edificar una reserva personal, algo que funcionara como una fortaleza, en su interior».

Como físico, no hizo ningún descubrimiento trascendental, pero gozó del pleno respeto de figuras tan formidables como Niels Bohr, Paul Dirac y Wolfgang Pauli. Albert Einstein escribió que tan solo un par de horas después de haber conocido a Paul, «sentí como si estuviéramos hechos el uno para el otro, compartíamos los mismos sueños y aspiraciones». Todos estos amigos no solo admiraban la capacidad crítica e intelectual de Ehrenfest, sino también algo muy distintivo: su ética (virtud que suele faltar a los titanes), la firmeza de su carácter, y una profunda necesidad –que podía llegar a ser abrumadora– de aprehender la esencia de las cosas. En su vida y en sus investigaciones, Ehrenfest buscó incesantemente lo que él llamaba *der springende Punkt*, el meollo o corazón de los asuntos, el punto más alto desde donde saltar al abismo, ya que para él obtener un resultado por medio de cálculos y operaciones lógicas nunca era suficiente: «Eso es como bailar sobre una sola pierna, cuando lo fundamental es reconocer vínculos y sentidos en todas las direcciones». Para Ehrenfest la verdadera comprensión era fruto de una red sutil, una en la cual infinitos hilos dorados se unían por el derecho y el revés de la trama; la sabiduría real era una experiencia de cuerpo completo, algo que involucraba todo el ser, no solo la razón y la mente. Ateo, inquisidor, incrédulo y escéptico, se juzgaba a sí mismo bajo un estándar de verdad tan exigente que se volvía un blanco fácil para las burlas y bromas de sus colegas: en 1932, al final de un encuentro que reunió a treinta de los mejores físicos de Europa en el Instituto Niels Bohr en Copenhague, los organizadores escenificaron una parodia de *Fausto* para celebrar el centenario de Goethe, en la que Ehrenfest asumió el rol del gran erudito Heinrich Faustus, quien no se dejaba convencer por el demonio Mefistófeles –interpretado por Wolfgang Pauli– sobre la realidad de los neutrinos, una partícula elemental cuya existencia había sido postulada recientemente. Ehrenfest era conocido como «la conciencia de la física», y aunque había un sutil desprecio en ese sobrenombre debido a la porfiada resistencia que él oponía al camino que estaba tomando la física (y gran parte de las ciencias exactas) durante las primeras décadas del siglo XX, sus colegas lo visitaban asiduamente en su hogar en Leiden, al otro lado del río que lleva ese mismo nombre, para someter sus ideas al escrutinio del implacable tribunal que habitaba la cabeza de Paul, y para recibir los consejos y críticas de su esposa, Tatyana Alexeievna Afanásieva, una matemática consumada por derecho propio, y la única persona ante cuyo juicio Ehrenfest se rendía sin miramientos. Tatyana fue coautora de algunos de los artículos científicos más importantes en la carrera de Paul, incluso el que cimentó su reputación (aunque no la de ella) y lo llevó a ser elegido sucesor del venerado Lorentz. Se trataba de un resumen de la mecánica estadística, el tema preferido del mentor de Paul, Ludwig Boltzmann, el más firme defensor de la hipótesis atómica a finales del siglo XIX y el primero en descubrir el rol que juega la probabilidad en el comportamiento y las propiedades de los átomos, un verdadero pionero cuya vida estuvo marcada por el mismo destino trágico que tanto mortificó a su alumno. Al igual que Ehrenfest, Boltzmann tuvo una vida atormentada e infeliz; padecía episodios de manía incontrolable, seguidos por depresiones abismales cuyo efecto se veía agravado por el feroz antagonismo que sus ideas revolucionarias engendraban en sus pares. Ernst Mach, un positivista acérrimo convencido de que los físicos debían referirse a los átomos solo como construcciones teóricas —ya que, por entonces, no había ninguna evidencia directa de que realmente existieran—, se burlaba de Boltzmann sin cesar, e incluso llegó a interrumpir una de sus charlas sobre los átomos para hacerle una pregunta tan sencilla como cargada de veneno: «¿Alguna vez has visto uno?». El Toro, como sus amigos lo llamaban debido a su corpulencia, cayó en la desesperación producto de la mordacidad de sus críticos, y aunque creó una de las ecuaciones fundamentales de la física modera ($S = k \log W$, su explicación estadística de la segunda ley de la termodinámica), en su vida personal fue incapaz de eludir el inexorable avance de un trastorno mental que parecía crecer —al igual que la entropía del universo que él había capturado de forma tan magnífica en su ecuación— de manera irreversible, arrastrándolo hacia un caos inevitable y fatal. Admitió ante sus amigos que vivía con el temor perpetuo de perder la razón, repentinamente, en medio de una de sus conferencias. Hacia el final de su vida, el asma apenas le dejaba respirar, su visión se oscureció hasta el punto de que ya no podía leer, y las migrañas y los dolores de cabeza se volvieron tan insoportables que su médico le ordenó abstenerse por completo de cualquier tipo de actividad científica. En septiembre de 1906, Boltzmann se ahorcó durante las vacaciones de verano, con una soga que ató al marco de la ventana de su habitación en el hotel Ples, en Duino, cerca de Trieste, mientras su esposa y su pequeña hija nadaban en las aguas turquesas del Adriático. *Expón la verdad, escríbela con claridad y defiéndela hasta tu muerte*: ese era el lema personal de Boltzmann, y Paul, su discípulo más aventajado, lo asumió como propio. La influencia y el respeto que Ehrenfest suscitaba en tantos físicos excepcionales se debía a su capacidad de examinar las ideas de los demás, someterlas a un escrutinio despiadado, comprender sus fundamentos y luego transmitir esa sabiduría con tanta pasión y entusiasmo que sus alumnos sentían que accedían a ellas por acto de magia. «Enseña como un verdadero maestro. Creo que jamás he oído a un hombre hablar con tanta fascinación y genialidad. Maneja la dialéctica de forma extraordinaria, y tiene a su disposición un sinfín de frases significativas y ocurrencias ingeniosas. Sabe cómo volver concretas e intuitivamente claras las cosas más complejas. Y traduce los argumentos matemáticos en imágenes fácilmente comprensibles», escribió Arnold Sommerfeld, quien apreciaba y temía la fama de Ehrenfest como el supremo inquisidor de la física. Paul no era tímido a la hora de señalar los defectos y errores en los argumentos de los demás, y los diseccionaba con la misma crueldad con la que se flagelaba a sí mismo: ese rol suyo fue particularmente importante durante la fatídica Conferencia de Solvay, en 1927, cuando la física clásica se enfrentó a la mecánica cuántica y cambió para siempre. Paul fue el mediador entre los dos protagonistas de esa reunión: Einstein, quien aborrecía el peso que el azar, la indeterminación, la probabilidad y la incertidumbre jugaban en la nueva ciencia de los cuantos, y Bohr, quien buscaba entronizar un tipo de física fundamentalmente diferente para poder sondear el universo subatómico. En un momento álgido del congreso, Ehrenfest caminó al frente del salón donde cerca de treinta premios Nobel se gritaban los unos a los otros en francés, inglés, alemán, holandés y danés, y garabateó unos versículos de la Biblia en el pizarrón para tratar de detener el descomunal cacareo: *Allí confundió Jehová el lenguaje de toda la tierra.* Todos se rieron, pero las discusiones continuaron durante días, con creciente ferocidad, y finalmente la mecánica cuántica acabó triunfando sobre el esquema clásico de la física, a pesar de que era casi incomprensible y radicalmente contraria al sentido común, o quizá debido a eso mismo. Aunque Ehrenfest se alineó con firmeza del lado de lo nuevo, y en un comienzo no se opuso, como sí lo hizo su amigo Einstein, a los principios revolucionarios que venían de Bohr, Heisenberg, Dirac y Born, no podía, sin embargo, evitar la sensación de que habían traspasado un límite fundamental, y que un demonio, o tal vez un genio, había anidado en el alma de la física, un genio al que ningún miembro de su generación podría devolver a su lámpara. Si uno aceptaba las nuevas reglas que gobernaban el reino interno de los átomos, el mundo entero dejaba de ser tan sólido y real como antes. «¡Seguramente hay una sección especial en el purgatorio para los profesores de mecánica cuántica!», le escribió Paul a Einstein cuando regresó de Solvay a Leiden, pero ninguno de sus chistes pudo detener su caída hacia un abismo cada vez más hondo, un pozo oscuro en el cual parecía estar hundiéndose a un ritmo vertiginoso, producto del pánico que le generaba la extraña dirección que su amada disciplina estaba tomando, cada vez más llena de contradicciones lógicas, incertidumbres e indeterminaciones que Paul ya no podía explicar a sus alumnos porque él mismo no hallaba la manera de entenderlas. En mayo de 1931, Ehrenfest le declaró sus miedos a Niels Bohr en una carta: «He perdido por completo el contacto con la física teórica. Ya no puedo leer nada y me siento incompetente e incapaz de adquirir siquiera la más modesta comprensión, ni de encontrar sentido alguno en esta avalancha de nuevos artículos y libros. Tal vez ya no se me pueda ayudar en lo absoluto. Cada nueva edición del *Zeitschrift für Physik* o del *Physical Review* me causa un pánico ciego. ¡Ya no sé absolutamente nada!». Bohr le respondió para tratar de consolarlo, y le dijo que toda la comunidad de la física estaba teniendo problemas para lidiar con los últimos descubrimientos, pero su intento fue inútil; recibió una larga respuesta de Ehrenfest en la que le confesaba que se sentía totalmente exhausto, como un perro que no hace más que correr desesperado tras el tranvía en que su amo se aleja a toda velocidad. Mientras que algunos veían la revolución cuántica como un fuego proteico que los encandilaba con nuevas perspectivas sobre el mundo a un ritmo desenfrenado, Ehrenfest la consideraba un paso atrás, un estancamiento, incluso una degeneración: «¡Esas terribles abstracciones! ¡Ese foco incesante en trucos y técnicas! ¡Esa peste matemática que erradica todos los poderes de nuestra imaginación!», clamaba amargamente ante sus alumnos en la Universidad de Leiden. El nuevo espíritu que animaba la física teórica era totalmente contrario al suyo: el contacto con la realidad concreta de las cosas estaba siendo reemplazado por la fuerza bruta de la artillería matemática, y las fórmulas abstractas habían tomado el lugar de los átomos, las fuerzas y los campos. Paul detestaba a los tipos como John von Neumann, ese prodigio húngaro que se valía de «espantosas armas matemáticas para crear aparatos teóricos incomprensiblemente complejos», casi tanto como odiaba la indigestión que le producía la «infinita fábrica de salchichas de Heisenberg, Born, Dirac y Schrödinger». Lamentaba la actitud de sus estudiantes más jóvenes, que «ya no se daban cuenta de que sus cabezas habían sido convertidas en nodos de un circuito telefónico hecho para comunicar y distribuir mensajes sensacionalistas sobre la física», sin entender que la matemática era –al igual que casi todos los avances modernos– hostil a la vida: «Es inhumana, como cualquier máquina realmente diabólica, y mata a todas las personas cuya médula espinal no está condicionada para encajar dentro del movimiento de sus engranajes». Su autocrítica y su complejo de inferioridad, ya de por sí atroces, se volvieron verdaderamente insoportables. Porque las matemáticas no le resultaban sencillas. Paul no era un computador. No podía calcular con facilidad, y su incapacidad para seguir el ritmo de los tiempos fue alimentando una veta autodestructiva que había sido una constante compañera, una voz interior que le torturaba y le traicionaba una y otra vez. Hacia 1930, las cartas que enviaba a sus amigos no hablaban sino de muerte y desesperación: «Siento con absoluta claridad que destruiré mi vida si no logro controlarme. Cada vez que encuentro la oportunidad para ordenar mis asuntos, veo una especie de caos frente a mí– los adictos al juego o los alcohólicos seguramente deben de ver imágenes similares cuando están sobrios». Su desorden interno reflejaba la turbulencia política y económica que estaba empezando a desgarrar Europa. Oficialmente, Paul era aconfesional: en el imperio austrohúngaro no se permitía que los judíos se casaran con cristianos, por lo que tanto Tatyana como él habían renunciado a sus religiones en 1904 para poder hacerlo; sin embargo, con el antisemitismo burbujeando a su alrededor, Paul empezó a considerar ideas cada vez más morbosas. En 1933 escribió a su amigo Samuel Goudsmit para proponerle un macabro plan cuya intención era sacar de golpe a la sociedad germana del trance inducido por los nazis: «¿Qué pasaría si un grupo de eminentes académicos y artistas judíos se suicidaran de forma colectiva, sin emitir demandas ni hacer ninguna demostración de odio, para aguijonear la conciencia alemana?». Goudsmit le respondió hecho una furia, más que harto de la obsesión de su amigo con el suicidio, y asqueado por lo absurdo de su idea: «Un grupo de judíos muertos no puede hacer nada, y su sacrificio no haría más que deleitar a *das teutonische Volk*». Tres días antes de que Ehrenfest escribiera esa carta, el régimen de Hitler, que apenas contaba con dos meses de vida, había promulgado la Ley para la Restauración de la Función Pública, poniendo en riesgo a todos los judíos que tenían empleos en el gobierno, un acto que convenció a Ehrenfest de que «el exterminio, notablemente sincero y abierto, y tan cuidadosamente planificado, de la "plaga" judía que supuestamente afectaba al arte, la ciencia, la jurisprudencia y la medicina alemanas, alcanzará rápidamente un 90 por ciento de eficacia». Durante el último año de su vida, utilizó sus contactos e influencia para ayudar a científicos judíos a encontrar trabajo fuera de Alemania, a pesar de que había perdido cualquier fe en un posible futuro para sí mismo. Sus pensamientos giraban en círculo, atrapados en un laberinto en cuyo centro se hallaba la preocupación constante por el dinero: su casa en Leiden estaba hipotecada varias veces, y aunque Paul ansiaba acabar con su sufrimiento, no toleraba la idea de dejar al pobre Wassik al cuidado de su madre –quien había perdido todas sus inversiones en el mercado bursátil de su país de origen, luego de la Gran Guerra y la Revolución rusa– o como una carga de por vida para sus dos hijas, Tatyana y Galinka, o para su hijo mayor, Paul Jr. Sus fantasías suicidas, que hasta ese momento habían estado centradas exclusivamente en su propia muerte, empezaron a incluir a su hijo menor: «Seguramente entiendes mi deseo de que ni Galinka ni Tatyana tengan que trabajar hasta dejar sus manos en los huesos solo para poder mantener vivo a su hermano idiota», escribió a Nelly Posthumus Meyjes, una historiadora del arte con la cual estaba embrollado en un amorío que le daba alegría y un cierto grado de consuelo, pero que al mismo tiempo exaltaba su estado de ánimo, de por sí frágil y altamente combustible. La relación empezó con el permiso tácito de su esposa. Al comienzo, Tatyana incluso le enviaba saludos a Nelly, porque estaba tan preocupada como los amigos de Paul por el colapso mental de su marido; pensaba que, aunque era claramente un riesgo, una aventura extramatrimonial tal vez podría calmar su mente, y alejarlo del ajedrez y de sus incontables otros pasatiempos –los modelos a escala de tanques y aviones que se caían a pedazos, el frondoso huerto que ahora se pudría, su gigantesca colección de sellos postales, el telescopio hecho en casa, los químicos de la cervecería artesanal que había montado en el sótano y que llenaban la casa de olores sospechosos– en los que Paul desperdiciaba su poca energía para no tener que enfrentar sus investigaciones universitarias o terminar los artículos que llevaban meses de retraso, porque la mera idea de sentarse a trabajar en ellos era capaz de sumirlo en un ataque de pánico. Hasta ese momento, Tatyana había sido todo lo que Paul deseaba en su vida, y aunque ella solía pasar largas temporadas en Rusia junto a su familia materna, su matrimonio siempre había sido feliz, basado, como lo estaba, en un profundo entendimiento mutuo y en un sinnúmero de intereses intelectuales compartidos. Tatyana tenía una mente aguda y era respetada y admirada por todos los colegas de Ehrenfest; su amante Nelly, en cambio, además de ser brillante, tenía un lado oscuro incluso más intenso que el de Paul, pero que ella parecía ser capaz de controlar por completo. La primera vez que la vio fue en una conferencia que ella impartió en el museo Teylers de Haarlem: Paul quedó completamente seducido, no solo por su inteligencia y belleza física, sino también por el tema del coloquio, un antiguo mito pitagórico que hablaba del descubrimiento de lo irracional y de la ausencia de armonía en el mundo, mito que se convirtió en una de sus principales obsesiones durante el último año de su vida, un contrapunto perfecto para la preocupación creciente que le generaba el ascenso de los nazis en Alemania.

En la naturaleza, observó Nelly, existen cosas tales que exceden cualquier proporción, que no se pueden comparar con otra, y que no obedecen a medida alguna, ya que se hallan fuera del orden que subsume a todos los fenómenos. Estas aberraciones, estas anomalías, estas singularidades no pueden ser gobernadas por los números, porque brotan de la raíz disonante, salvaje y caótica que sostiene nuestro mundo. Para los griegos, seguía Nelly, desvelar lo irracional era un crimen imperdonable, un sacrilegio contra todo lo sagrado, y divulgar ese saber estaba penado con la muerte. Nelly describió los únicos dos relatos que han sobrevivido hasta nuestra época sobre el sabio pitagórico que desafió ese mandamiento fundamental: en uno, el hombre que había proclamado lo irracional es exiliado de su comunidad, sus amigos cavan una tumba y colocan una lápida con su nombre, como si ya estuviese muerto; en el otro, el sabio es ahogado entre las olas del mar por miembros de su propia familia, o quizá por los mismos dioses encarnados en los cuerpos de su esposa y sus dos hijos. Según Nelly, si llegabas a descubrir algo que rompía con la armonía de la naturaleza, algo que negaba por completo el orden natural, jamás debías hablar de ello, ni siquiera contigo mismo; al contrario, debías hacer todo cuanto estuviera a tu alcance para borrarlo de tus pensamientos, purgar tu memoria, vigilar cada una de tus palabras, e incluso montar guardia durante tus sueños, para evitar que la ira de los dioses cayera sobre ti. La armonía de la naturaleza debía ser preservada sobre todas las cosas, porque era más antigua que los titanes, más sabia que el Oráculo, más venerable que el monte Olimpo y tan sacrosanta como la energía que recorre y anima al cielo, la Tierra y el inframundo. Reconocer incluso la mera posibilidad de lo irracional, aceptar su desproporción y su falta de armonía, pondría en riesgo el tejido de la existencia, ya que no solo nuestra realidad, sino cada uno de los aspectos del cosmos —sean físicos, mentales o etéreos— dependen de los hilos invisibles de la red que ata todas las cosas. Este tabú no era solamente una preocupación de los antiguos, explicó Nelly, sino que se halla en el corazón de la civilización occidental: según Kant, la ciencia exige que seamos capaces de pensar en la naturaleza como si fuese una totalidad. Uno empieza por clasificar los aspectos más simples del mundo —el vehemente zarcillo de la enredadera, las torpes alas del escarabajo, la escama sagrada de la serpiente— y continúa ordenando estos fenómenos según su especie, género, familia, orden, clase, filo, reino y dominio, trabajando todo el tiempo bajo el supuesto de que cada pluma, ala, raíz, rizoma, tentáculo y apéndice cabrá dentro de ese orden, ocupando el lugar que le atañe en el sistema que abarca nuestro universo entero, fruto de una sabiduría honda y misteriosa que subyace a las formas manifiestas y sostiene los aspectos latentes de la existencia. Pero tal vez las cosas no funcionaban de esa manera, advirtió Nelly a su audiencia: es posible que la naturaleza sea totalmente caótica, es posible que no haya ninguna ley capaz de subsumir su inabarcable heterogeneidad, y que no exista un esquema que pueda reducir su complejidad creciente y su inmensa fertilidad. ¿Y si la naturaleza no podía ser concebida como un todo? Occidente aún no había hecho las paces con esa terrorífica posibilidad, y Nelly dudaba de que fuese posible, porque sería un golpe mortal, no solo para la ciencia y la filosofía, sino también para cualquier intento de racionalidad. Los artistas, en cambio, ya habían abrazado esa verdad por completo: Nelly creía que el redescubrimiento de lo irracional era la fuerza que impulsaba todos los movimientos de vanguardia, movimientos que, incluso a ojos de un observador lego, parecían estar poseídos por una energía fáustica sin límites, una aceleración que los llevaba, de forma inevitable, hacia una trágica caída en la cual absolutamente todo estaba permitido. Porque el arte moderno no reconocía ninguna regla, ningún método, ningún límite o verdad, no era más que un torrente incontenible, una oleada de locura ciega que no se detendría ante nada, ante nadie, y que nos arrastraría hacia delante, sin mirar atrás, hasta los confines de la Tierra.

Paul estaba fascinado. Se acercó a Nelly y la bombardeó con preguntas, sin darle tiempo siquiera para recoger sus papeles. Hablaron toda la tarde, cada vez más encantados el uno con el otro, y pasaron esa noche juntos en un hotel cercano. Debido tal vez a los efectos químicos del enamoramiento, o producto de las secuelas de su depresión, que puede causar estragos en el cerebro, Paul empezó a ver desarmonía e irracionalidad en todas partes: llegó a convencerse de que estaba íntimamente ligado, de alguna manera, con el sabio pitagórico de la leyenda sobre la cual Nelly Posthumus Meyjes había hablado. Ya no era capaz de distinguir un orden razonable en el universo, no reconocía leyes naturales ni patrones, solo una vorágine vasta y desmedida en expansión constante, preñada de caos, infectada por el sinsentido y desprovista de cualquier tipo de inteligencia o ley; Paul podía oír el siseo de lo irracional en los cantos descerebrados de las Juventudes Hitlerianas que vomitaba la radio a todas horas, en las diatribas y delirios de los políticos ávidos de guerra, y en los incautos que hablaban de la panacea científica y el progreso sin fin; podía detectar sus brotes mórbidos, con una claridad cada vez mayor, en los artículos y en las charlas de sus colegas, rebosantes de ideas, supuestamente revolucionarias, en las cuales él no veía otra cosa que la industrialización de la física.

Escribió sobre su angustia a Einstein (cuyo hijo menor, Eduard, sufría esquizofrenia y había estado internado en varias ocasiones, por lo que Paul sentía que su amigo cargaba una cruz similar a la suya), denunciando la fuerza oscura e inconsciente que se estaba infiltrando poco a poco en la cosmovisión científica, en la que la racionalidad se había confundido, de alguna manera, con su opuesto: «La razón hoy está desvinculada de los aspectos más profundos y fundamentales de nuestra psique, y temo que nos arrastrará hacia delante por el hocico, como a una mula borracha. Sé que lo ves tan claro como yo, pero la mayor parte del tiempo me siento solo, como si fuese el único ser humano capaz de dar testimonio sobre cuán bajo hemos caído. Estamos de rodillas, rezando al dios equivocado, una deidad infantil y cruel que se esconde en medio de un mundo corrupto que no puede gobernar ni comprender. ¿O es que lo hemos creado, a nuestra repugnante imagen y semejanza, y luego nos hemos olvidado de ello, como los niños que dan luz a los monstruos que los acechan, sin darse cuenta de que son ellos mismos quienes tienen la culpa de sus desvelos?».

Temerosa de lo que veía en Paul, Nelly trató de animarle a que escribiera todos los recuerdos de su infancia, un ejercicio destinado a encontrar la raíz de su paralizante depresión, pero él no pudo, ya que se sentía cada vez más desconectado, no solo de los demás, sino también de sí mismo. Su memoria, su pasado, su familia y sus amigos, todos esos preciados vínculos y recuerdos ahora pertenecían a otra persona, un hombre al que a veces vislumbraba en el espejo –pequeño, rechoncho y con anteojos, el cabello áspero cortado al ras y un bigote grueso encima de unos dientes de conejo que parecían estar huyendo los unos de los otros–, pero que ya no reconocía en absoluto. Estaba partido en dos, desgarrado entre la sincera devoción que sentía hacia su esposa y la dolorosa euforia que le causaba Nelly, pero ni la una ni la otra eran capaces de alejarlo del camino que una fuerza oculta parecía haber elegido para Paul, y de la bala que lo esperaba al final. «¿Por qué la gente como yo está condenada a seguir viviendo?», escribió a su amante durante el último verano que llegaría a conocer. «Si tú o Tatyana me preguntaran si las amo, solo hay una respuesta, y Tatyana lo sabe: con total impotencia añoro su proximidad, y si esa añoranza no es capaz de darme fuerza ni calor, entonces me supera la desolación. El amor es un elemento tan poderosamente divisor. ¡Todo el sufrimiento que trae! Sin duda es mi deber acabar con mi vida tan pronto como sea posible, antes de causar una destrucción espantosa.» Al ver que Paul no era capaz de derrotar a sus demonios, Tatyana pidió el divorcio. Él rogó que le diera otra oportunidad, y ella aceptó frenar el procedimiento, que ya había alcanzado la fase final, con la condición de que abandonara a Nelly. Paul aceptó, pero no tuvo la fuerza de voluntad suficiente para dejar de ver a su amante, y tampoco pudo recomponer la relación con su esposa. Lo que los había mantenido juntos durante más de tres décadas se había perdido en tan solo unos meses. Finalmente, Paul se dio por vencido, y él mismo solicitó el divorcio, sin confesarle a Tatyana que ya había escrito –aunque aún no había enviado– su nota suicida, una carta que sus amigos más cercanos recibieron un par de días después de la espantosa tragedia que tuvo lugar en el Instituto Waterink: «Mis queridos amigos: ¡Bohr, Einstein, Franck, Herglotz, Joffé, Kohnstamm y Tolman! Ya me es absolutamente imposible saber cómo podré seguir resistiendo la carga de mi vida durante los próximos meses, porque se ha vuelto insoportable. No puedo tolerar más que mi cátedra en Leiden se vaya por el desagüe. Debo dejar vacante mi puesto aquí. Tal vez pueda usar lo que queda de mi energía en Rusia... Pero, si no logro ver que eso será posible pronto, entonces es casi seguro que me mataré. Y si eso sucediera alguna vez, entonces me gustaría saber que les he escrito, con calma y sin prisas, a ustedes, cuya amistad ha jugado un papel tan importante en mi vida... En años recientes se me ha vuelto más y más difícil seguir y comprender los desarrollos de la física. Después de intentarlo, cada vez más irritable y desgarrado, me he rendido finalmente, producto de la desesperación. Estoy completamente cansado de la vida... Me sentía condenado a seguir viviendo sobre todo por el cuidado económico de los niños. Intenté otras cosas, pero solo me ayudaron brevemente. Por lo tanto, me concentro cada vez más en los detalles precisos de mi suicidio. No tengo otra posibilidad práctica que el suicidio, y eso después de haber matado primero a Wassik. Perdónenme... Que ustedes y sus seres queridos se mantengan bien».

En mayo de 1933, tomó un tren de Leiden a Berlín. Allí vio a los miembros de la SA asaltar sindicatos, cajas de ahorros y cooperativas, vestidos con las camisas pardas del Destacamento de Tormentas. Paul leyó las noticias que describían cómo una turba de estudiantes moralmente indignados había arremetido contra el Instituto de Investigación Sexual, y luego caminó entre las cenizas esparcidas frente a la Ópera Estatal, donde veinte mil libros habían sido consumidos por el fuego, iluminando los rostros fervientes de cientos de chicos y chicas, miembros devotos de la Deutsche Studentenschaft, quienes habían allanado las bibliotecas de sus universidades en busca de todas las publicaciones, diarios y revistas «antialemanas», cantando y coreando juramentos mientras alimentaban una enorme hoguera, alrededor de la cual altos miembros del Partido Nazi murmuraban conjuros, y Paul Joseph Goebbels, el ministro para la Ilustración Pública y Propaganda del Reich, gritaba ante la multitud enloquecida: «¡No a la decadencia y la corrupción moral! ¡Sí a la decencia y a la moral en la familia y el Estado!». Vio soldados en las calles, marchando al son de la música militar que resonaba en todas las estaciones de radio, interrumpida únicamente por los gritos del recién nombrado canciller de Alemania, Adolf Hitler, quien apoyaba la propuesta de desarme mundial de Roosevelt y exigía una revisión inmediata del Tratado de Versalles. A finales de mayo, Alemania legalizó la esterilización eugenésica, y menos de dos meses después, cuando el parlamento aprobó la ley para la prevención de la descendencia con enfermedades hereditarias, que permitía al Estado *volver incapaz de procrear, por medio de una intervención quirúrgica, a cualquier persona que padezca una enfermedad hereditaria, si la experiencia de la ciencia médica demuestra que es altamente probable que sus descendientes padecerán algún grave defecto físico o mental,* un dictamen que no solo incluía a los aquejados de deficiencia mental congénita, esquizofrenia, locura maníacodepresiva, epilepsia hereditaria, enfermedad de Huntington, ceguera, sordera o cualquier otra deformidad que se pudiese transmitir genéticamente, sino incluso a quienes sufrían de alcoholismo severo. Paul viajó al Sanatorio Juvenil Johannes Trüper, en Jena, y trasladó a su hijo Wassik a Ámsterdam, donde comenzó a recibir cuidados en el Instituto del profesor Jan Waterink. Durante el primer año de vigencia de la ley, más de sesenta y cuatro mil personas fueron esterilizadas a la fuerza, luego de ser declaradas «no aptas» por un tribunal de salud compuesto de un juez, un oficial médico y un médico facultativo.

En julio, cuando la luz del verano comenzó a iluminar el cielo sobre su casa en Leiden, el humor sombrío de Paul se despejó lo suficiente para esbozar el comienzo de una nueva investigación, con Hendrik Casimir, sobre uno de los grandes misterios de la física clásica: la turbulencia, ese inexplicable fenómeno que hace que un líquido que fluye suavemente se transforme, de súbito, en un caos salvaje de torbellinos, desplazándose en tantas direcciones a la vez que ningún modelo matemático es capaz de predecir su movimiento. La turbulencia es omnipresente en la naturaleza, tan común, de hecho, que es posible que incluso los niños que sumergen sus cabezas en los alocados remolinos de un riachuelo posean algún grado de conocimiento, fugaz e inconsciente, sobre sus secretos mecanismos, aunque no puedan sospechar que también rigen el torrente sanguíneo que sus desaforados corazones impulsan por sus venas. Se puede manifestar en las sustancias más comunes, invocada por una gota de leche dentro de una taza de café o una simple bocanada de humo, y sin embargo, matemáticamente, es desconcertante y misteriosa. Algunas de las mentes más brillantes de la humanidad habían tratado de domarla, sin éxito, por lo que Paul se asombró al descubrir que su propia mente, tan frenética y fracturada, había desarrollado una maravillosa afinidad con las ecuaciones de flujo, una cercanía tan íntima y penetrante que no solo se apoderó de su vida diurna, sino que también se infiltró dentro de sus sueños. Por las noches, se veía flotar en aguas oscuras, su cuerpo desnudo vapuleado por feroces corrientes, atraído hacia una vorágine colosal que giraba alrededor de un vacío insondable. Aunque esas pesadillas lo atormentaban, amanecía extrañamente cautivado, no por imágenes de terror oceánico, sino por un raro sentimiento de calma luminosa, la certeza absoluta de que, en el fondo, y por razones que iban más allá de su comprensión, su esposa y su amante, sus hijos e hijas, sus amigos, colegas y alumnos, e incluso su país de origen, infectado por la peste nazi, estaban resguardados, sanos y salvos, porque aunque su propia situación le pareciese absolutamente desesperada, el mundo estaba protegido y cada cosa estaba en su lugar, cobijadas por una fuerza que hermanaba el dolor y el placer, la luz y la oscuridad, el orden y el caos, con la vida y la muerte enroscadas en una espiral, entrelazadas de tantas formas que nunca seremos capaces de separarlas. Apenas despertaba, bajaba de la cama de un salto, cubierto de sudor, como si fuese el único sobreviviente de un naufragio, y trabajaba sin descanso, inundando a Casimir con tantas cartas que sabía que su colega sería incapaz de seguir su línea de pensamiento, porque cada misiva era rápidamente contradicha por la siguiente, y luego reemplazada por otra, en la que su argumento se había dado la vuelta y tragado su propia cabeza. Trató de calmarse para desarrollar sus ideas con mayor serenidad, pero el entusiasmo desbordado, y la dicha que le causaba poder pensar fuera de la nube de su depresión, era más de lo que podía controlar. Este trabajo, y solo este trabajo, se dijo, ataría su nombre a la historia: una solución al comportamiento irracional e impredecible de la turbulencia, una ley escondida tras su radical aleatoriedad. Sintiéndose al borde del descubrimiento esencial que el destino le había negado durante toda su carrera, no podía pensar en nada más, y se abandonó por completo. Pero incluso en medio de su éxtasis, seguía preocupándose. ¿Por qué le habían otorgado ese extraordinario regalo? ¿Por qué él?, ¿por qué ahora? No había hecho nada para merecerlo. Los últimos años de su vida habían sido un desperdicio, y desde el instante en que había conocido a Nelly, toda su conciencia se había consumido con las preocupaciones triviales del amor romántico. Aunque tal vez esa era la clave: la posesión. Una invasión súbita. Ideas que no son producto del pensamiento ni de la voluntad, sino, como bien sabían los griegos, del rapto y el ardor. Necesitaba quitarse de en medio, dejar que las cosas pasaran a través de sí y lo transformaran. Paul se entregó, y mientras su lápiz volaba por encima de las hojas, debía secarse las lágrimas para que no empañaran su mirada; cada término en sus ecuaciones fluía y se integraba suavemente en el siguiente, sus ideas no eran razonadas, sino inspiradas por esa otra fuerza que había entrado en él, una potencia que iba más allá de todo lo que alguna vez hubiese conocido, pero que lo abandonó tan rápido como había llegado. Agotada su manía, ordenó el revoltijo de papeles desparramados por su estudio, pero no se atrevió a acercarse a ellos. El horror de su falsa epifanía se volvió tan evidente para él, que no necesitó sentarse frente a su escritorio para saber que sus errores eran demasiados para contarlos, su ambición demasiado grande para anclarse en la realidad y sus ecuaciones tan defectuosas e incompletas que nunca podrían ser redimidas por un experimento.

Al llegar agosto, pasó un par de días deambulando solo por el parque nacional de la isla de Schiermonnikoog, y a principios de septiembre visitó a Niels Bohr en Copenhague, donde fue mediador en una conferencia al final de la cual –inexplicablemente– le confesó su depresión y sus pensamientos suicidas al físico inglés Paul Dirac, un genio tan singular y extravagante que fue descrito por uno de sus colegas como «el hombre más extraño del mundo». Dirac era, sin lugar a dudas, la persona menos apta imaginable para empatizar con Paul y comprender las complejidades y contradicciones de su carácter, pero aun así Ehrenfest le abrió su corazón y le habló de sus temores respecto del futuro de su familia, y especialmente sobre el pobre Wassik, porque ¿acaso no era obvio pensar que la influencia del nazismo, con su desprecio a los judíos, su pseudociencia eugénica y su odio homicida dirigido a cualquier «otro» se derramarían pronto por los bordes de Alemania e infectarían a todos los países vecinos, impelida, como sin duda lo estaba, por una pulsión siniestra e inconsciente que nos estaba empujando hacia un futuro en el cual nuestra especie ya no tendría un lugar, sino que sería reemplazada, más temprano que tarde, por algo completamente monstruoso? No quedaba ningún lugar adonde huir, le dijo Ehrenfest, ningún refugio posible, porque a pesar de que había rescatado a su hijo de las garras de esos asesinos –quienes ya afilaban sus hachas para desmembrar el Gran Roble Alemán y podar todas las ramas que ellos consideraban enfermas– se sentía, sin embargo, completamente incapaz de protegerlo de su propio impulso de muerte, ya casi incontenible, y tampoco se le ocurría la manera de mantenerlo a salvo de una nueva y perversa racionalidad que estaba empezando a echar raíces a su alrededor, una forma de inteligencia profundamente inhumana y totalmente indiferente a las necesidades y los deseos más fundamentales de la humanidad. Esa razón enloquecida, ese fantasma que acechaba el alma de la ciencia –que Paul podía ver como un sutil espectro, un espíritu maldito que revoloteaba encima de las cabezas de sus colegas en las conferencias y en los congresos, mirando por encima de sus hombros, o dándoles un pequeño empujoncito en el codo, prácticamente imperceptible, mientras anotaban sus ecuaciones– era una influencia verdaderamente maligna, impulsada por la lógica y, a la vez, totalmente irracional, todavía incipiente y embrionaria, pero con una fuerza cada vez mayor, añorando desesperadamente irrumpir en nuestro mundo, lista para insertarse en nuestras vidas a través de la tecnología, seduciendo a los hombres y mujeres más brillantes del planeta con promesas de poder sobrehumano y un nivel de control como el que solo podría tener un dios. Ehrenfest ya podía distinguir su influencia, podía oír cómo germinaban sus primeros retoños a medida que serpenteaba lentamente hacia nosotros. Y, sin embargo, no sabía nombrarla, no era capaz de adivinar de dónde provenía, y no osaba hablar de ella en voz alta, porque ¿cómo podía saber si esa fantasía mórbida, esa pesadilla inexplicable de la cual debíamos, de alguna manera, despertar, era fruto de una visión genuina, o solo un nuevo brote del delirio que poco a poco se apoderaba de su mente? Atónito, Dirac lo escuchó sin saber qué responder. Al final, solo pudo balbucear algunas palabras de aliento, alabando el rol incalculable que Paul jugaba como mediador en la física: le dijo que lo consideraba un Sócrates moderno, sin cuyos cuestionamientos seguramente se perdería algo fundamental. Dirac fue tan comprensivo como pudo, mientras intentaba, de la forma más disimulada posible, apartarse de Paul, quien lo había agarrado firmemente por el brazo, con el rostro bañado en lágrimas, para tratar de explicarle lo que significaban tales elogios para un hombre que ya había perdido toda voluntad de vivir.

Con la primera luz del 25 de septiembre de 1933, Paul abrió los ojos, se sirvió un frugal desayuno, se puso el sombrero y el abrigo, y caminó a la estación de trenes de Leiden con una pistola en el bolsillo. Compró un billete para Ámsterdam, pero como el tren salía a las nueve y media, aún le quedaba una hora para matar, así que se dejó caer por la casa de Arend Rutgers, uno de sus antiguos alumnos de doctorado, quien vivía cerca. Bebieron agua (Paul aborrecía el licor e incluso se negaba a tomar té o café) y hablaron de física y de religión; Paul le dijo a su alumno que, si bien él mismo había perdido la fe cuando era muy joven, siempre había apreciado a los hombres piadosos como Rutgers, y no se habría sentido capaz de sobrevivir sin tener una relación constante con individuos activamente religiosos, puesto que hallaba una pequeña medida de esperanza en la creencia que ciertas personas tenían en un orden sagrado que sostenía al mundo entero, aunque fuese ingenua y no tuviese ninguna base real. Paul no solo apreciaba su cariño, sino que pensaba que todos los buscadores de la verdad formaban una especie de asilo para las almas perdidas, un refugio, le dijo, el fogón del hogar que hemos perdido producto de la influencia destructiva de la razón, que ha arruinado nuestra capacidad para vivir. Ehrenfest, quien había puesto toda su fe en la física, ahora se sentía traicionado, expulsado de un Paraíso que solo había llegado a vislumbrar desde lejos, un espacio sagrado que, debido a la influencia creciente de la mecánica cuántica y la expansión incontenible de la peste matemática, se alejaba cada vez más, hacia una oscuridad más profunda que el abismo al interior de los átomos. Rutgers hizo todo lo posible por animarlo –¿el profesor no consideraría quedarse a almorzar?–, pero Paul respondió que ya era demasiado tarde para él, y huyó por la puerta tan deprisa que dejó su sombrero atrás.

La verdad es que aún tenía tiempo, tal vez demasiado, y cuando llegó a la estación de trenes y se sentó en un banco a esperar el que lo llevaría a Ámsterdam, sintió una repentina necesidad de dar marcha atrás, de volver a la casa de su amigo, o a la suya, y escapar a cualquier momento que no fuera el presente. Miró el reloj al otro lado del andén y sus manecillas le parecieron ir cada vez más lentas, hasta quedar congeladas. Paul cerró los ojos e imaginó los engranajes oxidados en el interior del mecanismo: cuando era niño, su abuela, la anciana que le había brin-

37

dado el amor y la atención que su padre le había negado, solía entregarle un cofre lleno de relojes rotos cuando él la visitaba, viejos descartes de una relojería que había quebrado, y Paul, ese niño delgado, nervioso, amable e inquisitivo, se pasaba la tarde entera jugando con ruedas dentadas, resortes y bobinas, tratando de engarzar las piezas para reconectarlas con el flujo incansable del tiempo, en un juego que él hallaba infinitamente fascinante, aunque no fue capaz de reparar siquiera uno de ellos. Esos pocos días felices habían quedado grabados a fuego en su memoria, y le roían la conciencia como pulgas a un perro, todos ellos ejemplos de un proceso irreversible, pequeñas ventanas por las que podía verse a sí mismo a los catorce años, dibujando el plano del departamento de su familia, después de que su hermano mayor, Arthur –quien parecía saber todo lo que se podía saber sobre el mundo–, le mostrara cómo hacerlo en el invierno de 1896, el año en que Paul tenía la misma edad que Vassily, el pequeño Wassik, ese pobre y paciente gateador, tenía ahora, una edad en la cual Ehrenfest había pasado por su etapa de locura con los calendarios, dedicándose a coleccionar todos los almanaques que pudo encontrar, o dibujándolos él mismo en pedazos de papel o envoltorios de comida, acomodando los días del año en filas pulcras y ordenadas, o volteando las esquinas de las páginas para hacer pasar los meses y los años en una fracción de segundo, una y otra y otra vez, con los momentos del tiempo fluyendo sin cesar, en una serie interminable que le recordaba «Chad Gaya», esa canción de Pésaj que los rabinos le habían enseñado en la escuela, y que él se cantaba a solas en las tantas noches en que el sueño le parecía algo que solo los demás podían disfrutar, una canción de cuna que cuenta la historia de un hombre que compra un chivito por dos cuartos de penique, pero luego el chivito (la representación de Israel en su estado más puro e inocente, según los sabios) era asesinado por un gato, que es mordido por un perro, que es herido por un palo, que es quemado por el fuego, que es apagado por el agua, que es bebida por un buey, que es sacrificado por un hombre, en una cadena ininterrumpida de causas y efectos, crímenes y castigos, pecados y penitencias que alcanzaba el más alto cielo, donde el mismísimo Hashem, Bendito sea su Nombre, Señor Todopoderoso, Altísimo, Eterno y Santo, exterminaba al ángel de la muerte y establecía el Reino de Dios en la Tierra, una rima cuyo verdadero significado Paul jamás había entendido sino hasta ese momento, cuando las manecillas del reloj comenzaron a moverse de nuevo y él empezó a temblar, súbitamente entumecido, tras revisar el bolsillo para asegurarse de que todavía tenía su billete, con miedo, o quizá con la secreta esperanza de haberlo perdido en algún lugar del camino; pero no, ahí estaba, todas las cosas estaban en su lugar, exactamente donde les correspondía, esperando la llegada del tren, ahora, ahora, ahora, en cualquier momento ahora, aunque no lograba oírlo, no podía sentir su hondo tronar a lo lejos, pero sabía que llegaría, no había forma de detenerlo, de hecho acababa de arribar, podía ver la locomotora rodando lentamente hacia su andén, el vapor y el humo arremolinándose a su alrededor mientras el silbato aullaba, pero incluso entonces aún tenía tiempo para dar la vuelta, el perro, el palo, para ponerse de pie, el gato, el ángel de la muerte, y alejarse caminando, o corriendo, aún quedaba tiempo; y sin embargo se levantó del banco como si fuese una máquina, espoleado por una fuerza que no pudo resistir ni entender, y dio cinco pasos, con las piernas tan rígidas como las de un autómata, para subirse al vagón y asumir su lugar junto a todos los demás.

Llegaría a su destino a las diez.

JOHN

o

Los delirios de la razón

En 1840, George Boole sufrió una visión religiosa mientras atravesaba un campo cerca de Doncaster al atardecer. De pronto, supo cómo se podían usar las matemáticas para descifrar los misteriosos procesos del pensamiento humano. Los mismos símbolos del álgebra podían emplearse para describir lo que sucedía dentro de la cabeza de las personas mientras seguían un hilo de pensamiento, expresando todos sus giros y vueltas en forma binaria. Si esto, entonces aquello. Si aquello, entonces esto no. En 1854, Boole publicó un libro que causó sensación. Lo tituló *An Investigation of the Laws of Thought*. Su objetivo expreso era «investigar las leyes fundamentales de aquellas operaciones de la mente mediante las cuales se ejecuta el razonamiento». A Boole lo impulsaba una creencia casi mesiánica en que Dios mismo le había permitido vislumbrar la verdad de la mente humana. Pero hubo quienes dudaron; el filósofo Bertrand Russell quedó asombrado por la genialidad de las matemáticas de Boole, pero no creía que él hubiese descubierto algo que tuviera que ver con el pensamiento humano. Los seres humanos, dijo Russell, no piensan de esa manera. Lo que Boole realmente estaba haciendo era otra cosa...

ADAM CURTIS,
Can't Get You Out of My Head

Fue el ser humano más inteligente del siglo XX.

Un extraterrestre entre nosotros.

David Hilbert, sumo pontífice de las matemáticas del siglo XX, fue uno de los jueces en su examen de doctorado, y quedó tan sorprendido por el intelecto de ese joven húngaro de veintidós años que, cuando le llegó el turno de interrogar al candidato, solo tuvo una pregunta: «¿Sería tan gentil de decirme quién es su sastre?».

Cuando el cáncer se extendió a su cerebro y empezó a destruir su mente, el ejército de Estados Unidos lo recluyó en el Centro Médico Militar Walter Reed. Dos guardias armados custodiaban la puerta. Nadie podía verlo sin el permiso explícito del Pentágono. Un coronel de la Fuerza Aérea y ocho aviadores con el más alto nivel de autorización secreta fueron puestos a su disposición a tiempo completo, a pesar de que muchos días no era capaz de hacer otra cosa que gritar como un demente. Era un matemático judío de cincuenta y tres años, un extranjero que había emigrado a Estados Unidos desde Hungría en 1937, y sin embargo, a los pies de su cama, estaban el contraalmirante Lewis Strauss, el presidente de la Comisión de Energía Atómica, el secretario de Defensa, el subsecretario de Defensa, los secretarios de la Fuerza Aérea, el Ejército y la Marina, y los jefes del Estado Mayor Militar, atentos a cada una de sus palabras, añorando un chispazo final del genio que les había prometido un control divino sobre el clima del planeta, el mismo que creó la primera computadora moderna, las bases matemáticas de la mecánica cuántica, la teoría de los juegos y del comportamiento económico y las ecuaciones para la implosión de la bomba atómica, el profeta que anunció la llegada de la inteligencia artificial, las máquinas autorreplicantes, la vida digital y la singularidad tecnológica, agonizando frente a sus ojos, perdido en el delirio, muriendo al igual que cualquier otro hombre.

51

Su nombre era Neumann János Lajos.

También conocido como Johnny von Neumann.

Primera parte
Los límites de la lógica

EUGENE WIGNER

Completamente despierto

En este mundo solo hay dos tipos de personas: Jancsi von Neumann y el resto de nosotros.

Iba un curso inferior que yo en el Fasori Gimnázium, una escuela secundaria luterana en Budapest, probablemente la más rigurosa del mundo en ese momento, parte de un sistema educativo nacional diseñado específicamente para la élite, que produjo una sorprendente camada de científicos, músicos, artistas y matemáticos del más alto calibre, pero solo un verdadero genio. Recuerdo perfectamente la primera vez que lo vi, porque llegó en 1914, el mismo año en que estalló la Gran Guerra, así que esas dos cosas –Jancsi y la guerra– están unidas inseparablemente en mi memoria. Ese chico luciferino nos cayó encima al igual que un meteorito, como si fuese el heraldo de algo grandioso y terrible, uno de esos mensajeros celestiales que merodean por la oscuridad de nuestro sistema solar, y que la gente supersticiosa siempre ha asociado con grandes calamidades, desastres y plagas. Yo aún recuerdo cuando pasó el cometa Halley en 1910, tan brillante que lo podíamos ver a simple vista, y mi madre, una mujer profundamente religiosa pero también una racionalista feroz, cerró algunas de las puertas de nuestra casa con llave (la que conducía al sótano y la que franqueaba la habitación que había sido nuestra guardería, para entonces convertida en el estudio de mi padre) y no dejó que nadie las abriera, nos impidió comer cualquier alimento que hubiese estado al aire libre, y no pudimos beber nada más que pequeños sorbos de agua hasta que la cola de la estrella errante desapareció del cielo por completo, porque tenía miedo de que hubiese contaminado la Tierra con sus vapores pestilentes. Estaba tan convencida de ello que incluso trató de obligar a mi padre a comprar máscaras de gas para toda la familia, petición a la que él se negó a pesar de que los deseos de esa mujer solían ser órdenes, desatando un pequeño cataclismo en un hogar donde acostumbraba reinar una armonía paradisiaca. Mi madre sentía un recelo similar hacia Jancsi, y mantuvo su rechazo incluso después de que nos convirtiéramos en amigos del alma, algo que siempre me molestó, porque nuestra amistad fue, en cierto sentido, culpa suya, ya que ella fue la primera persona que me habló de él. Me contó que uno de los maestros de mi escuela, Gábor Szegő, famoso y respetado matemático húngaro y amigo de la infancia de mi madre, había sido contratado por los padres de Jancsi (en la vieja patria, Johnny aún era conocido como János o Jancsi) para darle al niño clases privadas antes de que comenzara el periodo escolar. Según la historia que nos relató durante la cena –completamente incapaz de disimular los celos que sentía hacia la madre de Jancsi por haber parido tal milagro–, cuando Szegő regresó a su casa después de conocer al joven prodigio, tenía lágrimas en los ojos; se dejó caer en un sofá y llamó a gritos a su esposa, quien lo encontró sollozando, sosteniendo las páginas donde ese niño de diez años había resuelto, en un instante y sin esfuerzo alguno, problemas que le habrían devanado los sesos a cualquier matemático competente. Eran ecuaciones en las que Szegő llevaba meses trabajando, expuestas sobre el papel en una caligrafía torpe que el pobre profesor miraba sin poder pestañear, escudriñando cada símbolo y cada número como si esas hojas hubiesen sido arrancadas directamente de la Torá. Yo siempre pensé que esa historia era solo una leyenda –¡hay tantos mitos sobre Jancsi!–, pero muchos años después tuve la oportunidad de hablar con Szegő, y él me confesó, con algo de vergüenza, que aún atesoraba esos cálculos, escritos en el papel del banco donde trabajaba el padre de Jancsi. Me dijo que había sabido, en ese mismo instante, que von Neumann cambiaría el mundo, aunque no fuese capaz de imaginar cómo. Le pregunté qué lo había llevado a creer algo tan extravagante de un niño, y según él le bastó vislumbrar la monumental cabeza de mi amigo para sentirse, inmediatamente, en presencia de un Otro.

Así que un alienígena había aterrizado entre nosotros, un verdadero *wunderkind*, y nadie en la escuela podía dejar de hablar de él, por supuesto. Decían que había aprendido a leer antes de cumplir los dos años; que sabía hablar alemán, inglés, francés, latín y griego antiguo; que a los seis años ya era capaz de dividir, mentalmente, dos números de ocho dígitos, y que un verano, muerto de aburrimiento después de que su padre lo dejara encerrado en la biblioteca familiar por haberle prendido fuego al cabello de su profesor de esgrima, se aprendió de memoria los cuarenta y cinco tomos de la historia general de Wilhelm Oncken. Aunque todo aquello resultó ser cierto, sin embargo, la primera vez que lo vi no pude contener mi decepción. Caminaba a tropezones por el patio, alegre y vivaz, ni cerca de lo gordo que llegaría a ser de adulto, pero ya se movía de manera descoordinada, al igual que un pato rechoncho que ha sido cebado hasta el hartazgo antes de un banquete. Daba pasos cortos, aceleraba al azar y luego se detenía de golpe, miraba a su alrededor y volvía a moverse de súbito, como si estuviera inmerso en un extraño juego contra adversarios que solo él podía ver. Parecía ensayar su mejor imitación de cómo camina un ser humano, pero sin haber visto nunca uno. Se presentó muy cortésmente y me dijo que Szegő le había sugerido que habláramos ya que teníamos muchos intereses en común, y aunque mi instinto fue alejarme —yo era un año mayor, tenía once recién cumplidos, y me daba terror ser rechazado por mis compañeros al hacerme amigo de ese niño tan raro— sentí un cariño inmediato hacia él, porque su torpeza, sus ademanes anticuados y las múltiples pequeñas excentricidades que lo separaban de los demás lo volvieron absolutamente entrañable para mí.

Había algo que no estaba del todo bien en Jancsi. Eso era evidente desde el principio, pero yo no sospeché cuán diferente era hasta décadas más tarde, cuando su mente empezó a desmoronarse y lo llevó a considerar ideas irracionales y peligrosas. ¿Quién lo llegó a conocer realmente? ¿Alguien vislumbró su verdadera identidad? Su padre y su madre ni la sospechaban. Su primera esposa, Mariette, lo quiso muchísimo, pero tenían un vínculo raro; más que marido y mujer, parecían compañeros de copas. Su hija Marina era increíblemente talentosa, pero casi tan terca como él, así que pelearon hasta el final. Jamás entenderé cómo logró salir de la sombra de su padre, lo que sí sé es que Jancsi nunca le mostró su mundo interior, aunque la adoraba. En cuanto a sus dos hermanos, el pobre Michael, imagínate, nació después del genio, y el menor de la familia, Nicholas, lo admiraba tanto que no se separaba ni un metro de él. Y luego estaba Klari. ¡Cómo olvidarla! La hermosa y atormentada Klari, que se enamoró de él en un instante, se casó sin pensarlo y pagó por ello el resto de su vida. Se torturaron de tantas formas que es un milagro que hayan permanecido juntos. Yo sé que Jancsi fue un marido horroroso, aunque Klari no se quedaba atrás. Una de las mujeres más inteligentes, apasionadas y seductoras que he conocido en mi vida, pero también era ferozmente insegura, melancólica y tan misteriosa y distante como él. ¿Sabía yo lo que pasaba dentro de la cabeza de János von Neumann? No podría decir que sí. Lo único que puedo decir es que estuve unido a él por un extraño parentesco desde el momento en que lo vi, y ese vínculo aún se mantiene, incluso después de su muerte. En la escuela fui su único amigo. Jancsi nunca pudo ser «uno de los chicos», aunque hizo esfuerzos gigantescos para tratar de encajar con los demás. Muchos de los otros niños se sentían incómodos en su presencia. Y es imposible culparlos, porque a veces él se comportaba como si lo hubieran enviado a la escuela no a aprender con el resto de nosotros, sino a estudiarnos. Había algo levemente siniestro en János. Escalofriante incluso. Un aura de inteligencia que irradiaba desde sus grandes ojos marrones y que incluso el más idiota del curso era capaz de distinguir, porque él no podía enmascararla del todo con sus comentarios vulgares, su verborrea incontenible y sus chistes judíos de mal gusto que, por supuesto, no hacían reír a nadie.

Aunque más tarde yo le dedicaría toda mi vida a la física, en la escuela aspiraba a ser matemático, así que había aprendido lo suficiente para tener una idea (muy imprecisa e incompleta, por cierto) del increíble talento que poseía mi amigo: me explicó la teoría de conjuntos –una de las bases de la matemática moderna– de una forma tan simple e ingeniosa que todavía me cuesta creer que un niño que aún no había empezado a afeitarse pudiese tener una comprensión así de profunda. En los pocos momentos en que dejaba caer su máscara de bufón para hablar con sinceridad, yo podía percibir la ferocidad que lo animaba. Su pasión por la lógica lo consumía por completo, y durante toda su carrera ese extraño don suyo le permitió ver las cosas con una claridad deslumbrante, otorgándole una visión tan lúcida que para muchos otros, cuyas miradas se ven inevitablemente distorsionadas por prejuicios y consideraciones emocionales, su punto de vista parecía incomprensible. Jancsi estaba tratando de entender el mundo. Buscó la verdad absoluta, convencido de que sería capaz de encontrar el fundamento matemático de la realidad, una tierra libre de contradicciones y paradojas. Para lograrlo, absorbía conocimiento de todo lo que lo rodeaba. Leía con avidez, día y noche. En una ocasión lo vi llevar dos libros al baño por temor a que se le acabara el primero antes de haber terminado. En la escuela fue una pesadilla para los profesores mediocres y un regalo del cielo para quienes lo usaron como asistente en sus clases, pero nunca le gustó presumir frente a los demás. Al contrario, parecía avergonzarse de su inteligencia. Fueron muchas las veces en que lo vi fingir ignorancia y pretender que no sabía algo solo para hacer sentir más a gusto a la persona con quien estaba hablando. Se involucró con matemáticas de nivel universitario cuando aún estaba en el colegio, y publicó su primer artículo sobre polinomios mínimos y el diámetro transfinito en la revista *Mathematische Zeitschrift* (junto a Michael Fekete, quien luego consagró el resto de su carrera a desarrollar las ideas que descubrió junto a Jancsi), pero no tenía ningún problema en dejar esas materias de lado para estudiar álgebra de principiantes junto al resto de sus compañeros de clase. ¡E incluso parecía disfrutarlo! Su capacidad de concentración, plenamente enfocada, era un espectáculo: si le hacías una pregunta interesante, se escabullía a un rincón, te daba la espalda, compelido, aparentemente, por el mismo instinto que obliga a los animales a buscar refugio, y allí entraba en una especie de trance, con la barbilla hundida contra su cuello y los hombros echados hacia delante, como si estuviese cayendo al interior de sí mismo. Murmuraba para sus adentros, con la vista clavada en el suelo, ajustando el peso de su cuerpo de un pie al otro, y de pronto giraba sobre sus talones, con la rapidez y la gracia de un mago, para darte una respuesta clara, precisa e incontestable. Tras presenciar varios de esos episodios –durante los cuales mi amigo adquiría una expresión mecánica y desalmada– calculé que normalmente requería menos de tres minutos, y nunca más de cinco, para llegar a un resultado, sin importar cuán compleja fuese la materia. Siempre a la deriva, cuando no estaba completamente cautivada, su mente nunca permanecía fija en un tema particular por mucho tiempo. Su memoria también funcionaba de forma extrañísima: a los cuarenta años podía citar, palabra por palabra, un libro que había leído a los seis, pero luego sufría al no poder recordar el nombre de un colega, y era completamente incapaz de retener información simple, o decirte qué había comido esa mañana en el desayuno. Una cosa estaba clara: Jancsi simplemente no podía detener su pensamiento. Su mente padecía un hambre voraz. A lo largo de su vida tuvo que revolotear de una rama de la ciencia a otra, incapaz de contenerse, como esos desdichados colibríes que deben comer sin cesar a riesgo de morir.

Crecer tan cerca de él fue una maldición. A menudo me pregunto si mi horroroso complejo de inferioridad (que ni siquiera el Premio Nobel pudo disminuir) es consecuencia de haber tratado a Jancsi durante la mayor parte de mi vida. Lo que dificultó aún más las cosas es que él siempre fue muy amable conmigo y tan deseoso por complacerme. Si yo confesara toda la verdad, tendría que admitir que lo que me atrajo de él, y luego me mantuvo atado a su destino, fue un sentido del orgullo: la vanidad de saber que aquel ser especial, ese chico único en su especie, se había tomado un interés tan intenso en mí que me seguía de un lado a otro, dondequiera que fuese, como una mascota. En la escuela no era tímido, y tampoco se sentía incómodo con su cuerpo, en este sentido era muy diferente a todos los otros genios que conocí, pero de niño le confundían las cosas más inusuales, cosas que nunca molestarían a un chico normal: me confesó que no podía entender cómo había logrado aprender a montar en bicicleta –una verdadera proeza de balance, equilibrio y coordinación motriz– sin haber tenido que usar su capacidad de razonamiento ni una sola vez. ¿Cómo es que su cuerpo podía pensar por sí mismo? ¿Cómo podía ejecutar los complejos movimientos necesarios para no irse de cabeza al suelo? Esas actividades en las que uno debe *dejar de pensar* para poder llevarlas a cabo lo fascinaban, y aunque de joven fue un gran amante del deporte, de adulto desarrolló un profundo rechazo hacia cualquier forma de ejercicio físico. Una vez, a Klari, que en su juventud había sido campeona de patinaje artístico en Budapest y se movía con tanta gracia que a su lado Jancsi parecía un tullido, se le ocurrió invitarlo a esquiar. Él se sumó al viaje dócilmente, pero después de lanzarse por la primera pista, dijo que prefería el divorcio a continuar esquiando, y se pasó el resto de ese fin de semana bebiendo y desarrollando un plan demente para calentar la atmósfera del planeta y garantizar un clima tropical en todos lados, con Inverso (un caniche detestable al que Jancsi había enseñado a contar hasta cinco) temblando encima de su regazo mientras dormía.

Muchas veces me he preguntado cómo debe ser la conciencia de los animales. Más oscura que la nuestra, sin duda, más onírica y fugaz, pequeños pensamientos como velas que arden en medio de una cueva y que se apagan con cualquier soplido. Y puede que así sea para muchos de nosotros, que debemos hacer enormes esfuerzos para pensar con claridad. Yo he conocido a mucha gente brillante a lo largo de mi vida. Conocí a Planck, a von Laue y a Heisenberg. Paul Dirac fue mi cuñado, Leo Szilard y Edward Teller fueron algunos de mis amigos, y también trabajé con Einstein. Pero ninguno de ellos tenía una mente tan rápida y aguda como la de János von Neumann. Lo dije en presencia de esos hombres, más de una vez, y nadie me contradijo.

Solo él estaba completamente despierto.

MARGIT KANN VON NEUMANN

Mimado, feroz

Nació tres días después de Navidad 1906
Diferente desde el principio
No lloró por la cachetada del doctor
No parecía un bebé sino un anciano
Me miró a los ojos sonriendo
Perturbador
A los cinco/seis me vio fumando en la ventana miran-
    do hacia afuera y preguntó *Mami, ¿qué estás calcu-*
    lando?
Precoz
Alegre pero solitario
Fabrica sus propios juguetes: coches/trenes/armas
No tímido aunque siempre a mi lado
Ningún amigo luego demasiados
Payaso
Adora a su hermanito
Fuerte/sano pero a veces fiebre/delirio/vómitos/confusión.
    Tenía que repetirlo todo. *Mami, di lo que dijiste. Dí-*
    melo como antes. ¡Dilo de nuevo! ¡De nuevo! ¡Como an-
    tes! ¡Como lo dijiste antes! Ciclo interminable
Ama a los insectos/perros/gatos
Cortés

Demasiado generoso: trajo un chico pobre a casa y regaló
   reloj de su padre
Duerme en las habitaciones de los sirvientes
Celoso
Coqueto
Enamorado de todas sus criadas/primas
Sobrenombre: *Pequeño príncipe*
Come todo el día lee toda la noche
Temerario
Chismoso
Travieso
Extravagante
Mimado
Feroz

NICHOLAS AUGUSTUS VON NEUMANN

A la cabeza de su horda

Todo comenzó con un telar mecánico, y debo advertirles que esa cosa era un aparato monstruoso. Se veía exactamente igual a la máquina que Franz Kafka imaginó en ese cuento suyo –«En la colonia penitenciaria»– para tatuar los pecados y crímenes de los prisioneros en sus espaldas: un insecto de metal gigante con diez mil patas, engullendo instrucciones y excretando hilos de seda como si fuese una araña prehistórica. Padre la trajo a casa para que la viéramos. Nos explicó que era un mecanismo automático que podía tejer tapices, brocados y textiles siguiendo patrones almacenados en tarjetas perforadas. Mi hermano intentó alimentar la máquina con un par de ellas (estaban cubiertas de pequeños agujeros, como si las hubiese atacado una oruga hambrienta), pero sin una fuente de energía, esa enorme araña no podía tejer su tela, y yo me aburrí rápidamente. János, en cambio, se enamoró de ella, y acosó a padre con una ráfaga de preguntas que él, como buen banquero, no supo responder. ¿Cómo se podía transmitir información solo utilizando agujeros? ¿Qué permitía que las tarjetas se convirtieran en un tejido? ¿Podía quedarse con la máquina? ¿Había otras máquinas que funcionaban con ese mecanismo? ¿Cómo se creaban los patrones?

¿El proceso podía correr al revés? ¿Le dejaría usar algún tapete o tapiz de la casa para probarlo por sí mismo? Décadas después, mi hermano utilizó el método de las tarjetas perforadas para almacenar la memoria de sus computadoras, pero en ese entonces, cuando aún no había sido capaz de comprender cómo diablos funcionaba el mecanismo, la maquinaria se apoderó de él, así que tuvimos que pedirle ayuda a nuestro mayordomo para apartar hacia los costados las sillas, mesas y alfombras de la habitación más grande de nuestro apartamento, porque Jancsi quería jugar con ella durante todo el día. Padre acostumbraba a traer su trabajo a casa, y en la mesa, durante la cena, solíamos discutir sobre estrategias comerciales, negocios y adquisiciones, y las ventajas e inconvenientes de las nuevas tecnologías y empresas que buscaban financiamiento en el banco que lo empleaba, pero el telar mecánico fue, sin duda, el negocio más extravagante en que se involucró. Según padre, se necesitaban cerca de cuatro mil tarjetas perforadas para fabricar un solo tejido, aunque todo dependía de la complejidad de la imagen que se quería representar: nos dijo que había visto un retrato del inventor de ese artefacto, un francés llamado Joseph Marie Jacquard, que precisó más de veinticuatro mil tarjetas para ser completado. La magia del invento, nos dijo, era que, una vez que introducías las instrucciones, un solo telar podía producir una cantidad ilimitada de copias de un patrón, sin la intervención de un operador humano, por lo que su impacto en la industria textil había sido gigantesco. János chilló de placer cuando padre nos contó que Jacquard estuvo a punto de ser linchado por una turba enfurecida después de que su invento dejara a miles de personas sin trabajo de la noche a la mañana. Nos dijo que muchos de los telares mecánicos originales habían sido quemados o rotos en mil pedazos con hachas, lo que sirvió para inflamar aún más el deseo de mi hermano. Yo realmente no podía entender por qué ese alboroto por una máquina inventada a principios del siglo XIX, pero János estaba obsesionado y no podía dejar de acariciar el marco, los engranajes, los carretes de hilos, las tablas de agujas, cilindros y martillos, analizándola con la misma intensidad monomaniaca que solía reservar para Lili, nuestra prima más hermosa. No dejó de hurgar dentro del aparato, desarmándolo pedazo a pedazo; llegó a estar tan inmerso que el segundo día se saltó el té y la cena, y todavía estaba intentando descifrar sus secretos, arrastrándose por el suelo para meterse dentro del mecanismo principal, o reptando a cuatro patas para encontrar dónde iba la pieza que había sacado, cuando yo me rendí y dejé de insistir en que lo dejara en paz y viniera conmigo a jugar al jardín antes de que nos obligaran a irnos a la cama. Esa noche me despertó, y aunque apenas había luz en mi habitación pude ver el pánico en sus ojos con absoluta claridad: no lograba reconstruir el telar. Y si no podía deshacer lo que había hecho antes de que padre lo viera, si no enmendaba el mecanismo, le quitarían la máquina para devolverla al banco y jamás volvería a verla. Me dijo que no era capaz de separarse de ella, la sola idea le parecía impensable, así que lo consolé, lo acompañé hasta el baño para que se secara las lágrimas, y luego nos quedamos juntos hasta el amanecer tratando de hacer calzar cientos de resortes, engranajes y palancas, en lo que parecía, al menos desde mi punto de vista, una tarea imposible para dos niños de nuestra edad. Aunque apenas podía mantener los ojos abiertos, no lo abandoné, porque János siempre me apoyó, fue el mejor hermano que podría haber tenido, increíblemente protector. Me sentía seguro a su lado, era la única persona que parecía saberlo todo, que podía entender cualquier problema, y que siempre tenía una respuesta, sin importar lo que yo le preguntara. Estaba convencido de que no podía sufrir ningún daño si él me acompañaba, incluso si hacíamos tonterías realmente peligrosas, como perseguir trenes a galope, o detonar los explosivos caseros que él fabricaba con químicos que obtenía del cobertizo del jardín en nuestra casa de verano, o cuando nos lanzábamos colina abajo a toda velocidad por los caminos que recorren las cicatrices que las guerras han dejado en los antiguos cerros de Buda, montados en una bicicleta modificada a la que le quitó los frenos —*¿A quién diablos le interesa ir más despacio?*—, asustando a los caballos que tiraban los carruajes en los que viajaban mujeres envueltas en seda y húsares vestidos con sus uniformes escarlata, que nos maldecían cuando lográbamos quitarles los sombreros de piel de la cabeza con una ráfaga de bolas de nieve. Esa noche tuve que hacer de todo para distraerlo del miedo que le causaba un posible castigo de nuestro padre. János adoraba a nuestra madre y temía a nuestro padre, pero su relación con los dos era compleja: ambos lo querían y se sentían orgullosos de él, pero a madre le costaba soportar su ímpetu y vivía escapando de lo que llamaba «su excesiva familiaridad». Con padre las cosas eran aún peores; ante él János se comportaba como si fuese uno de esos perros callejeros que caminan temblando con el rabo entre las piernas porque han sido maltratados desde cachorros; apenas escuchaba la voz de su «amo», o sentía el peso de su mirada, bajaba la vista al suelo y encogía sus hombros, preparándose para un golpe que —al menos en mi presencia— nunca recibió. Le pedí que me explicara cómo funcionaba el telar, y mi hermano me habló de Leibniz, quien había demostrado en el siglo XVII que lo único que se necesitaba para realizar todas las operaciones de la lógica y la aritmética eran el uno y el cero; János me dijo que al usar ese proceso de abstracción, tan simple y profundo a la vez, cualquier diseño natural o hecho por el hombre podía ser descompuesto y traducido al «lenguaje» del telar, un idioma encarnado en los pequeños agujeros de las tarjetas, los cuales determinaban qué hilos levantaba el mecanismo para enhebrarlos a través de sus ganchos, y así tejer las líneas sucesivas que forman el tapiz. Esas tarjetas, tan misteriosas, contenían toda la información relevante sobre el producto final, en su forma más pura y abstracta, y el mecanismo funcionaba de manera que uno no debía alterar la estructura de la máquina de ninguna forma para producir un nuevo patrón, solo debías cambiar las tarjetas. Aunque sé que es cierto, y que esta simple verdad ha transformado el mundo, aún me cuesta creer que con un vacío –un agujero o su ausencia– era posible dar vida a la cornucopia de guirnaldas, rosas, leones, corderos, vírgenes, ángeles y santos que adornaban las paredes de los hogares más lujosos de Europa, o que un telar, que es una máquina primitiva según los estándares modernos, pudiera encerrar en su interior la semilla de una tecnología que iba a afectar, para bien y para mal, todos los aspectos de la experiencia humana. ¿Y qué otras cosas se podían hacer con un mecanismo de ese tipo?, le pregunté a mi hermano cuando los primeros rayos del alba empezaron a colarse entre las cortinas que nos protegían del frío, una pregunta que en ese momento quedó sin respuesta, aunque sé que János (quien corrió escaleras arriba para esconderse en su cama con las sábanas estiradas por encima de la cabeza, mientras yo me quedaba sentado con las manos llenas de tornillos, absolutamente dispuesto a asumir la culpa por su transgresión) hizo más esfuerzos que cualquier otra persona para contestarla. En ese momento no podríamos haber sospechado lo que estaba por venir, ni el rol colosal que János jugaría en todo aquello, pero creo que, de alguna forma, al ver ese telar, mi hermano sufrió una premonición, amorfa pero sobrecogedora,

74

que lo poseyó con ferocidad y que desató en él la macabra fascinación que hasta entonces solo había sentido por la guerra y las explosiones. Yo no experimenté nada similar; sin embargo, no pude controlar el asco que me generó ver los restos de la máquina esparcidos a mi alrededor, y ese rechazo me continúa afectando. Por razones que no puedo entender del todo, ya que no siento miedo hacia aquel mecanismo en particular ni una aversión generalizada hacia la tecnología, he sufrido una pesadilla recurrente que me ha atormentado desde aquella noche, en la cual ese mismo telar cobra vida y se lanza hacia mí, cruzando la sala en un instante, envuelto en un amasijo de agujas, ganchos y engranajes, arrastrando sus hilos tan rojos como la sangre, con mi hermano mayor montado encima, al igual que un rey mongol a la cabeza de su horda.

MARIETTE KÖVESI

El diablo en tu puerta

Entré en su vida pedaleando sobre un triciclo en gloria y majestad cuando tenía solo tres años medio, y él —¿cuántos?— seguro que no más de ocho. Yo era una niña rica y caprichosa a la que no le faltaba nada salvo el cariño de sus padres, pero Johnny era casi peor, así que al menos teníamos eso en común. De chica, lo vi dos o tres veces, en cumpleaños y fiestas que nuestras familias celebraron antes de que Europa se despedazara a sí misma en la Gran Guerra. Aunque ojo, eh, ni él ni yo padecimos mucho ese conflicto. Puedo dar fe de que él pasó la mayor parte de esos años desplazando tropas imaginarias, movilizando tanques y rodeando ciudades y fortificaciones en mapas que recreaban la carnicería de las trincheras del Somme o el infierno de gases de Ypres sobre su tablero de Kriegsspiel, utilizando toda la información que era capaz de extraer de los periódicos. Estaba obsesionado con ese horroroso juego de guerra, y no es sorprendente que siempre ganara, porque los resultados de los conflictos dependían de cálculos matemáticos. Fue creado por un barón (¿von Kriegswitz?, ¿von Reisswitz?) en 1812 para entrenar al ejército prusiano, y a principios del siglo XX tenía tantos adeptos en la *intelligentsia* de nuestro imperio que muchas veces me he preguntado si acaso existe una conexión directa entre esas simulaciones abstractas e infantiles –muy alejadas del sufrimiento real y de las vísceras vertidas sobre los campos de batalla– y el entusiasmo con que Europa se lanzó a la guerra. Jancsi y sus hermanos se pasaron meses enteros con las narices pegadas al tablero, vistiendo uniformes alemanes hechos a medida, como si sus diminutas réplicas de cartón, donde podían recrear las matanzas y los horrores bélicos en que incontables soldados, solo un poco mayores que ellos, estaban entregando sus vidas, fuesen más importantes que la masacre que estaba ocurriendo a lo largo del continente. Me da vergüenza admitir que envidiaba su capacidad de sumergirse tanto en su propia imaginación, porque yo preferí ignorar lo que sucedía, y aunque era consciente de que Europa estaba siendo arrasada por el fuego, la única forma que tuve de manejar mi depresión fue ser *demasiado* feliz. Estaba tan ocupada en disfrutar los múltiples placeres que me ofrecía mi vida de adolescente en Budapest, que jamás consideré perder el tiempo preocupándome por el destino de la guerra. Sí, todo era terrible, pero en mi país no se libró ninguna gran batalla, Hungría era el granero de todo el imperio austrohúngaro, y las escaseces generadas por la guerra aumentaron tanto el precio de nuestro trigo que los ricos nos volvimos más ricos aún. Muchos de nosotros actuamos como si nada estuviese pasando. Puede sonar grotesco, lo sé, y no me enorgullece confesarlo, pero vivir así me enseñó una verdad humana esencial, algo que aprendí de jovencita y que nunca olvidé: se puede bailar incluso cuando el diablo está llamando a tu puerta. Y eso fue lo que hice, lo que muchos hicimos. No creo que nos puedan culpar. Yo nací en la *belle époque* de una Hungría plutocrática. Budapest era la ciudad que crecía más rápido de toda Europa. Contábamos con seiscientas cafeterías, el primer metro subterráneo del continente y un teatro de ópera que no tenía nada que envidiarle al de Viena. Las industrias crecían como hongos a nuestro alrededor, cada día brotaba una nueva fábrica vomitando humo al cielo, y sin embargo, durante la primavera, nuestra ciudad aún olía a violetas. Todo estaba a nuestra disposición. Lo novedoso aparecía como por arte de magia y caía en nuestras palmas como si fuese maná del cielo. Invenciones y descubrimientos, niveles de producción agrícola nunca antes vistos, artefactos de alta gama, artificios, juguetes, ropa de última moda, teatro, dulces, música, ¡cine! Vivíamos en el rapto constante de lo nuevo. Fue necesario adaptarnos para aprender a convivir con esa abundancia feroz. ¿Qué hicimos? Gozamos, jugamos y nos emborrachamos. Bailamos de una guerra a la siguiente. ¿Qué alternativa nos quedaba? Todos sabíamos que ese mundo perfecto que nuestros padres habían construido para nosotros se estaba acabando. Por eso nuestros juegos eran urgentes. Necesarios. Simplemente *teníamos* que divertirnos. No había nada más que hacer. Porque intuíamos lo que venía. No sé cómo, pero lo sabíamos. Todos lo sabíamos. Hombres y mujeres, ricos y pobres, judíos y *goyim*. Todos. Así que nos comportamos como niños, e hicimos lo que ellos hacen mejor que nadie: pretender que nada estaba sucediendo para poder seguir jugando. El mundo tendría que salvarse a sí mismo.

Como prósperos miembros de la alta burguesía judía, totalmente asimilados a la cultura húngara, la familia de Johnny vivía en un apartamento que ocupaba toda la planta superior de un edificio ubicado en el corazón de Pest, en el barrio Lipótváros, tan opulento, decadente y lujoso como el hogar donde yo crecí. Nuestras familias solían pasar el verano en fastuosas casas de campo construidas sobre los cerros cercanos a la capital, hacia las cuales migrábamos en una larga caravana que incluía a nuestros mayordomos, niñeras, cocineros, criadas, institutrices, maestros y mascotas, además de un sinfín de bolsos, maletas y valijas llenos de vestidos, trajes de baño, ropa de gala y disfraces, y suficiente comida y alcohol para soportar una expedición de dos semanas a través del desierto más hostil, aunque nuestra tierra prometida estaba a solo seis kilómetros de nuestros apartamentos en la ciudad. Pero las similitudes entre mi infancia y la de Johnny acaban ahí: yo era hija única, él tenía dos hermanos pequeños. Su madre fue una fumadora compulsiva, delgada como una hoja de papel, pero era una mujer fuerte, despierta y ocasionalmente cariñosa, la mía era una hipocondriaca insufrible que fingía ataques de nervios y se negaba a salir de la cama en dos semanas si yo llegaba a subir el volumen de la voz al responderle. Su padre era intimidante y despótico, aunque sé que lo quería mucho, mientras que a mí me crio un mujeriego irredento adicto a las pastillas al que no vi casi nunca, porque siempre estaba ocupado con su trabajo como jefe del Hospital Judío de Budapest, un hombre violento que se negó a tocarme salvo para voltearme la cabeza de una bofetada si es que yo volvía a casa un segundo después del toque de queda que había establecido, gesto que hacía con la precisión de un cirujano. Debido a aquello, no siento ninguna vergüenza por la forma en que viví, o lo bien que lo pasé con Johnny mientras estuvimos casados. Tampoco me siento culpable de haberlo cambiado por un hombre más joven cuando nos mudamos a Estados Unidos. Seguimos siendo amigos, e incluso compartimos la tutela de nuestra hija –mi pequeña Marina, Dios la salve– siguiendo un arreglo que, ojo, fue completamente idea de Johnny, y que me dio un grado de libertad que era casi impensable para una mujer en esa época. Marina vivió conmigo mientras fue una niña, y cuando cumplió los dieciséis se fue con él, lo que, a mi entender, la benefició enormemente. Llegó a ser una economista de élite, la primera mujer en trabajar como oficial en General Motors, fue consejera de múltiples presidentes, directora del Consejo de Relaciones Exteriores, y encabezó más directorios y comités de los que puedo recordar. Lo malo, sin embargo, fue que tuvo que soportar los ataques de histeria de la segunda esposa de Johnny. Klari, esa loca rabiosa. Yo nunca lo quise por su inteligencia. Ese fue el error de ella. Yo me casé con Johnny porque era un idiota que me hacía reír, y nos tuvimos unas ganas tremendas siempre, incluso después de separarnos, cosa que enfurecía a nuestras parejas. Pero yo no podría haber permanecido casada con ese hombre. El gran von Neumann. Un verdadero *mensch*. ¡Dios de la ciencia y la tecnología! ¡Rey de los consultores! ¡Padre de la computación! Me muero de risa. Si los demás lo conocieran tanto como yo... Ese tipo no podía atarse los zapatos. ¡Inútil! Peor que un bebé. Si lo dejabas solo en casa, se moría de hambre frente a los fogones de la cocina. Un bobo, adorable, pero bobo al fin. Tal vez por eso siempre lo quise. Me preocupé por él hasta el último día de su vida. Incluso pensé en quedarme con su apellido cuando me volví a casar. El padre de Johnny, Max, ese viejo imponente, recibió el título honorífico de manos del mismísimo emperador Franz Joseph por «servicios meritorios en el ámbito financiero», una forma encubierta y poco sutil de agradecer todo el dinero que Max había donado al gobierno, y que fue usado para financiar la participación de Hungría en la Primera Guerra Mundial. Eso le permitió agregar el «von» a su apellido, y mi difunto exesposo lo mantuvo cuando llegamos a Princeton, a pesar de que cambió su nombre de János a Johnny. Disfrutaba de la asociación germánica de su apelativo a pesar de que su odio hacia los nazis era ilimitado, porque decía que el «von» le aseguraba un trato preferencial en tiendas y restaurantes. A Johnny le encantaba burlarse de sí mismo y de los demás, no paraba de contar chistes que solo le hacían gracia a él, y había uno en especial que siguió repitiendo incluso cuando dejó de ser gracioso: en una pequeña aldea de Polonia empieza a correr un rumor terrorífico. Han encontrado el cadáver de una niña cristiana, asesinada. Temiendo una feroz y expedita represalia, la comunidad judía se reúne en el *shul* para ver qué acciones pueden tomar para protegerse. Justo en el momento en que la reunión está a punto de descontrolarse, el presidente de la sinagoga entra corriendo, incapaz de contener su entusiasmo: *¡Hermanos!*, grita el hombre con una enorme sonrisa en el rostro, *¡Hermanos, tengo la noticia más maravillosa posible! La niña asesinada... ¡La niña... es judía!*

Después de un par de breves encuentros durante nuestra infancia, nos volvimos a topar a finales de los años veinte, cuando él comenzaba a hacerse famoso en Alemania. Yo ya no podía aguantar más a mis padres, y el tedio me estaba volviendo loca, por lo que acepté su propuesta de matrimonio sin siquiera detenerme a pensar dónde me estaba metiendo. Mis padres exigieron que él se convirtiera al catolicismo antes de las nupcias. Ellos lo habían hecho un par de años antes, aunque no les sirvió un carajo tratar de asimilarse a la fuerza. Yo tuve un ataque de furia cuando lo supe. No porque me importaran mucho mis raíces, sino por lo despóticos y autoritarios que eran. Pero a Johnny no le importó en lo más mínimo. Era totalmente secular, no le daba orgullo ni vergüenza ser judío. Estoy segura de que el único apego real que sentía hacia nuestro pueblo se basaba exclusivamente en su gusto por los chistes judíos y en su insulto favorito para cualquier *goyim* que estuviese siendo aburrido, demasiado serio o que dijese algo que Johnny considerase estúpido, una categoría que, teniendo en cuenta el tamaño de su cerebro, podía incluirnos a casi todos: *Nebbish!*

81

GEORGE PÓLYA

Nunca olvidaré la primera vez que lo vi. Nunca. Si cierro los ojos, si los cierro bien, puedo verlo todavía, incluso ahora puedo verlo. Tan nítido, tan claro ese recuerdo, a pesar del tiempo, a pesar de los años. ¿Cuántos han pasado ya? ¿Veinte? ¿Treinta? *¿Cuarenta?* Eso lo he olvidado, eso no lo sé, pero a él siempre lo voy a recordar. Nunca me olvidaré de él.

Yo estaba impartiendo un seminario en Budapest, un seminario muy especial, solo para estudiantes realmente dotados. Y ahí estaba él, János von Neumann, sentado en la parte de atrás de la sala. Gábor ya me lo había advertido, Gábor Szegő, pero aun así yo no estaba preparado. No estaba listo, no para lo rápido que era. Al principio se mantuvo callado, callado pero sonriente. Siempre sonriendo ese. Pero luego llegué a un teorema importante. Esto, dije, esto es sumamente difícil. No está probado, no todavía. Por nadie. Muchos lo han intentado, sí, lo han intentado y fallado. Yo mismo, yo llevaba décadas tratando, y usaba el seminario, ese mismo seminario, para refinar mi prueba. Y me estaba acercando. Lo sabía. Podía sentirlo. Porque las matemáticas son eso, ¿sabes? Un sentimiento. Una sensación. Incluso antes de saber tienes la sensación.

¡Aaah!, dices. ¡Sí! ¡Esto se *siente* correcto! Pero no lo sabes. No hasta que llegas al final. E incluso al final, a veces no lo sabes. O no lo entiendes. ¡Aunque sea cierto! Así que presenté el problema al curso, les mostré el teorema, y luego mostré lo que yo había hecho, y por qué no funcionaba, no todavía. Y les dije a todos: *¡Discutid, discutid!* Chicos brillantes, muy brillantes, todos ellos, todos debatiendo en voz alta. Así enseño yo, ¿sabes? Algunos no pueden, pero a mí me gusta el ruido. ¡Los gritos, las peleas, las preguntas! Así hago mi mejor trabajo. Pero von Neumann no participó. Ni una palabra. Él no. Solo cerró los ojos y luego levantó la mano. Cuando lo llamé, caminó hacia la pizarra y escribió una demostración completamente deslumbrante. En un segundo. Sin esfuerzo. Sin pensar. No podía creerlo. ¡Años! Todos mis años de trabajo borrados en un segundo. Y eso que hizo... era tan hermoso, tan elegante, que recuerdo haberme preguntado a mí mismo: ¿Qué es *esto*? Este chico... ¿Qué *clase* de chico es este? Todavía no lo sé, todavía no lo entiendo, pero después de eso le tuve miedo a von Neumann.

A comienzos de la década de 1920, David Hilbert propuso un programa de trabajo, extraordinariamente ambicioso, para determinar si era posible construir el universo matemático entero a partir de un puñado de axiomas lógicos. Buscaba establecer una base completa y consistente para evitar las paradojas que habían surgido producto de ideas nuevas y radicales, que expandieron los horizontes de las matemáticas de forma casi inimaginable, poniendo en peligro la estabilidad de todo su edificio teórico.

El programa de Hilbert fue irresistible para el joven von Neumann, no solo porque estaba convencido de que los principios de la ciencia debían descansar sobre las verdades inmutables de las matemáticas, sino también porque temía que una peligrosa sinrazón estuviera comenzando a brotar del abismo que sus colegas habían abierto en su intento frenético por alcanzar el fundamento de su disciplina.

THEODORE VON KÁRMÁN

Algunos perdieron la cabeza

Un famoso banquero de Budapest vino a verme junto a su hijo. Tenía una solicitud muy inusual. Quería que yo disuadiera al joven de su afán por convertirse en matemático, porque, según él, «las matemáticas son un arte que no da pan». Al principio no entendí por qué ese hombre hacía tanto alboroto, pero luego hablé con el chico. Era magnífico. Aún no tenía diecisiete años y ya estaba inmerso en el estudio de los diferentes conceptos del infinito, uno de los problemas más profundos de las matemáticas abstractas, y lo hacía solo, sin ayuda de nadie. Me identifiqué con él por completo. Cuando yo tenía trece, mi propio padre me prohibió siquiera pensar en matemáticas –disciplina para la cual yo había demostrado poseer un talento precoz–, y no porque estuviera en contra de mi desarrollo mental, sino porque no quería que me convirtiese en un bicho raro con un intelecto desequilibrado. No volví a ver una ecuación avanzada hasta que llegué a la universidad. Me pareció que sería una tragedia alejar a ese joven de su inclinación natural, pero me di cuenta de lo inútil que era dialogar con su padre, así que hice cuanto pude para que llegaran a un acuerdo. El joven estudiaría química y matemáticas. Se enroló en

89

el programa de ingeniería química en el Eidgenössische Technische Hochschule de Zúrich (una institución tan exigente que Albert Einstein no pudo siquiera pasar el examen de ingreso) y a la vez se matriculó como alumno de matemáticas en la Universidad de Budapest, y también estudió en la Universidad de Berlín. No conozco a nadie capaz de asumir un peso tan grande y salir triunfante, pero a él le tomó solo cuatro años obtener un título de ingeniero químico y un doctorado en matemáticas. Pólya, uno de sus profesores en Budapest, me dijo que von Neumann se graduó *summa cum laude* casi sin ir a clase. La mayor parte de ese tiempo lo pasó en Alemania, trabajando junto a David Hilbert. No es de extrañar que se convirtiera en el *Privatdozent* más joven en la historia de ese país, un profesor asociado a los veintidós años. Para agradecer el apoyo que le di con su padre, me envió su tesis, que leí con incredulidad. El chico había apuntado al Santo Grial.

Von Neumann intentó crear axiomas que capturaran las verdades esenciales de las matemáticas, afirmaciones que no podían ser refutadas, certezas que permanecerían eternas e inmutables a lo largo del tiempo, tan sólidas como los pies de Dios. Sobre ese núcleo inamovible los matemáticos podrían construir todas sus teorías, estudiando la diversidad del cambio, analizando la belleza de la estructura y escrutando los misterios de la cantidad y el espacio, sin miedo a despertar un monstruo, alguna horrible quimera nacida de la paradoja, o una gorgona que alzaría su cabeza de serpientes desde el seno de una contradicción irresoluble, capaz de devastar el orden que habían forjado con tanto esmero. Su intento de apresar las matemáticas en un sistema formal de axiomas era —al menos en mi opinión— no solo pretencioso y grandilocuente, sino profundamente insensato, pero estaba en el corazón del programa de Hilbert, un programa que von Neumann sin duda se había tomado a pecho.

Absolutista y extremo, el programa de Hilbert fue un verdadero síntoma de su época, un desesperado intento de hallar seguridad en un mundo que estaba saliéndose de control. Surgió en una era de transformaciones sin precedentes. El fascismo levantaba la cabeza a nuestro alrededor, la mecánica cuántica había alterado nuestra noción del comportamiento de la materia en el interior de los átomos y las teorías de Einstein habían revolucionado la manera en que concebíamos el espacio y el tiempo. Pero lo que buscaban Hilbert, von Neumann y muchos otros era tal vez más primordial aún, porque tanto entonces como ahora gran parte del conocimiento y la tecnología descansan en la exactitud y la santidad de la reina de las ciencias. ¿Y en qué más podríamos depositar nuestra confianza? Hay tantas religiones y dioses y diosas como personas que creen en ellas, y las llamadas «ciencias» sociales son tan inútiles como la filosofía, poco más que juegos de palabras. La matemática es diferente. Cegadora e irrecusable, siempre ha sido considerada como la luz de la razón, una antorcha que brilla en medio de la oscuridad que nos rodea. Pero eso empezó a cambiar a principios del siglo XX. Muchos matemáticos vieron que el trono de la reina tenía grietas, y que su corona, antaño tan firme, ahora se balanceaba precariamente sobre su cabeza. Una marea creciente de nuevos descubrimientos reveló que las matemáticas realmente no tenían una base con la que todos pudieran estar de acuerdo. Esta persistente sospecha de que todo su reino descansaba sobre la nada llegó a ser conocida como la «crisis de los fundamentos de las matemáticas», y dio origen al cuestionamiento más profundo de la disciplina desde la época de los griegos. La crisis fue un asunto extrañísimo que involucró a las mentes más brillantes y originales del planeta, pero cuando pienso en ella, me parece poco menos que una psicosis colectiva, una cruzada en la cual la razón se perdió más allá de sus límites y nos dejó a todos sosteniendo un cáliz vacío.

El universo matemático está construido a la manera de las pirámides. Cada teorema descansa en un sustrato más profundo y elemental. Pero ¿qué sostiene la base de la pirámide? ¿Hay algo sólido que se pueda encontrar allí, o todo flota en el vacío, sujetado solo por costumbres y creencias, hilos de pensamiento tan delgados como aquellas telarañas que se mecen con la brisa de la mañana, ya abandonadas y deshaciéndose en sus bordes, apenas capaces de resistir el peso del rocío? Recuerdo haber hablado al respecto de la crisis con algunos de mis amigos cercanos. Los especialistas en lógica estaban completamente traumatizados. Dondequiera que mirasen no veían más que paradojas, incoherencias, contradicciones y singularidades. Los conceptos más primordiales de la geometría resultaban inadecuados frente a las formas inexplicables del espacio no euclidiano, poblado de objetos que sugerían lo imposible: las líneas paralelas –que nunca deberían intersectar– se encontraban en un punto del infinito. Nada tenía sentido. De pronto los matemáticos ya no podían confiar en sus propios razonamientos, y esto les hizo ver que, al igual que un simple albañil nunca es del todo consciente del gran diseño de la catedral a la que aporta sus esfuerzos y, por lo tanto, debe confiar en la solidez de los pilares establecidos por otros que han venido antes, ellos podían continuar basándose en la fe, o correr el riesgo de hurgar en la esencia de las matemáticas para desenterrar la piedra angular que sostenía toda su estructura. Pero descubrir cimientos es peligroso, pues ¿quién sabe qué nos espera entre las grietas de la lógica del universo, o qué criaturas duermen y sueñan enroscadas en las raíces del árbol del conocimiento?

La crisis de los fundamentos de las matemáticas fue una empresa arriesgada. A algunos les costó su reputación; a otros, como Georg Cantor, les costó la cabeza.

Cantor fue un hombre extraordinario. Creó la teoría de conjuntos, una pieza clave de las matemáticas modernas, pero también contribuyó a la crisis fundacional cuando logró algo que parecía absolutamente imposible: expandió el infinito. Antes de Cantor, el infinito era considerado puramente como un constructo mental, sin ninguna correspondencia real en la naturaleza. Ilimitado e interminable, mayor que cualquier número, el infinito, si bien algo fantasioso, era una abstracción muy útil, y había demostrado ser una herramienta poderosísima. Armados con ella, podíamos estudiar cambios infinitesimales y considerar múltiples escenarios que eran simplemente impensables sin las maravillosas matemáticas del infinito, a pesar de que muchos sentían una desconfianza atávica hacia su mera existencia. Platón y Aristóteles detestaban la idea del infinito, y su rechazo se había vuelto la norma entre los matemáticos hasta que llegó Cantor a finales del siglo XIX y demostró que no había solo un tipo de infinito, sino una multiplicidad. Su tesis generó un caos que afectó a todas las ramas de las matemáticas, ya que su paisaje teórico –donde cada nuevo infinito parecía ser más vasto que todo lo que habíamos conocido antes– estaba lleno de nociones contradictorias y absurdos de carácter lógico que parecían haber surgido de la imaginación de alguna deidad enloquecida. Al utilizar sus nuevas ideas, Cantor podía demostrar que había tantos puntos en una línea de un centímetro como a lo largo de todo el espacio. Había dado un salto gigantesco hacia lo desconocido y encontrado algo único, algo que nadie siquiera consideró antes que él. Pero sus críticos, que eran muchos y variados, decidieron que había ido demasiado lejos. Por interesantes que

fueran, sus infinitos jamás podían ser tomados como objeto serio de estudio. Sus ideas, dijeron, no eran más que un
juego, un divertimiento, un delirio más propio de la teolo-
gía que de la matemática. Cantor se defendió con uñas y
dientes, armado de una prueba que parecía irrefutable y que
mostraba, con toda la belleza y la fuerza de la lógica, que él
estaba en lo correcto: «¡La veo, pero no la creo!», escribió a
un amigo cercano cuando la terminó, y su mayor problema, a partir de entonces, fue que muchas otras personas
fueron incapaces de aceptar ese nuevo artículo de fe.

Cantor nació y se crió en Rusia, un país cuyos habi-
tantes se han hecho famosos por la profundidad de sus
sentimientos, la intensidad de sus creencias políticas y reli-
giosas, y por una cierta inclinación hacia lo trágico, y aunque estas cosas no suelen ser más que clichés culturales, en
Cantor cobraron vida, y ayudan a explicar la compleja y
tortuosa relación que mantuvo con sus propias ideas. Según los testimonios de su época, fue un luterano piadoso
y un alma extremadamente sensible. A pesar de que defen-
día su tesis en público, en privado apenas era capaz de tolerar las consecuencias de su propio descubrimiento, o
aceptar lo que sus infinitos parecían estar diciendo sobre
el mundo. Le confesó el mayor de sus temores a su hija:
sentía que, de alguna manera, sus infinitos ponían a Dios
en tela de juicio. Como mínimo, nos obligaban a cuestionar la noción anticuada que teníamos de Él y de Su creación. Esta dialéctica teológica, en la cual Cantor jugaba el
papel del acusador y el acusado, lo torturaba casi tanto
como los despiadados ataques que recibía de sus colegas.
El gran Henri Poincaré se refirió a su trabajo como *un
beau cas pathologique*, una enfermedad de la cual las matemáticas eventualmente se curarían; otros, en cambio, simplemente lo rechazaron como una tontería absoluta, poco
más que «niebla sobre niebla». Llegaron tan lejos como

para tildarlo de charlatán científico y corruptor de la juventud. Pero lo que le causaba dolor no se limitaba a esos insultos; también sufría por la devoción exagerada de sus admiradores: «Ni siquiera Dios podrá expulsarnos del paraíso que Cantor ha construido», escribió David Hilbert. En vez de sentirse reconocido y apreciado por tales elogios, considerando que venían de alguien de la talla de Hilbert, Cantor se resintió, porque los consideraba innecesarios; él no trabajaba buscando la fama ni el dinero, y tampoco le importaba que su nombre pasara a la historia. No; él respondía a un llamado superior, algo que era su propia recompensa, un fin en sí mismo. Desde niño, Cantor había oído lo que llamaba «una voz secreta y desconocida» que lo instigaba a estudiar matemáticas, y llegó a convencerse de que solo había podido desarrollar su nuevo concepto del infinito gracias a una intervención directa de parte de la divinidad. Creía que, al igual que con todas las verdaderas revelaciones, su descubrimiento llevaría a la humanidad hacia una fuente de certidumbre mayor y trascendente; pero pronto se dio cuenta de que estaba ocurriendo exactamente lo opuesto. Nadie podía entender sus infinitos, y sus enemigos hicieron todo lo posible para obstaculizar su carrera profesional y frustrar sus investigaciones. Aunque sin duda merecía encabezar una cátedra en cualquiera de las principales universidades de Prusia, Cantor languideció en la marginalidad de Halle, desahogando sus frustraciones con un círculo cada vez más pequeño de amigos y colegas. «El miedo que mi trabajo inspira en algunos es una forma de miopía que destruye la posibilidad de ver lo que es realmente infinito, aunque, en su manifestación más alta y perfecta, es el infinito lo que nos crea y sostiene. Hace poco me sorprendió recibir una carta de Mittag-Leffler en la que escribe, para mi gran asombro, que, después de considerarlo seriamente, él pensaba que el artículo que le mandé para publicar estaba "aproximadamente cien años adelantado a su tiempo". Si es así, ¡tendré que esperar hasta 1984!, y me parece que eso es más de lo que se le puede pedir a cualquier hombre. No importa lo que digan, mi teoría sigue tan firme como una roca; todas las flechas que lanzan sobre ella retornan rápidamente para herir el corazón de su supuesto asesino.» En un intento por acallar a sus críticos, Cantor buscó completar su tesis para que fuese incuestionable; desarrolló toda una estructura jerárquica con sus infinitos, trabajando frenéticamente, pero al mismo tiempo tuvo que soportar episodios de manía cada vez mayores, tras los cuales descendía hacia la más negra depresión. Esos ataques se volvieron tan frecuentes que tuvo que dejar de pensar en las matemáticas; dedicó su energía maniaca a tratar de probar que las obras de teatro de Shakespeare las había escrito el filósofo inglés Francis Bacon, y que Cristo era, en realidad, el hijo biológico de José de Arimatea, puntos de vista que solo sirvieron para dar peso a los argumentos de quienes decían que se estaba volviendo loco, lentamente. En mayo de 1884 sufrió un colapso mental y tuvo que ser internado en un sanatorio en Halle. Según su hija, durante sus crisis, la personalidad de su padre se transformaba por completo. Aullaba por las noches, insultaba de forma incontrolable a sus doctores y enfermeras, y luego se sumía en un silencio de ultratumba, sin mover un dedo. Uno de sus psiquiatras observó que, cuando a Cantor no le consumía la ira, se entregaba a delirios de persecución paranoide, imaginando una cábala demoniaca que trabajaba sin descanso para socavar su trabajo y demoler su reputación. Durante los breves periodos de descanso entre un ataque y el siguiente, continuó enseñando matemáticas y esforzándose para dar coherencia total a su universo de infinitos. Pero era como si su propio cerebro quisiera aumentar su ruina, porque quedó atrapado en un extraño bucle del cual no lograba escapar: primero probaba que la gran hipótesis en la cual estaba trabajando –la hipótesis del continuo, famosa hasta el día de hoy– era verdadera; pero luego, tan solo meses, o incluso un par de semanas después, probaba que era falsa. Este ciclo vicioso de verdad y falsedad se repitió una y otra vez, agravando la miseria que fue el sello distintivo de sus últimos años. Finalmente, el 6 de enero de 1918, tras sufrir la muerte de su hijo menor, múltiples enfermedades, la bancarrota y una severa desnutrición durante la Primera Guerra Mundial, Cantor murió de un ataque al corazón en la clínica Nervenklinik de Halle, la institución psiquiátrica universitaria en la que había pasado los últimos siete meses de su vida.

La muerte de Cantor fue una tragedia para las matemáticas, pero no sofocó en lo más mínimo los encendidos debates que su nueva noción del infinito había generado. Víctima de una idea incomprensible, Cantor sufrió enormemente por el gran regalo que transmitió a nuestra especie, pero sin duda no fue el único que padeció debido a la crisis de los fundamentos de la matemática. En 1901, Bertrand Russell, uno de los lógicos más destacados de Europa, descubrió una paradoja fatal en la teoría de conjuntos que se convirtió en una obsesión para él. No lo dejaba descansar, incluso cuando estaba dormido soñaba con ella, una y otra vez. Para exorcizarla, Russell y su mentor, Alfred North Whitehead, escribieron un gigantesco tratado cuya intención era reducir las matemáticas a la lógica. No utilizaron axiomas como Hilbert o von Neumann, pero sí optaron por una forma extrema de logicismo: para ellos, el fundamento de las matemáticas debía ser, necesariamente, la lógica, así que comenzaron a construir todo el cosmos matemático desde los cimientos. No fue una tarea fácil: las primeras 762 páginas de su colosal tratado, *Prin-*

cipia Mathematica, están solo dedicadas a probar que uno más uno es igual a dos, punto tras el cual los autores incluyeron una nota seca e irónica: «La proposición anterior es ocasionalmente útil». El intento de Russell de basar todas las matemáticas en la lógica también fracasó, y el temor que le causaba su paradoja fue reemplazado por una nueva pesadilla recurrente, producto de la inseguridad que sentía sobre el valor de su propia obra: en su sueño, Russell caminaba por los pasillos de una biblioteca sin fin, cuyas escaleras de caracol bajaban en espiral hacia el abismo y se perdían en lo alto del firmamento. Desde su punto de vista, Russell podía ver a un joven bibliotecario, enjuto y cansino, que caminaba frente a las interminables estanterías con un balde metálico colgando del brazo, como el que uno usaría para sacar agua de un pozo, con un pequeño fuego incombustible ardiendo en su interior. Uno a uno, el joven recogía los libros, abría sus tapas cubiertas de polvo, hojeaba sus páginas amarillentas y, o los colocaba de vuelta en su sitio, o los lanzaba al interior de la cubeta para que fueran consumidos por las llamas. Russell lo miraba avanzar, sabiendo, con esa extraña certidumbre que solo podemos sentir en nuestros sueños, que el chico se acercaba lentamente hacia la última copia restante de su *Principia Mathematica*. Cuando la tenía en las manos, Russell se apoyaba en la barandilla y sacaba parte de su cuerpo hacia el vacío, estirando el cuello para tratar de distinguir cuál era la expresión en el rostro del muchacho allí abajo, mientras observaba su libro. ¿Acaso podía ver el comienzo de una sonrisa iluminando sus rasgos prematuramente envejecidos? ¿O se trataba de un gesto de asco? ¿Era aburrimiento? ¿Confusión? ¿Rechazo? El bibliotecario finalmente apoyaba el balde en el suelo, con las llamas lamiendo las puntas de los dedos, y se quedaba ahí, sin moverse, sosteniendo el tomo en ambas manos, con los músculos de sus brazos tensos por el peso, y de pronto miraba hacia arriba, al rostro de Russell, que despertaba en su cama, gritando, cubierto de sudor, sin saber cuál era el destino de su obra.

Russell y Whitehead rellenaron casi dos mil páginas con densas notas e impenetrables esquemas lógicos para tratar de construir una base consistente y completa para las matemáticas, mientras que la tesis de grado de von Neumann era tan sucinta que sus axiomas cabían en una sola hoja. Aunque luego se supo que su intento también había fracasado, la audacia y la concisión de su trabajo no pasaron desapercibidas, y pronto se hizo famoso entre sus colegas. Su tesis fue una demostración temprana del estilo que aplicaría a todo su trabajo posterior: se abalanzaba sobre una temática, la desmontaba hasta encontrar sus axiomas fundamentales, y convertía cualquier dilema en un problema de lógica pura. Esa capacidad sobrehumana para penetrar el corazón de las cosas, o –visto desde su lado opuesto– su total miopía, que no le dejaba pensar *salvo* en términos fundamentales, no solo era la clave de su genio, sino también la explicación de su absoluta ceguera moral.

GÁBOR SZEGŐ

Un agujero en forma de Dios

Ese muchacho era un pequeño demonio, pero para quienes vimos la locura que se avecinaba y escapamos de Alemania antes de que fuera demasiado tarde también fue una especie de ángel. Tuve la suerte de darle clases cuando era un *boychik,* porque de adulto se convirtió en algo distinto. Leviatán de las matemáticas, sin lugar a dudas, pero Hashem sabe que también podía ser un tonto. ¡Y uno muy peligroso! Qué contradicción insoportable... Era como hablar con dos personas al mismo tiempo. Brillante pero infantil, profundo pero increíblemente superficial. Tan chismoso ¡y tan borracho! Malgastaba su dinero en prostitutas y perdía el tiempo con amigos que alimentaban su morbosa fascinación por saber qué primo de tal o cual barón se había liado con qué princesa y cuántos hijos ilegítimos habían tenido. Nunca entendí su necesidad, ni qué impulso satisfacía con toda esa charla *farkakteh.* Una vez se pasó más de media hora explicándome las muchas ventajas de tener un shih tzu en comparación con un gran danés, y creo que todavía estaba parloteando sobre eso cuando me levanté y me fui. Toda esta mierda insípida venía del mismo hombre que hizo incontables aportes a la teoría de grupos, de operadores y ergódica, además de publicar treinta y dos artículos de importancia crucial, ¡en menos de tres años! Y sin embargo, a pesar de todas sus frivolidades, yo no dudé en pedirle ayuda, porque estaba seguro de que se podía confiar en él cuando se trataba de algo importante.

János solo tenía veintisiete años y ya era un profesor titular en Princeton que viajaba sin descanso entre América, Budapest, Gotinga y Berlín. Yo daba clases de matemáticas en la Universidad de Königsberg y tenía una vida bastante cómoda, pero apenas los nazis empezaron a amenazarnos abiertamente, supe que debía huir. Claro, si había aprendido lo suficiente durante los años de terror blanco en Budapest, después del breve gobierno comunista de Béla Kun (cuando tantos miembros de mi pueblo fueron ejecutados, ahorcados en público, torturados, violados o enviados a prisión solo porque algunos de los líderes comunistas eran judíos), para saber qué podía esperar. Así que escribí a János y él dijo que nos juntáramos en Berlín. Yo tenía la esperanza de pedirle que usara sus contactos para que mi familia y yo pudiésemos emigrar a América, pero ¿saben dónde me invitó a almorzar? A Horcher, nada menos. El mismo restaurante decadente donde los jerarcas del Partido Nazi se citaron a comer cangrejos y a celebrar la matanza de la Noche de los Cuchillos Largos solo cuatro años después. Esa era la quintaesencia de von Neumann. Tan acostumbrado al privilegio que nada salvo lo mejor era suficiente. Si Horcher era el restaurante más fino de Berlín, no se podía comer en otra parte. Cuando llegué a la puerta y vi las paredes revestidas de paneles de madera de ébano, me sentí completamente fuera de lugar. Comparado con el maître, yo parecía un pordiosero, pero apenas mencioné el nombre de mi exalumno, me llevaron a la mejor mesa, donde János esperaba fumando un habano tan grueso como su pulgar, sentado frente a dos enormes ventanales, el rostro iluminado por los rayos de sol que se colaban a través de las cortinas de encaje, totalmente a sus anchas. Aunque en ese entonces los nazis solo tenían un par de representantes en el parlamento, hoy no puedo salvo temblar cuando pienso en János y en mí —dos matemáticos judíos— almorzando en esa guarida de hienas ubicada en la esquina de Lutherstrasse (¡en la misma mesa que Himmler ocuparía tantas veces!), haciendo planes para escapar de Alemania rodeados de políticos, espías, estrellas de cine, barones de la industria, diplomáticos, miembros de la realeza y tantos otros crápulas de la rancia aristocracia alemana.

Empezamos hablando de matemáticas, por supuesto. Inmediatamente, pude intuir la perversa influencia que Hilbert (ese arrogante *nudnik*) estaba teniendo en mi antiguo pupilo. János había desarrollado una compulsión monomaniaca por la lógica y los sistemas formales, la misma que yo había visto consumir a tantos colegas. Me costaba creer lo fanático que se había vuelto, incluso para los estándares de esa época, cuando el fanatismo era la norma en Europa, y eso nos incluía a nosotros, los matemáticos. Cuando me dijo que estaba cerca de realizar su sueño de encapsular la esencia de las matemáticas en axiomas que eran consistentes, completos y libres de contradicciones, me tuve que reír. Deberías crecer como una cebolla, le dije, ¡con la cabeza plantada en el suelo! ¿Cómo era posible que una reducción tan estricta (que crea más problemas de los que resuelve) llevase a la humanidad hacia el paraíso de claridad con que él soñaba? ¿Y qué tipo de Edén sería ese? Uno sin abono para que floreciese el árbol de la vida. Él siguió comiendo, bebiendo y hablando sin notar que yo estaba tan nervioso que no había tocado mi plato. Le dije que debería quedarse en Estados Unidos y no volver a Alemania nunca más, pero no había forma de convencerlo. Se quedó en silencio durante un par de segundos, y luego me confesó que estaba trabajando en algo muy importante. Podía sentir una idea tomando forma en su cabeza, y le daba miedo perderla si no continuaba interactuando con Hilbert y con los otros miembros del círculo de Gotinga. Yo respondí que era mejor perder una idea que perder la cabeza, y János me miró con una expresión que dejaba en claro que él lo veía completamente al revés. ¿Acaso yo no había escuchado nada sobre lo que estaba pasando en la mecánica cuántica? Son números, me dijo, estas cosas no se comportan como si fuesen partículas, no son pequeños paquetes de materia o de energía… ¡Son números! ¿Y quién podía entender esa realidad mejor que nosotros? Para János, la fuerza que iba a dar forma al futuro no era la química, la industria o la política. Eran las matemáticas. Solo ellas nos permitirían una mayor comprensión del mundo. Yo no sabía qué pensar de todo aquello, porque las ideas y las tecnologías que él desarrolló no existían en ese entonces, pero al hablarme de eso se puso tan serio que por razones que aún no entiendo del todo empecé a temblar, como si una ráfaga de aire frío se hubiese colado a través de las ventanas. Creo que se dio cuenta, porque cambió de tema y me dijo que no tenía nada de que preocuparme: América me recibiría con los brazos abiertos. Me habló con una confianza tan absoluta que yo sentí un alivio inmediato, pero cuando traté de pedirle detalles (con quién iba a hablar, en qué universidad me podrían ofrecer trabajo, qué tipo de papeles necesitaba), sonrió, hizo un brindis en mi nombre y me aseguró que se haría cargo de todo. Y en su favor debo decir que lo hizo, aunque me cuesta admitir que en ese momento no le creí. Incluso me enojé. Porque era evidente que se había aburrido con mi tema, tanto que se giró y empezó a coquetear con tres rubias que se habían sentado en la mesa al costado nuestro. Tuve que ir al baño para disimular mi indignación.

Me desespera pensar en las cosas que hizo a lo largo de su vida. Yo tendría que haber tocado su corazón, de alguna manera. ¿Habría sido capaz de desviar su voluntad? Lo dudo. Pero tendría que haber hecho el intento. Plantar una semilla, algo muy pequeño. Una palabra, un gesto mínimo para preservar parte de su alma. Pero no dije nada, no hice nada. Solo podía pensar en mí, en mi seguridad, en mi familia, en mi temor. También me daba vergüenza. Porque se habría burlado de cualquier cosa que le hubiese dicho. De eso estoy seguro. Sin ser hiriente, por supuesto, no era ese tipo de persona. Con uno de sus chistes de mal gusto, lo más probable. Sí, lo puedo oír ahora mismo. Un rabino, un sacerdote y un caballo entran en un bar. *Oy vey!* Pero no dejo de pensar que debería haberlo intentado. No era un mal chico. No lo era. Y tampoco podemos olvidar que no fue él quien echó leña al fuego. Su generación completa desató los perros del infierno. Incluso así, no puedo perdonarme. Porque fui su primer maestro. Era un cachorro cuando su madre me pidió que le diera clases, una criatura bajo mi cuidado, parte de mi responsabilidad. Es indudable que los hábitos que desarrollamos en nuestra infancia son los que seguimos en la adultez, y yo le fallé de forma miserable en lo más importante: no pude transmitir la santidad de nuestra disciplina. No le enseñé lo que significa la pureza de las «matemáticas puras». No es lo que la gente cree. No es el conocimiento por sí mismo. No se trata de buscar patrones, tampoco son juegos abstractos desconectados del mundo. Es algo muy diferente: las matemáticas son lo más cerca que podemos llegar a la mente de Hashem. Y por eso hay que utilizarlas con reverencia. Porque tienen un poder especial. Uno que puede usarse fácilmente para el mal, ya que nace de la razón, la virtud que el Señor, bendito sea Él, nos dio en lugar de garras, dientes o zarpas. Sobre esto no le enseñé nada. Sea cual sea el juicio que me espera, tendré que responder por mis pecados, porque yo lo vi antes que nadie. Vi lo que podía hacer. Era tan hermoso y singular que me cayeron las lágrimas. Pero también vi algo más. Algo diferente. Una inteligencia siniestra, mecánica, una mente que carecía de los frenos que limitan al resto de los seres humanos. ¿Por qué me mantuve en silencio, entonces? Porque él era muy superior. A mí, a todos. Frente a lo que él podía hacer, me sentía débil. Humillado y envilecido. Un viejo inútil con ideas inútiles. Y ahora que soy más viejo aún, puedo darme cuenta de otra cosa que me separa de genios como János von Neumann: a pesar de su vulgaridad, él estaba intentando comprender el fundamento de nuestro universo. Estaba poseído por una visión que lo quemaba, un fuego que nunca ardió en mi interior, aunque lo he buscado toda mi vida. Espiritualmente, era un ignorante, sin duda, pero creía en la lógica de manera incuestionable. Sin embargo, ese tipo de fe es muy peligrosa... Especialmente si luego es traicionada. Ningún aspecto de la realidad debería estar más allá de la duda. No hay nada que requiera una creencia ciega y sorda. ¡Moisés incluso cuestionó al Todopoderoso! Y aunque Hashem, bendito sea, nunca nos responde, las preguntas en sí pueden ser la fuente de nuestra salvación. La fe perdida es peor que su ausencia total, porque deja un vacío gigantesco, similar al que dejó el Espíritu cuando huyó de los horrores de este mundo. Y esos agujeros con la forma de Dios exigen, por su propia naturaleza, ser llenados con algo tan precioso como lo que se perdió. La elección de aquello –aunque dudo que sea una elección– rige el destino de los hombres.

Cuando volví del baño oí un alboroto terrible. Gritos de hombres y mujeres, tenedores y cuchillos cayendo, copas y cristales rotos y el golpe de un cuerpo aterrizando contra el suelo. Al entrar en el comedor, vi que dos camareros ayudaban a János a ponerse de pie. Enfrente de él, tres soldados arrastraban a uno de sus camaradas hacia afuera, una bestia enorme, gigantesca, rojo de furia, con el cuello hinchado como un toro y las venas de su frente a punto de estallar. Pero János... ¡se reía! Juro que estaba muerto de risa mientras se limpiaba un hilillo de sangre de la boca. El maître le pedía disculpas una y otra vez, y al verme empezó a darme explicaciones, pero yo me congelé de miedo, no pude dejar de sentir –¿por qué siempre me siento de esa manera?– que todas las personas en el restaurante me estaban mirando a mí, no a János y al soldado, sino a mí, pálido como un fantasma y temblando de la cabeza a los pies mientras oía a la bestia gritarle a János: *¡Cerdo, cerdo, cerdo! ¡Sucio perro judío!* Cuando finalmente volvió la calma y nos sentamos a una mesa arreglada al instante por un vendaval de mozos que borraron cualquier rastro de violencia, Johnny levantó su copa de vino e hizo un brindis en mi honor; llenó la mía hasta el tope, para calmar mis nervios, pero no pude probar una gota. Le dije que lo único que quería era salir de ahí lo más rápido posible, así que llamó a uno de los camareros, el cual nos informó de que la cuenta corría por la casa, por supuesto, y nos acompañó hasta la puerta, donde nos ayudó con nuestros abrigos. Yo me demoré un siglo en calzarme el mío, no solo porque mis manos no paraban de temblar, sino porque tenía miedo de salir afuera y toparme con los soldados. Le pregunté a János qué diablos había pasado. Él sonrió para sí mismo y dijo que a los imbéciles siempre les faltaba sentido del humor, pero no quiso dar más detalles. Cuando finalmente dejamos Horcher y salimos al frío, no supe decidir si era un hombre tan valiente que no le temía a nada, o solo un joven irresponsable y atrevido, aunque un poco más tarde, tras dar un paseo sobre las hojas secas del Tiergarten en dirección al Technische Hochschule, donde yo debía reunirme con un colega, vi una señal clara de la verdadera naturaleza de su carácter, y de lo bajo que podía caer.

Las calles estaban cerradas por un desfile militar y una enorme multitud se había congregado a observarlo. Me di cuenta de que tendríamos que dar un rodeo muy grande para escapar de allí, por lo que tomé a János del brazo e intenté que viniera conmigo, pero él parecía hipnotizado, e insistió en que nos quedáramos a mirar la división blindada de la Reichswehr. Cuando el primer tanque pasó rugiendo frente a nosotros, tan siniestro y repulsivo como una cucaracha gigante, le dije que quería estar lo más lejos posible de esos cacharros, pero a él le brillaban los ojos de alegría. Fue espantoso observarlo saltando arriba y abajo igual que un niño sobreexcitado mientras trataba de ver por encima de la muchedumbre, frotándose las manos y mordisqueándose las uñas al sentir las vibraciones de aquella lenta procesión de instrumentos de la muerte, tal vez los mismos que luego arrasaron Europa, triturando los huesos de los vivos y los muertos, puntas de lanza de la tempestad de acero que los nazis desataron sobre el continente antes de comenzar el meticuloso exterminio de mi pueblo de todas las formas imaginables. Juro que al verlo ahí, extasiado por esas maquinarias diabólicas, y consciente de lo que era capaz de hacer con su genio y talento, supe que había muy poca esperanza para él, prácticamente ninguna para el resto del mundo, y ni una gota para mí.

EUGENE WIGNER

La pesadilla de un matemático

Jancsi solo fue superado por una persona en toda su vida, pero eso lo cambió para siempre.

Había viajado a Königsberg para participar en la segunda Conferencia para la Epistemología de las Ciencias Exactas –un encuentro sobre ideas tan profundas que bordeaban lo esotérico– en la que debía defender los postulados del programa de Hilbert. Fueron tres días de intensos debates sobre los dilemas, aparentemente irresolubles, que planteaba la mecánica cuántica, las nuevas teorías que Wittgenstein había propuesto en lingüística y, por supuesto, la crisis de los fundamentos de las matemáticas. Esa reunión convocó a titanes de la talla de Werner Heisenberg –ya considerado un genio por su descubrimiento del principio de incertidumbre–, pero incluso entre todas esas luminarias, Jancsi era la estrella en ascenso. Llegó precedido por una cantidad de logros tan inusual que sus colegas tenían un dicho exclusivamente para él: *La mayor parte de los matemáticos prueban lo que pueden; von Neumann prueba lo que quiere.* Era septiembre de 1930, Jancsi tenía veintiséis años, había superado las expectativas de todo el mundo y estaba en la cima de su potencial. Su productividad en Alemania resultaba aterradora. Más que un ser humano, parecía una máquina que fabricaba artículos. El día antes de que viajara a la conferencia, nos juntamos en Budapest, temprano, para desayunar, y caminamos tomados del brazo hasta la estación de trenes. Me contó que estaba ayudando a Gábor Szegő a encontrar trabajo en América– dado que Princeton se había puesto en contacto conmigo, ¿podía tratar de intervenir en nombre de su antiguo maestro? Le dije que sí, por supuesto, y le confesé que yo ya estaba preparando mis propios planes para emigrar, pero él me obligó a prometerle, con esa insistencia suya tan irresistible, que no emigraría sin él. Ese viaje debíamos hacerlo juntos. Acepté a regañadientes. No lograba comprender por qué seguía aplazando su partida. ¿Cuál era su necesidad de permanecer en Europa? ¡Y por qué seguía viajando tan seguido a Alemania! Me dijo que era algo que le costaba poner en palabras. Una sensación, un cosquilleo que le recorría el cerebro: estaba tan cerca de los fundamentos de las matemáticas que había días en que caminaba como si sus pies no tocaran el suelo. Ese mismo mes –al comienzo de un otoño que sería tan pero tan helado– los nazis se habían convertido en la segunda fuerza política más grande de Alemania, y la pobre Mariette, la esposa de János, no dejaba de insistirme, prácticamente a diario, en que yo convenciera a su marido de que se quedara en Hungría con ella, o que al menos dejase de visitar a sus colegas germánicos, que ya comenzaban a sofocarse en el ambiente que precedió al horror que convertiría la patria de Goethe y Schiller en el infierno de Hitler y Goebbels. Pero yo ni siquiera lo intenté; Mariette sabía, tan bien como cualquiera, lo tozudo que Jancsi podía ser. No tenía ningún sentido gastar saliva tratando de persuadir a ese hombre que conocía la razón mejor que cualquiera. Debo admitir, por supuesto, que yo estaba tan ansioso como ella, aunque mi temor, por grande que fuese, se veía temperado por mi confianza ciega en el criterio de Jancsi: él estaba *obsesionado* con los grandes cataclismos históricos –especialmente con la caída de los imperios–, y aunque su odio por los nazis le roía las entrañas, porque no era indiferente a lo que estaba ocurriendo en política y sufría viendo el surgimiento de toda esa enfermiza irracionalidad a su alrededor, de alguna forma lograba vivir con una tranquilidad enorme, basada solo en la absoluta seguridad de que sabría reconocer el momento exacto en que debíamos huir. Ese juego suyo tan peligroso, esa caminata por el filo del abismo, descansaba en cálculos que yo no podía siquiera imaginar. Hasta el día de hoy, me aterra pensar en la exactitud de algunos de sus pronósticos, profecías que brotaban, en parte, de su capacidad de procesar información para detectar las corrientes que nos arrastrarían a todos hacia delante, o, por decirlo de la forma en que él lo hizo una vez, de moler las arenas del presente y fundirlas en el crisol de la historia. Ese don le permitía entrar y salir de la boca del lobo con un exceso de confianza que seguramente hubiese traicionado a un hombre de menor valía. Pero Jancsi podía ver muchas jugadas por delante de los demás, y se comportaba como si estuviese mirando el mundo por encima del hombro, viendo cosas que ya habían sucedido. Mientras esperábamos que el tren llegase a la estación, me dio un golpe en la espalda y me dijo, con una sonrisa diabólica, que no debía preocuparme tanto, porque aún quedaba tiempo. Teníamos que disfrutar de Europa, y especialmente de Alemania, hasta el último segundo posible, ya que tenía serias dudas de que quedase algo que disfrutar una vez que los nazis acabaran con ella. Yo confié en su criterio, como siempre, a pesar de que sabía que grupos de las SS ya estaban aterrorizando a sus oponentes políticos, y que batallones de las Juventudes Hitlerianas marchaban por las calles de Prusia escupiendo

110

a la gente como nosotros. Le dije que las cosas se habían vuelto tan sombrías y desesperadas que yo ya no podía imaginar un futuro; él me abrazó con toda la ternura de la cual era capaz, y me respondió que era precisamente en esos momentos −en medio de la oscuridad total− cuando uno podía ver más lejos. Yo insistí en que debíamos emigrar, apenas pudiésemos, pero Jancsi se mantuvo tenaz e inflexible: tenía una tarea muy importante que cumplir. Las paradojas y contradicciones que Cantor y otros habían introducido en las matemáticas debían ser arrancadas de raíz. Yo no lograba comprender esa obsesión suya, tan particular. ¿Era solo ambición académica, o acaso provenía de una necesidad más honda y personal? Esa mañana, cuando lo vi subir al tren que lo llevaría hasta Königsberg, con una sonrisa de oreja a oreja, agitando su sombrero por la ventanilla del vagón de primera clase a medida que la máquina tomaba cada vez mayor velocidad, me habría sido imposible sospechar que su grandioso sueño de descubrir la verdad más profunda de las matemáticas sería destruido por un estudiante de posgrado de veinticuatro años que llegó a convertirse en el mayor lógico de todos los tiempos.

Ocurrió durante el último día de la conferencia. Rudolf Carnap ya había hablado a favor de Russell y los logicistas, Heyting había defendido la escuela intuicionista de Brouwer, y Reichenbach había explicado la necesidad de reemplazar una lógica estricta de dos valores (verdadero y falso) por un enfoque probabilístico cuando se trataba de sistemas cuánticos. Formalmente, la reunión había acabado, y muchos participantes ya estaban de pie y prestos a encaminarse hacia la puerta cuando un joven extraño, tan delgado como un esqueleto, levantó la voz e hizo un comentario que cambiaría las matemáticas para siempre. Era un estudiante austriaco llamado Kurt Gödel, y nadie esperaba que pudiese hacer algún aporte: el día anterior había presentado un artículo sobre la completitud del cálculo lógico que apenas generó interés. Debido a eso, prácticamente nadie le prestó atención cuando empezó a hablar luchando contra su tartamudeo, de forma tan torpe y dificultosa que el secretario de la conferencia ni siquiera registró sus palabras, apenas más altas que un susurro, que hubiesen debido ser merecidamente famosas, pero que se han perdido en la historia, porque no fueron incluidas en el informe final de la reunión. Su monumental descubrimiento pudo haber pasado totalmente desapercibido de no ser por Jancsi, que fue el único que se dio cuenta de lo que había pasado: «Yo cre-creo que podemos po-po-postular, de-de-de-dentro de cualquier sistema formal co-co-consistente, un enunciado que es ve-ve-ve-ve…verdadero, pero que-que-que no se puede probar con las reglas de ese mismo sistema». Según Jancsi, esa fue la esencia de lo que dijo Gödel. Su comentario se recibió con absoluto silencio; quienes no lo ignoraron sencillamente no podían comprender lo que acababan de oír. ¿Cómo se podía considerar verdadero un enunciado si no había forma de probarlo? A nadie le pareció que tuviera sentido, salvo a János, que de pronto sintió como si estuviese teniendo un ataque al corazón. Le costaba respirar y el cuerpo se le cubrió de sudor. Quedó tan aturdido que no se pudo levantar de la silla. Me dijo que su cabeza nunca había trabajado a tal velocidad mientras realizaba un esfuerzo sobrehumano para comprender una lógica tan nueva y aparentemente irracional. Cuando finalmente salió de su parálisis, corrió hacia afuera dejando atrás su abrigo, sus papeles y su sombrero, y alcanzó a Gödel –quien hablaba consigo mismo, o tal vez con sus demonios– a un par de cuadras del edificio de la conferencia, ya camino a la estación de trenes. Sin hacer ningún tipo de introducción, empezó a machacarlo con preguntas que el joven contestó como pudo, primero en un estado de confusión total, y luego cada vez más feliz, al darse cuenta de que Jancsi había intuido la esencia de lo que él había dicho.

Era el fin del programa de Hilbert.

Jancsi lo supo de inmediato, pero no quiso aceptarlo. Si lo que Gödel decía era correcto, no habría forma de axiomatizar las matemáticas, ni de descubrir los fundamentos lógicos que él tanto deseaba. Sin importar lo que él o cualquier otra persona hiciera, tanto ahora como en el futuro más lejano imaginable, el Santo Grial que añoraba permanecería fuera de alcance. Gödel le había mostrado que si alguien lograba crear un sistema formal de axiomas que estuviese libre de paradojas y contradicciones, siempre sería incompleto, porque contendría verdades que jamás podrían ser probadas usando las reglas de dicho sistema, aunque su valor de verdad era incuestionable. El austriaco había descubierto lo que parecía ser un límite ontológico más allá del cual no se podía pensar. Había abierto una falla, un abismo que ningún saber o teoría podrían reparar, y eso para Jancsi supuso una catástrofe personal. Porque una verdad indemostrable es la pesadilla de un matemático. Las implicaciones filosóficas de la lógica de Gödel eran asombrosas: sus teoremas de incompletitud, como llegaron a ser conocidos, fueron una revelación trascendental, algo que apunta hacia los límites del conocimiento humano. Pero casi nadie lo consideró así cuando el austriaco expuso sus ideas por primera vez, por supuesto. Cuando Gödel publicó sus artículos, la lógica que proponía era tan absurda y contraria al sentido común que Bertrand Russell prácticamente tuvo un síncope: «¿Acaso debemos pensar que 2 más 2 no son 4, sino 4.001?», exclamó atónito, y cuando finalmente tuvo que capitular ante las ideas del joven lógico y aceptar lo que János había intuido antes que nadie, confesó, con evidente amargura, que estaba profundamente aliviado de no seguir trabajando en los fundamentos de las matemáticas. No es de extrañar que para lidiar con los conceptos de Gödel se necesitase un cerebro tan grande como el de Jancsi, porque muchos no supieron qué hacer con una revolución lógica de tal envergadura. Pero János no era como los demás: apenas comprendió la esencia de las operaciones involucradas, incluso antes de tomar el tren de vuelta a Hungría, su mente comenzó a expandirlas. En Budapest se encerró durante dos meses y no trabajó en nada más, día y noche, hasta el punto de que Mariette me pidió que fuese a casa para ver si le había pasado algo serio. Aunque podía ser muy obsesivo, Jancsi nunca se había quedado atascado en un problema. Muy por el contrario, para él siempre fue un goce pensar y jugar con sus ideas. Su inteligencia no era tortuosa ni sufrida; era alada, juvenil, juguetona. Sus iluminaciones solían ser tan rápidas que parecían instantáneas, como si nunca tuviese que hacer un esfuerzo. Pero en aquella ocasión fue distinto: Gödel había roto algo dentro de él. Jancsi se encerró con llave en su estudio, y Mariette lo podía oír gritar allí dentro, a mitad de la noche, en seis idiomas distintos. Cuando salió de su madriguera a finales de noviembre, tenía una barba que le quedaba ridícula, pero János no solo estaba irreconocible físicamente: salió de su casa con el abrigo puesto sobre el pijama, sin sombrero ni calcetines, y caminó directo a la oficina de correos para enviarle una carta a Gödel en la que le informaba que había desarrollado un corolario aún más sorprendente a partir de su teorema, ya revolucionario de por sí. «Utilizando los métodos que usted empleó de forma tan exitosa… he llegado a un resultado increíble; a saber, pude demostrar que la consistencia de las matemáticas es imposible de probar.» En esencia, Jancsi había dado vuelta el argumento de Gödel, poniéndolo cabeza abajo. Según el austriaco, si un sistema formal era consistente –libre de contradicciones– entonces siempre sería incompleto, porque contendría verdades que no podían ser probadas; János, por su parte, había demostrado el opuesto: si un sistema *era* completo –si uno podía probar todos sus enunciados–, entonces jamás podría estar libre de contradicciones, ¡por lo que sería inconsistente! Un sistema incompleto no es satisfactorio por razones obvias, pero un sistema inconsistente es mucho peor, ya que te permite probar lo que quieras: la conjetura más demencial imaginable y su opuesto, un enunciado imposible *y* la negación de esa imposibilidad. Al combinar las ideas de Gödel y von Neumann, el resultado desafiaba la lógica. Desde entonces hasta la eternidad, los matemáticos tendrían que elegir entre dos escenarios: o se resignaban a convivir con paradojas y contradicciones, o debían aceptar verdades que no podían probar. Era un dilema insoportable, aunque no parecía haber forma de evitarlo. Misteriosa y hermética, la lógica de Gödel era inquebrantable. Algo extraído de la cabeza de un demente. Lo que mi amigo había probado era igualmente extraño. Fue el descubrimiento que debería de haber cimentado su nombre junto al de los más grandes matemáticos de toda la historia. Pero Jancsi finalmente había encontrado a su némesis: Gödel respondió a su carta con enorme cortesía, diciéndole que tenía toda la razón, sin lugar a dudas; no obstante, él ya había llegado a una conclusión similar, y la había formalizado como el argumento central de su segundo teorema de incompletitud, el cual pronto sería publicado en la revista *Monatshefte für Mathematik und Physik*. Incluso tuvo la amabilidad de ofrecerle a Jancsi una copia anticipada de la prueba completa, la cual incluyó en el sobre de la carta que le hizo llegar desde Viena.

Jancsi nunca volvió a trabajar en los fundamentos de las matemáticas. Durante el resto de su vida reverenció a

Gödel. «Su logro en la lógica moderna es monumental y singular…, un hito que permanecerá visible a lo largo del tiempo y el espacio. Su resultado es extraordinario, y casi paradójico en su "autonegación": con medios matemáticos, nunca será posible alcanzar la certidumbre de que las matemáticas no contienen contradicciones… La lógica nunca volverá a ser la misma», escribió diez años después de conocerlo, cuando hizo todo lo posible por rescatar a Gödel de la Alemania nazi, tratando de convencer al gobierno de Estados Unidos de que le otorgara una visa. Para entonces, él y yo estábamos establecidos en América, y allí recibimos la noticia de que Gödel había sido brutalmente golpeado en una calle de Viena por miembros de las SA, quienes asumieron que era judío. Lo podrían haber matado, pero su esposa, Adele, una mujer de personalidad volcánica a quien Gödel había conocido mientras ella trabajaba como anfitriona y bailarina en un club nocturno, lo defendió de esos hijos de puta con la punta metálica de su paraguas. «Gödel es absolutamente irreemplazable; es el único matemático vivo sobre el que me atrevería a hacer esta afirmación. Rescatarlo del naufragio de Europa es la contribución más importante que cualquiera podría hacer», escribió Jancsi en una carta que circuló ampliamente en los niveles más altos de la diplomacia, y que finalmente logró su cometido: un año después de que estallara la guerra, Gödel arribó a Estados Unidos, tras realizar un tortuoso peregrinaje a través de Siberia, cruzando un océano Pacífico infestado de submarinos. Sin embargo, a diferencia de János y de mí, él jamás se pudo acostumbrar a su país adoptivo, y si bien continuó siendo el matemático más admirado de todo el mundo, con el paso del tiempo empezó a manifestar, poco a poco, los signos innegables de un gravísimo trastorno mental.

En el mundo científico, Kurt Gödel era considerado un dios. Cerca del final de su vida, Albert Einstein confesó que su propio trabajo ya no le importaba mucho, pero que continuaba yendo al Instituto de Estudios Avanzados –que le había ofrecido a Gödel una cátedra, en gran parte gracias a las intervenciones de mi amigo– solo para tener el privilegio de caminar hasta su oficina con el lógico austriaco a su lado. Estaban unidos por una enorme afinidad. Gödel era, probablemente, el único hombre vivo que se sentía con derecho a cuestionar al mayor físico del siglo XX: como regalo por el cumpleaños de Albert, el austriaco calculó una solución a las ecuaciones de campo de la relatividad general que daba como resultado un universo en el cual era posible viajar hacia atrás en el tiempo, una idea que sin duda era atractiva para Gödel, quien solo había sido feliz cuando era un niño pequeño. Ya había tenido ataques de paranoia en Europa, pero fue en América donde su mente empezó a resquebrajarse, hasta el punto de que no era capaz de percibir más que una versión torcida y deforme de la realidad. Desarrolló un severo trastorno alimentario: subsistía a base de una dieta de mantequilla, comida para bebés y laxantes. Empezó a ver fantasmas y espectros, y llegó a estar convencido de que otros matemáticos querían asesinarlo para vengarse de la incertidumbre que él había introducido en su mundo; usarían los gases de su refrigerador, o quizá envenenarían su comida, así que se negó a tocar cualquier alimento que no hubiese preparado su esposa, o que ella al menos hubiese probado antes, para confirmar que era seguro. Su caída en la locura fue un proceso lento y doloroso que sus pocos amigos presenciaron con desesperación. En 1977, Adele tuvo que ser internada por una cirugía, y permaneció meses en el hospital. Durante su convalecencia, Gödel dejó de comer por completo. Según quienes lo vieron, parecía un cadáver ambulante: medía un metro setenta y cinco centímetros, y llegó a pesar treinta y cinco kilos. Cuando Adele se recuperó lo suficiente para volver a casa, su marido se había dejado morir de hambre.

Se ha escrito mucho sobre el deterioro mental de Gödel, pero casi todo el mundo coincide en que su forma particular de paranoia no fue solo la causa de su desgracia, sino también la fuente de sus increíbles descubrimientos. Uno de sus profesores en la Universidad de Viena, que conoció a Gödel cuando era un joven estudiante, dijo que no podía decidir si era la naturaleza de sus ideas lo que lo había desequilibrado, o si, en realidad, uno tenía que *ser* desequilibrado para poder pensar de esa manera. Creo que hay algo de verdad en ambos puntos de vista. Las pocas veces que hablé con él era evidente que la lógica y el pensamiento lógico estaban inextricablemente ligados a su delirio. Porque, en cierto sentido, la paranoia es una lógica salida de control. «El caos es solo una apariencia equivocada», escribió Gödel, y estaba convencido de que todo aquello que consideramos aleatorio e irracional responde a un orden oculto que no logramos ver debido a nuestra perspectiva limitada. Pero si piensas de esa manera, falta dar un paso para empezar a percibir oscuras conspiraciones y agentes secretos que buscan manipular incluso las ocurrencias más simples y mundanas. Su caída no puede solo haber sido producto de un desequilibrio psicológico. Estoy seguro de que también se vio afectado por las ideas que trajo al mundo. Verdades que no pueden ser probadas, contradicciones ineludibles, serpientes que nacen y muerden su propia cola... Esas pesadillas de la lógica autorreferencial lo acosaron como si fuesen demonios, espíritus que anidaron y crecieron en su mente. Una vez que han sido invocadas, jamás podemos darles la espalda a potestades de ese tipo. Permanecen incluso contra nuestra

voluntad, al igual que todos los frutos de la verdadera revelación. Yo lo sé porque esos mismos demonios persi-
guieron a mi querido amigo Jancsi, aunque él encontró
una forma de pactar con ellos durante décadas sin sufrir
ningún daño aparente.

Existen muchos lazos secretos entre János y Gödel.
Incluso en la muerte siguen unidos, enterrados en el mismo cementerio, a solo unos metros de distancia. La reacción de Jancsi a las ideas del titán austriaco apenas fue
perceptible al comienzo. Ese hombre había destruido su
mayor sueño, pero deprimirse nunca fue una posibilidad
para János, sencillamente no formaba parte de su carácter,
así que siguió adelante con su vida como si nada hubiese
pasado. Pero el asunto sí lo había afectado, y de forma
muy profunda. No sé si otros lo notaron, pero para mí fue
evidente. Nunca volvió a ser el mismo. Poco después de
haber regresado de Königsberg, me di cuenta de que le
faltaba algo, de que había perdido algo, y esa herida, ese
súbito sentimiento de vacío, no solo afectó a sus ideas matemáticas, sino que también empezó a impregnar toda su
visión del mundo, que se hizo más y más oscura a medida
que pasaban los años. No ayudó en nada, por supuesto, el
hecho de que los nazis se apoderaran de Alemania y empezaran a perseguirnos abiertamente poco después de que él
conociera a Gödel. Pero eso no fue una sorpresa para
Jancsi, solo la confirmación más cruda de su desencanto
total con el ser humano, la prueba definitiva del poder incontestable que la irracionalidad ejerce sobre nuestra especie. Poco a poco, ese extraño chico que yo conocí en el colegio, ese ser destinado a la grandeza, se volvió aún más
raro y ajeno. En solo un par de años cambió su vida por
completo: abandonó su cátedra en Berlín incluso antes de
que los nazis empezaran a despedir a los judíos de las universidades en 1933, y luego, dos años después, renunció

públicamente a la Sociedad Matemática de Alemania. Jancsi, más que cualquier otra persona que conozco, se tomó como una afrenta personal el hecho de que una nación pudiese preferir la filosofía corrupta y simplona del nazismo por encima de la mente de Einstein, Hans Bethe, Max Born, Otto Frisch y la de tantos otros genios, incluyendo, por supuesto, la suya.

Viajamos a América en el mismo barco. Él cambió su nombre de János a Johnny (yo pasé a ser Eugene en vez de Jenő) y al principio las cosas parecieron ir bien para ambos. Pero luego nació su hija, su matrimonio entró en crisis, Mariette se divorció de él, y aunque conoció y se casó con Klari poco tiempo después, su intenso amor se descompuso apenas regresaron de la luna de miel. Vista desde fuera, su vida en Estados Unidos era casi tan magnífica como en la vieja patria; luego de enseñar en la Universidad de Princeton, fue reclutado por el Instituto de Estudios Avanzados, un establecimiento nuevo que había superado a Gotinga como el lugar de mayor prestigio del mundo donde hacer matemáticas, al ofrecer santuario y refugio a gente de la talla de Hermann Weyl, James Alexander, Wolfgang Pauli y André Weil, quienes también habían huido de Europa. En ese ambiente intelectual excepcional y estimulante, le dieron absoluta libertad para dedicarse a lo que él quisiera, sin ninguna obligación de dar clases. El gran Oppenheimer dirigió el instituto durante un tiempo, y Alan Turing estuvo cerca de convertirse en el asistente de Jancsi, pero cuando estalló la guerra, se sintió obligado a regresar a su patria inglesa. János siguió adelante al mismo ritmo frenético que lo caracterizaba, pero yo podía ver que sufría por dentro, dando palos de ciego, avanzando al azar, desprovisto de sentido y de propósito, e incapaz de encontrar algo a lo que dedicar toda su voluntad y atención. Y eso le dolía. No era solo una molestia psicológica, era un dolor real, una especie de picazón en todo su cuerpo. Se comportaba como si fuese un tigre cubierto de sarna, paseando frenéticamente de un lado al otro de su jaula, rascando su piel contra los barrotes. Jancsi ansiaba escapar, y lo logró finalmente, aunque al hacerlo entró en una tierra salvaje y peligrosa, un territorio desconocido que exploró más allá de lo razonable, hasta perderse a sí mismo. Desde Gödel en adelante, siempre me dio un poco de miedo, porque una vez que abandonó su fe juvenil en las matemáticas se volvió más práctico y efectivo que antes, pero también más peligroso y feroz. Se liberó, en todos los sentidos. Y lo que hizo con esa libertad cambió nuestro mundo.

En América, von Neumann se convirtió en un mercenario, una mente a sueldo, cada vez más seducido por el poder y por quienes lo ejercen. Cobraba tarifas exorbitantes para sentarse con gente de IBM, de la RCA, la CIA o la corporación RAND, a veces tan solo por un par de minutos, y trabajaba en tantos proyectos privados y gubernamentales a la vez que parecía poseer la habilidad de estar en múltiples lugares al mismo tiempo.

Apenas le otorgaron la ciudadanía, postuló a la reserva del ejército como teniente, pero lo rechazaron debido a su edad. Eso no lo detuvo; cuando Estados Unidos entró en la Segunda Guerra Mundial, fue uno de los primeros matemáticos y físicos que desaparecieron en los desiertos del oeste, encaminándose furtivamente hacia un laboratorio ultrasecreto en el altiplano del norte de Nuevo México, bajo la sombra de la sierra de la Sangre de Cristo, para ser parte del Proyecto Manhattan.

Segunda parte
El delicado equilibrio del terror

Todos éramos niños de pecho respecto a la situación que había surgido, a saber, que de pronto estábamos lidiando con algo capaz de hacer estallar el planeta.

JOHN VON NEUMANN

Sabíamos que el mundo no iba a ser el mismo. Algunos rieron, algunos lloraron, casi todos permanecieron en silencio. Yo recordé aquel verso de las escrituras hindúes, de la Bhagavad Gita: Vishnu está tratando de persuadir al príncipe para que cumpla su deber; para impresionarlo, adopta su forma de múltiples brazos y le dice: «Ahora me he convertido en la Muerte, la Destructora de Mundos». Supongo que todos pensamos en eso, de una u otra forma.

J. ROBERT OPPENHEIMER

RICHARD FEYNMAN

No podía ver nada más que luz

¿Sabías que nos peleábamos el tablero de ajedrez en Los Álamos? Luego alguien trajo uno de Go, y empezamos a jugar a eso también. Partidas brutales, sin límite de tiempo, contra algunos de los tipos más inteligentes que conocí en mi vida. Era desesperante. A mí me comía la cabeza, porque soy muy competitivo, me gusta jugar y me gusta ganar, así que no era capaz de controlarme. ¡Y no había nada que hacer! Realmente llegué a pensar que me iba a volver loco. Atrapado allí en medio del desierto. Especialmente al principio, cuando todavía estaban construyendo el lugar y los laboratorios no estaban listos, creo que enloquecí. Pero nadie se dio cuenta, porque todo era demencial. La escala del proyecto. La velocidad con que pasaban las cosas. Y el arma que estábamos construyendo. Todo. Aunque no era como la gente se lo imagina. Para nada. Seco, sí, desierto de Nuevo México y para morirse de calor, pero muy hermoso. Los Álamos quedaba encima de una meseta con acantilados de tierra tan roja como la sangre, pero alrededor había muchísimos árboles y arbustos. El paisaje te quitaba el aliento, era el lugar más hermoso que había visto. Como crecí en Queens y nunca había viajado al oeste, realmente me sentí en otro mundo. En Marte. Te-

131

nía esa energía rara de los lugares sagrados, un refugio muy lejos de la civilización, fuera de la mirada de Dios. El lugar perfecto para hacer algo inimaginable. Y tenía que ser de esa forma, ¿entiendes?, remoto e inhabitado, porque los laboratorios debían estar más allá del alcance de los bombarderos y los cazas, así que al menos a doscientas millas de la costa y de las fronteras nacionales. También necesitábamos buen clima a lo largo de todo el año, para que la construcción no tuviese que detenerse. No había muchos lugares así, tuvimos que levantar uno desde cero. Un pueblo entero de la nada. Oppenheimer sugirió esa ubicación, sus padres tenían una cabaña cerca. Pero lo más importante es que estaba vacío, no había ninguna estructura salvo un rancho que funcionaba como una escuela de niños ricos (me parece que Gore Vidal y William Burroughs fueron alumnos) y construyeron todo alrededor de ese edificio. Todo Los Álamos. Llegaron y aplanaron la meseta con buldóceres, y el pueblo empezó a brotar como un hongo en torno a la escuela. Apareció ahí de la noche a la mañana. Yo fui uno de los primeros en llegar. Arriba de un camión que apenas lograba subir las curvas de un camino de tierra empinadísimo. Recuerdo que miré por la ventanilla hacia ese paisaje extraterrestre y grité, como un idiota, «¡Tiene que haber indios por aquí!». Y el conductor, un flaco que fue el único soldado con que me llevé bien, frenó en seco, detuvo el camión, se bajó de un salto sin decir una palabra y desapareció al otro lado de una roca gigantesca, ahí a un costado del camino. Yo salí detrás dejando a los otros pasajeros achicharrándose por el calor, y cuando pillé al flaco vi que estaba en cuclillas al lado de la entrada de una cueva, en la que los indios habían dibujado antílopes, búfalos y no sé qué más con terracota. Todo eso ahí mismo, a cinco metros del camino. Era un territorio salvaje de verdad, una tierra virgen, yerma y prístina, un paraíso apenas tocado hasta que llegamos nosotros. Y luego cambió, por completo, en un instante. Los edificios aparecieron tan rápido que era difícil creer que fueran reales. Todos esos laboratorios, las administraciones, los cuarteles de seguridad, las barracas para el personal militar y las casas para los mandamases. En un abrir y cerrar de ojos éramos tantos que el lugar zumbaba como un avispero, la gente corría de un lado a otro electrificada, poseída por algo que parecía brotar del suelo. Y ese entusiasmo contagioso se te subía a la cabeza, porque nuestra población se multiplicaba por dos cada nueve meses, algunos llegaban con sus familias completas. Al final de la guerra había trescientos chiquillos corriendo por el pueblo, tantos que los militares trataron de establecer normas estrictas para «detener la explosión demográfica». Nadie les hizo caso. ¡Claro que no! Todos sabíamos lo que pasaba, si las casas estaban tan mal construidas, las paredes eran tan delgadas, que uno siempre sabía lo que hacían los vecinos. Uno podía oír perfectamente cuando estaban… haciendo fiestita…, así que nadie se sorprendió cuando nacieron ocho bebés después del primer año. ¿Qué esperaban? Trabajábamos seis días a la semana, hombres y mujeres por igual. Esa era la regla, y no la cuestionábamos. Estábamos en guerra. Pero el sábado era nuestra noche libre. Y la aprovechábamos. Como no podíamos salir de Los Álamos a comprar cerveza, bebíamos ponche con alcohol etílico robado de los laboratorios. Estábamos secuestrados y restringidos por mil normas de seguridad. No nos dejaban siquiera encargar revistas por correo. Hasta los niños de seis años tenían que andar con su identificación colgando del cuello. Pero la mayor parte de esas reglas no tenían sentido. No podías alejarte más de cien millas. Si te topabas con un amigo fuera, tenías que dar un informe detallado, por escrito, de todo lo que habían hablado. Y monitoreaban nuestras llamadas por teléfono, cosa fácil porque solo había uno. Luego estaban los otros problemas. Siempre faltaba el agua, nunca había suficiente espacio para alojar a las personas, y las luces se apagaban a cada rato, porque los ingenieros –a todos nos decían *ingenieros*, la palabra *físico* estaba totalmente prohibida por razones de seguridad– ponían demasiada presión sobre la red eléctrica. Todo lo que hacíamos era ultrasecreto, pero también un poco ridículo, si lo piensas. ¿Cómo ibas a esconder el hecho de que tantos científicos viajaran de pronto a Nuevo México? Venían de todo el país, pero también de fuera, gente famosa de Europa. Yo todavía era un estudiante de grado cuando me reclutaron, ni siquiera había terminado mi tesis, así que no tenía idea qué esperaban de mí. Llegué siendo un pobre chico y me vi rodeado por esos titanes, hombres célebres cuyos apellidos yo había visto en los libros que estudié en la universidad. Fermi de Italia, Bethe de Alemania, Teller de Hungría, Ulam de Polonia. Incluso nos visitó el gran danés en persona, Niels Bohr. Varias veces, usando el pseudónimo Nicholas Baker. Tras su primera visita, le pidió a su hijo que me contactara para tener una reunión privada, antes de juntarse con los jefes y los altos mandos, porque yo había levantado la voz durante la asamblea semanal en la que participábamos todos los físicos. Para protestar, obviamente, porque no sé mantener la boca cerrada. Me quejé de un montón de cosas, así que al principio no entendí por qué Bohr quería verme. Yo era un don nadie al lado de esos otros tipos, pero luego lo entendí todo. Cuando yo hablo de física, tengo un problema, porque no me importa nada. Digo exactamente lo que pienso. Incluso a Bohr. Si él decía algo que yo encontraba estúpido, se lo decía, tal cual, «¡Estás loco!» o «¡No, no, no! ¡Estás equivocado! ¡Es una estupidez!». No me controlaba, ni siquiera frente a ese hombre que era un verdadero gigante de la ciencia. Pero a él le gustó eso de mí, y también le gustó a Bethe, que estaba al frente del departamento de física teórica. Me usaba como conejillo de Indias, me proponía sus ideas y yo les buscaba los fallos. Es que no tengo ningún respeto por la autoridad. Nunca lo tuve. Pero entre esos genios, jamás fue un problema. Al contrario, terminé liderando uno de los equipos de Bethe. Me puso a cargo de cuatro físicos que convertí en fanáticos del Go. Porque ese juego... es alucinante. Se parece un poco a las damas, pero es monstruosamente complejo. Jugábamos durante horas. ¿De dónde sacábamos el tiempo? La verdad es que teníamos muchísimas horas muertas, a pesar de que estábamos en una carrera contra los nazis para ver quién construía la bomba primero. Incluso así, muchos días no había absolutamente nada que hacer. Nada salvo esperar. Esperar los cálculos. Esperar que llegaran materiales. Esperar órdenes. Esperar el turno para hablar con los jefes. Tanta espera... Ahora se me hace raro pensar en todo el tiempo que pasamos jugando al Go, porque sabíamos que Hitler había puesto a Werner Heisenberg a cargo del programa nuclear del Reich. Aunque lo consideraban un «judío blanco». Para los nazis, toda la física nuclear era «física judía». Gracias a Dios (o a Heisenberg, que al parecer se hizo el tonto) no avanzaron mucho en la bomba. No llegaron a ninguna parte. Pero eso ni lo imaginábamos. Si Hitler tenía la bomba antes que nosotros, era el fin del mundo. Estábamos convencidos de eso. Los alemanes tenían toda la ventaja. La fisión había sido descubierta en el Instituto Kaiser Wilhelm durante las vacaciones de Navidad de 1938, cuando Lise Meitner y Otto Frisch dedujeron cómo se podía dividir un átomo de uranio. Así que tuvimos que trabajar como locos para tratar de alcanzarlos, pero de alguna manera siempre nos quedaba tiempo para jugar y para inventar bromas pesadas, como si fuéramos niños en un internado. Por la noche yo tocaba mis bongós y cantaba hasta quedar afónico, aunque soy totalmente desafinado. Eso volvía loco a Teller, que vivía al lado. Pero ¿qué más iba a hacer? ¡Estaba aburrido! ¡Cansado! Mi mujer estaba enferma y muriendo de tuberculosis en un sanatorio de Albuquerque, mientras yo ayudaba a construir una bomba atómica en el desierto. Estaba podrido, ¿entiendes? Frustrado, furioso y reventado de cansancio. Empecé a forzar cerraduras y abrir cerrojos, me metía en los gabinetes donde guardábamos los archivos secretos y luego lo advertía en las reuniones, «¡Necesitamos mejores candados! ¡Mejor seguridad! ¡No podemos dejar todos estos documentos tirados así!». Pero nadie me prestaba atención, así que yo seguí metiéndome en los archivadores y abriendo cajas fuertes, y cuando Teller amenazó con pegarme un tiro, forcé la cerradura de su oficina y dejé la ropa interior de una de las chicas dentro de sus cajones. Lo único que me daba algún consuelo era joder a las autoridades. Una vez, mientras caminaba por el perímetro de Los Álamos, pateando piedras y sintiéndome igual que un gato enjaulado, encontré un gran agujero en la reja. Parece que un grupo de trabajadores se cansó de hacer todo el camino de vuelta hacia la entrada, y cortaron el alambre de púas con alicates. Obviamente lo dije en la reunión semanal, pero tampoco me hicieron caso. Así que empecé a salir por ahí, y luego regresaba por el acceso principal, caminaba por el perímetro, salía por el agujero otra vez, y volvía a ingresar por el control de seguridad. Lo hice una y otra vez hasta que los guardias amenazaron con arrestarme. No entendían cómo podía entrar caminando sin haber pasado por el puesto de control. Yo me hice el desentendido hasta que un teniente idiota me llamó a su despacho, me sentó y me dijo, «Señor Feynman, ¿le parece muy chistosita su broma?». Le respondí que había un puto agujero en la reja, y que lo venía diciendo hacía semanas, ¡pero nadie me daba bola! Ese era el tipo

136

de estupideces que hacía para matar el tiempo. A los censores los volvía locos. Porque sabías que censuraban nuestras cartas, ¿no? Y yo tenía un juego con mi esposa, llevábamos años así. Ella me enviaba cartas con mensajes cifrados y yo tenía que resolverlos. Un día me vuelve a llamar el teniente ese y me pregunta, «¿Qué significa este mensaje, señor Feynman?», apuntando a una de las cartas de Arline. Y yo le digo, «No sé qué significa». Y él me dice, «¿Cómo que no sabe qué significa?». Y yo le respondo que no lo sé porque es un código. Y él me ordena que le dé la solución del código. Y yo le digo que no puedo, ¡porque aún no lo he resuelto! Entonces me obligaron a escribirle a Arline para pedirle que me mandara la solución junto con el código. ¡Pero yo no quería que me diera la solución! ¡Eso arruinaba todo el juego! Yo quería descubrirla. Así que me enfrenté a los censores y al pelotudo del teniente durante varias semanas, hasta que finalmente llegamos a un acuerdo: Arline enviaría la solución del código junto con la carta, los censores la sacarían del sobre, y luego me pasarían la carta a mí. Eso no duró. Un día, nos llegó a todos una comunicación oficial: LOS CÓDIGOS ESTÁN ESTRICTAMENTE PROHIBIDOS. Llegué a tener tanta experiencia lidiando con la censura que empecé a ganar un poco de dinero extra enseñando a mis colegas qué podían escribir –y qué debían evitar– para que no les retuvieran las cartas. Y luego ese dinero lo apostaba en mis partidas de Go. Como casi siempre ganaba, en poco tiempo empecé a juntar más y más plata, porque no había prácticamente nada en que gastarla dentro de Los Álamos. Existía un teatro que se transformaba en pista de baile los sábados por la noche y en iglesia los domingos, eso era todo. Así que seguí apostando al Go, que se había convertido en una obsesión. Parece tan sencillo. Te podría enseñar las reglas en cinco minutos. Todo lo que tienes que hacer es poner fichas blancas o negras en una grilla para rodear las de tu oponente y controlar todo el territorio que puedas. Suena simple, pero es endemoniadamente complejo, tanto que hace que el ajedrez parezca un juego de niños. Tiene un extraño encanto. Se te mete en la cabeza, yo casi no podía pensar en otra cosa. Empiezas a jugar en sueños. Siempre está ahí, en alguna parte de tu mente, corriendo en segundo plano, sin importar lo que estás haciendo. El mejor jugador de Los Álamos era Oppenheimer. Yo llegué a ser muy bueno, muy rápido, pero no le podía ganar a él. Años después supe que cuando dejaron caer a Little Boy encima de Hiroshima, dos grandes maestros japoneses –Hashimoto Utaro, el campeón nacional, e Iwamoto Kaoru, el retador– estaban en el tercer día de un campeonato de Go, a unas tres millas de la zona cero. El edificio en que jugaban quedó casi completamente destruido por la explosión, muchas personas resultaron heridas, y sin embargo estos dos tipos, estos dos maestros de Go, volvieron más tarde ese mismo día, luego del almuerzo, y siguieron la partida hasta el anochecer, mientras hombres, mujeres y niños eran rescatados entre ruinas humeantes y la mitad de la ciudad ardía. Así son los japoneses. Y así de poderoso es el hechizo del Go. Requiere un tipo de inteligencia muy particular, y es realmente inmune al cálculo. Tienes que *sentir* el tablero para elegir tus jugadas. Es alucinante y perturbador, porque no se puede calcular cuál es el mejor movimiento. Lo sé porque jugué contra von Neumann. Nunca me pudo ganar, pero también se obsesionó. Era muy gracioso verlo después de una partida, taimado como un niño pequeño, haciendo pataletas, pidiendo una revancha y volviendo a perder. Ocupábamos tanto tiempo en el Go que Oppenheimer me dijo que, apenas supiéramos que von Neumann venía a Los Álamos, yo debía esconder el tablero. Sus visitas no eran frecuentes. No formaba parte del proyecto como el resto de nosotros. Era consultor. Llegaba en su Cadillac a toda velocidad y los guardias le abrían la reja sin revisarle la identificación. Lo reconocían por el auto. Ese tipo era de otra especie. Siempre usaba trajes impecables, recién planchados, de corte estilo banquero, con el pañuelo perfectamente doblado en un bolsillo y con la cadena de un reloj de oro colgando del otro. Juro que nunca lo vi dos veces en el mismo auto. Le pedí que me explicara cuál era su obsesión con los Cadillacs: «Es que nadie se agnima a vendergme un tanque, muchachow», me dijo con ese acento de vampiro. Hans Bethe una vez me confesó que pensaba que el cerebro de von Neumann podía indicar un paso evolutivo más allá del *Homo sapiens*. Yo no lo tomé en serio, pensé que estaba bromeando, pero luego conocí a von Neumann. Entre nosotros los físicos era famoso por su libro *Fundamentos matemáticos de la mecánica cuántica*. Ese no es un texto cualquiera. Todavía es lectura obligatoria en las universidades de todo el mundo, porque contiene el primer esquema matemático sólido para entender la mecánica cuántica. Es increíble, han pasado décadas y aún seguimos empleando ese esquema en las interminables discusiones sobre el significado real de la mecánica cuántica. Usamos los supuestos que von Neumann estableció cuando tenía poco más de veinte años. Yo a esa edad no había hecho un carajo, y te puedes imaginar lo incómodo e inseguro que me sentí cuando él empezó a pasar más y más tiempo conmigo y los chicos del departamento de computación que Bethe había dejado a mi cargo en Los Álamos. Lo trajeron como experto para ayudar con la versión de la bomba que empleaba plutonio. Esa necesitaba una implosión perfectamente simétrica para desatar la reacción en cadena. Von Neumann había demostrado, en principio, que la mejor forma de hacerlo era rodear el núcleo con una serie de cargas explosivas, y utilizar sus ondas de choque combinadas para comprimir el plutonio hasta la densidad sobrenatural que la fisión requería. Pero no era tan sencillo. Nadie entendía la ciencia involucrada. La tecnología de la época era insuficiente, y las matemáticas... eran de otro mundo. Así que todos pensaron que era inútil. La complejidad de esas ecuaciones hidrodinámicas superaba a cualquiera, como si fuese una matemática propia de los dioses, tan intrincada que ni Fermi ni von Neumann podían dominarla, al menos no sin ayuda. Pero eso fue exactamente lo que sedujo a Johnny. Un problema sin solución aparente, un cálculo imposible. Todo eso era irresistible para él. Yo pude ver con absoluta claridad el enorme goce que le causaba estar, finalmente, ante un reto verdadero, y juro que para mí fue una inspiración. Pero también lo encontré un poco repulsivo, porque estaba claramente excitado, preso de un ardor que jamás vi en otro científico. Le mostré lo que estábamos haciendo para llevar adelante esos cómputos con unas calculadoras Marchant, pero necesitábamos algo mucho más poderoso, y gracias a Oppenheimer conseguimos unas máquinas de IBM que eran tecnología punta en ese entonces, aunque un chiste según los estándares modernos. Utilizaban tarjetas perforadas, y von Neumann se puso a jugar con ellas apenas las vio, metiéndolas en la máquina y luego sacándolas sin darle tiempo a terminar los cálculos. Era como si se hubiese olvidado por completo de la guerra. Sabiendo lo que hizo después, tiene todo el sentido del mundo, claro, pero en ese momento no entendí nada. ¿Qué le pasaba? ¿Acaso no comprendía la urgencia de lo que estábamos haciendo? ¡Claro que lo entendía! Y mejor que cualquiera de nosotros, pero en ese instante estaba embelesado, y no dejó de hacerme preguntas sobre el método que mi equipo había inventado para acelerar los cálculos de la bomba. Era una suerte de sistema de producción en masa, una línea de ensamblaje donde cada «computadora» –en esa época, una computadora era eso, una persona cuyo trabajo era realizar cálculos– solo tenía que hacer un tipo de operación, una y otra vez. La primera multiplicaba, la segunda estaba a cargo de las sumas, otra hacía factorizaciones, y luego ese resultado pasaba al siguiente eslabón de la cadena. Trabajando así podíamos hacer cálculos en paralelo a una velocidad asombrosa, porque de otra forma habría sido imposible tener los resultados a tiempo para la gran prueba en Trinity. Era escalofriante ver a esas mujeres (casi todas eran mujeres) comportándose como máquinas, operando de la misma forma en que lo hacen las computadoras de hoy. Y eso realmente sedujo a von Neumann. Nuestra idea lo agarró del cuello y no lo soltó. Para mí no fue más que un atajo ingenioso, una solución a un problema concreto para cumplir con un plazo imposible. Pero para él fue otra cosa… Para él era la clave del futuro. Juro que tuvimos que sujetarlo físicamente para evitar que desmantelara esas máquinas IBM, y solo nos hizo caso después de que le ofreciésemos una dosis de nuestro licor hecho con químicos robados del laboratorio. Se pasó dos semanas con nosotros programando las máquinas, él mismo reconectó los cables de los tabuladores, sin parar de hacer preguntas. Durante todo ese tiempo fuimos la envidia de Los Álamos, porque todos querían su opinión. Su tiempo valía oro, y casi no hubo un departamento que no se beneficiara de su intelecto. Cuando llegaba la noticia de que nos iba a visitar, todos preparaban sus pizarras con los problemas más difíciles en que estaban trabajando, y él iba de sala en sala, resolviéndolos uno a uno, casi sin esfuerzo. Me parece que esa facilidad de pensamiento también tenía su lado oscuro. Una falta de ponderación que nunca vi en otros hombres de ese calibre. Recuerdo una vez que salimos a dar un paseo juntos por el desierto y me dio un consejo que todavía me atormenta: «¿Sabes que no tienes por qué ser responsable del mundo en el que estás?». Me lo dijo sonriendo, lleno de confianza. Y no era el único que se comportaba así. En Los Álamos reinaba un ambiente de optimismo irracional que no se correspondía con lo que estábamos haciendo. Tampoco es que yo haya sido inmune. Hasta el día de hoy, recuerdo mi trabajo allí como los años más excitantes de mi vida, incluso a pesar de la muerte de mi esposa y de todo lo que estaba pasando en Europa. Es difícil admitirlo, pero en ese momento, mientras construíamos el arma más letal de la historia de la humanidad, no podíamos dejar de hacer tonterías. No parábamos de contar chistes.

Yo la vi, ¿sabías? En Trinity. La primera explosión. La vi directamente. Creo que soy el único ser humano que la miró con los ojos descubiertos. Soy así de idiota. Cuando anunciaron la prueba, yo no estaba en Los Álamos. Mi mujer había fallecido y para poder ir al funeral le había pedido el auto prestado a Klaus Fuchs, pero por poco no llego, a esa mierda se le pincharon tres ruedas en el camino. Más tarde nos enteramos de que ese fue el mismo auto en el que Fuchs llevó todos nuestros secretos hasta Santa Fe. Resultó que él era el espía. El topo. Él entregó los secretos nucleares a los soviéticos. Pero yo no sabía nada de eso en ese entonces, éramos amigos, me caía simpático, y ahora puedo decir que lo manejé, el auto del gran espía, desde Los Álamos hasta la funeraria. Yo estaba con el corazón roto, completamente devastado por la muerte de Arline cuando recibí la noticia. Una voz al otro lado del teléfono me dijo, «El bebé viene en camino», y me olvidé de todo, me subí al auto corriendo y manejé de vuelta tan rápido que pensé que el motor iba a explotar. Llegué en el último minuto y alcancé a montarme en el camión que nos llevó hasta Jornada del Muerto, un lugar en medio de la nada, a más de seis horas de Los Álamos, parte del campo de pruebas Alamogordo. Nos instalamos a veinte millas de la torre desde la cual colgaba la bomba, pero al llegar nuestra radio se echó a perder y nadie sabía qué estaba pasando. Así son estas cosas. No me refiero solo a la prueba. Todos pretendemos saber más de lo que realmente sabemos. Porque la verdad es que nadie sabía lo que iba a suceder exactamente. Incluso había una apuesta entre los físicos sobre cuál sería la potencia real de la bomba. Una tonelada de TNT. O dos, o tres, o cuatro mil. Podías apostar tan alto o bajo como quisieras. Y, ¿sabes qué?, la mayor parte apostaron al cero. Porque era la apuesta más segura, la más inteligente. Que no funcionara, que fuese un fracaso. Que no pudiésemos lograr la reacción en cadena. Eso pensábamos casi todos. Todos salvo Teller, claro. Él fue el único que apostó demasiado alto. Veinticinco mil toneladas, dijo, casi cuatro mil más de las que obtuvimos en realidad. Había hecho sus propios cálculos, y me confesó que existía una posibilidad («Una peqweña pousibilidad») de que la bomba le prendiese fuego a la atmósfera, y que todos los seres vivos del planeta muriesen calcinados por el fuego o por la falta de oxígeno. Así era Teller, tan extremista y húngaro como von Neumann. Esos dos tenían mentes distintas, porque los demás estábamos convencidos de que iba a fallar. Que no explotaría. A ninguno de los involucrados le gusta admitirlo, pero es la verdad. No se imaginan la cantidad de problemas que tuvimos… Múltiples mecanismos claves fallaron hasta el último minuto, y hubo una serie de accidentes tan estúpidos que cuesta creer en ellos. A Kenneth Greisen lo detuvo la policía en Albuquerque por exceso de velocidad mientras llevaba los detonadores para Trinity, solo cuatro días antes de la prueba. Y hubo otros problemas con «el aparato», como cuando se soltó el cable mientras lo encaramaban a la cima de la torre, y quedó ahí, balanceándose de un lado a otro. Se podría haber caído al suelo y estallado ahí mismo. La bomba en sí era una gran esfera de metal con una maraña de cables que sobresalían como si fuesen pelos o bigotes muy gruesos. Era siniestra, sí, pero al mismo tiempo generaba algo de ternura. Sé que suena estúpido, pero es la verdad. Porque tenía unos agujeros donde iban los detonadores, y esos estaban cubiertos por gruesas tiras de cinta adhesiva blanca en forma de cruz. Parecían vendajes, o los apósitos que uno coloca en las rodillas de los niños cuando se hacen una herida. Le daban un aspecto enternecedor, como si fuese un pequeño Frankenstein, un monstruito lleno de remiendos, algo casi frágil. Dios mío, las estupideces que uno piensa…, pero estoy siendo sincero. En todo caso, estábamos convencidos de que iba a ser un fiasco. Seguros de que no funcionaría. Y la radio muerta, además. Así que todos caminábamos en círculos, muy callados, y nadie dijo una palabra hasta que pasó la tormenta. ¿Puedes creerlo? Ese mismo día, una tormenta eléctrica en el desierto. Llovió en el peor momento posible. Los meteorólogos temblaban de miedo, porque habían jurado y perjurado que la lluvia iba a terminar a eso de las cuatro de la madrugada. El general Groves, un machito puesto al cargo de todo el Proyecto Manhattan, había amenazado con asesinar al jefe de ese equipo, el pobre Jack Hubbard, si se equivocaban con la predicción. «Te voy a hacer ahorcar», le dijo. Por suerte para ellos, la tormenta se despejó justo a tiempo. El cielo parecía recién hecho. Y estábamos todos ahí, esperando en silencio, congelados porque el sol aún no salía, respirando un aire tan limpio que te cortaba los pulmones, con ese frío raro de los lugares muy calurosos en la hora más fresca del día, justo antes del amanecer, cuando de pronto la radio volvió a la vida y tuvimos que correr para estar listos. Nos habían dado gafas de soldador para protegernos de la luz de la explosión. Esa luz te podía cegar. Pero yo no les creí. Calculé que, si estábamos a veinte millas, no iba a ver una mierda a través de anteojos oscuros. Y, en todo caso, la luz brillante no te daña los ojos. Lo que te ciega es la ultravioleta. Como soy un genio, decidí ponerme detrás del parabrisas de un camión, porque la luz ultravioleta no puede atravesar ese tipo de vidrio. Estaba convencido de que iba a estar a salvo, pero que también podría *ver* esa maldita cosa. ¡Qué pelotudo! Me salvé de milagro. Nunca hubo un destello como ese. Cuando me alcanzó, pensé que me había quedado ciego. En la primera fracción de segundo no podía ver nada más que luz, una luz sólida que llenó mis ojos y aniquiló mi mente, una brillantez terrible que opacó el mundo entero. La enormidad de la luz era indescriptible, y no me dio tiempo de reaccionar. Eché la cabeza hacia atrás y traté de mirar en la dirección contraria a la explosión, pero vi que todas las montañas a nuestro alrededor estaban iluminadas con colores que jamás había visto, dorados, púrpuras, violetas, grises y azules. Cada cumbre y cada grieta estaban encendidas por completo, resplandecían con una claridad y una belleza que no pueden ser imaginadas, deben ser vistas. Me lancé al suelo de la cabina del camión, y mientras luchaba por calzarme las gafas sobre los ojos sentí otra cosa que no pude entender. Un súbito calor sobre mi piel, como si hubiese caído dentro de un horno, aunque un segundo antes apenas podía soportar el frío. Pero eran las cinco de la mañana —las cinco horas con veintinueve minutos y cuarenta y cinco segundos— y el sol aún no salía. Era el calor de la bomba. Tan fuerte y repentino que mi cerebro no supo procesarlo. Y luego todo acabó. El calor, la luz, los colores se disiparon en un instante. Empecé a oír aplausos fuera del camión, gente vitoreando, otros muertos de la risa, algunos lanzaron sus sombreros al aire y se pusieron a bailar. Pero no todos. Hubo quienes nos quedamos en silencio, incluso algunos rezaban mientras veíamos esa nube ominosa colgando encima de nosotros, ascendiendo al cielo como un hongo de la muerte, con toda esa radiactividad en su interior, brillando púrpura y extraterrestre, subiendo más y más hacia la estratosfera, mientras un trueno terrorífico producto de la onda de choque rebotaba a lo largo de las montañas y hacía eco una y otra vez, una y otra vez, como si fuese el tañido de una campana anunciando el fin del mundo.

Justo después de la prueba, una carta comenzó a circular entre la comunidad de físicos. Era una petición para convencer al presidente de no usar la bomba contra los japoneses. Más de ciento cincuenta miembros del Proyecto Manhattan la firmaron. Porque la guerra en Europa ya se había acabado. O sea, Hitler se había pegado un tiro en la cabeza, por Dios, no había ningún motivo válido para asesinar a más de doscientos mil civiles como lo hicimos en Japón. Si la hubiesen visto. Lo juro. Si un solo general japonés hubiese visto la prueba de la bomba, habría bastado. Pero Truman nunca recibió la carta. Aunque no habría supuesto ninguna diferencia. Las bombas que nosotros creamos ya estaban en manos de los militares. Y las iban a usar, sin importar lo que dijéramos. Hasta tenían un comité listo para elegir los mejores objetivos, pero fue von Neumann quien los convenció de que no debían detonar sus aparatos al nivel del suelo, sino más alto. Porque de esa manera la onda de choque causaría un daño incomparablemente mayor. Él mismo calculó la elevación ideal— unos dos mil pies. Y esa fue exactamente la altura a la que volaban nuestras bombas cuando estallaron sobre los techos de esas casitas de madera, tan pintorescas, en Hiroshima y Nagasaki.

KLÁRA DAN

Un arma matemática

Johnny amaba América casi tanto como yo la despreciaba. Ese país le hizo algo. Todo ese optimismo exasperante y simplón, la alegre inocencia bajo la cual esconden su crueldad sin límites, sacó lo peor de él. Un demonio oculto, un deseo secreto que la pesadilla le susurró al oído y que él jamás confesó en voz alta. No era el mismo que en Europa. Otro hombre, muy distinto del que yo me enamoré. América gatilló un cambio en su interior, una reorganización química o eléctrica en su cerebro, y como yo me había casado con él principalmente debido a la cualidad excepcional de ese órgano –incluso podría decir «exclusivamente», si casi no tenía otros encantos–, fue una verdadera tragedia, y el principio de los peores años de mi vida. Y de los mejores. Es difícil separarlos. Si echo la vista atrás, no logro diferenciar lo malo de lo bueno. No puedo olvidar el dolor de tener que dejar Budapest, o la nostalgia por el mundo que perdimos en la guerra. No puedo dejar de oír el eco de los aplausos, la multitud coreando mi nombre mientras patinaba, una adolescente envuelta en un abrigo de piel con medallas colgando del cuello, el viento enredado en mi pelo y el olor a bosta de los caballos que tiraban el carruaje camino a esas fiestas que mi

147

padre organizaba en casa, con una banda de gitanos que tocaban sin parar, mientras abuelos, tías, primas y un sinfín de amigos llegaban en tropel, brotando de la oscuridad como si hubiesen sido conjurados por un hechizo, a mover pianos y apartar sillas para que todos pudiéramos bailar y bailar y bailar hasta que la gente caía al suelo, borracha o sencillamente exhausta, incapaces de contener su emoción. Todos esos recuerdos felices sangran en los bordes y se mezclan con el horror que empezó cuando crucé las aguas verdes del Atlántico para reunirme con Johnny y comenzar la segunda etapa de mi vida miserable. Esas antiguas alegrías están contaminadas ahora por el intenso y doloroso goce de mis primeros meses con Johnny, la emoción de ser rescatada en el último momento, con los perros de la guerra mordisqueándome los tobillos, acogida justo a tiempo y transportada a un lugar extraterrestre, libre al fin de mi segundo esposo, mi papito-esposo que tenía veinte años más que yo, ese banquero aburrido y gris de quien me tuve que divorciar para casarme con este otro, este genio único en su especie, a quien vi por primera vez en Montecarlo, melancólico y lastimero frente a un pequeño montoncito de fichas, como si hubiese apostado –y perdido– toda su fortuna en la ruleta, cuando al final resultó que lo único que había perdido era una fe infantil en que él sería capaz de encontrar los cimientos lógicos del mundo. Las cosas por las cuales se puede sufrir. Yo no logro separar el placer del dolor, al menos no durante los años infames que pasé casada con ese hombre atroz que nunca me amó como yo necesitaba, pero que me sedujo de mil maneras y luego rehusó pasar un día conmigo, porque siempre tenía algo mejor que hacer, algo más importante que yo, una reunión de trabajo, un proyecto ultra–secreto, una gran idea en que pensar, una fórmula que resolver, dedicó su cabeza a tantas cosas que es un milagro

148

que no le estallara en mil pedazos, o, quién sabe, tal vez lo hizo y no nos dimos cuenta, porque uno de los grandes misterios de la vida, o de mi vida, al menos, es que un individuo tan inteligente como mi esposo pudiese ser, al mismo tiempo, un completo idiota. Así no era el hombre de quien me enamoré. Mi hombre, el que yo conocí frente a la ruleta, era un ser sin esperanza, a la deriva, perdido y lleno –como yo siempre lo estuve, a reventar– de energía, potencial y deseos que no podía satisfacer, ya que no era capaz de encontrar nada que los contuviera, nada a lo que entregarse por completo. Cuando lo vi por primera vez, él acababa de conocer a Gödel, y estaba pasando por un periodo de extrañeza que fue totalmente distinto a lo que vivió antes o después. Johnny tuvo una vida afortunada, sin angustias, sin conocer el fracaso, y, por ende, no entendía las inseguridades que torturan al resto del mundo; nuestras incertidumbres, la incomodidad, la falta de autoestima que atormenta a las personas comunes y corrientes, le eran ajenas, porque siempre fue más inteligente y mejor que los demás. Pero en ese casino, que era el epicentro donde se reunían los jugadores más depravados e incurables de toda Europa, se veía tan triste, desesperado y vulnerable, perdiendo una y otra vez, que no pude evitar acercarme, sentí que compartíamos algo, una profunda desilusión con el mundo, y cuando él me miró con esos ojos pardos enormes que irradiaban inteligencia, y me explicó que tenía un complejo sistema para vencer el caos de la ruleta (el cual, evidentemente, no funcionaba en absoluto, pero tenía que ver con largos y complicados cálculos de probabilidad que incluso consideraban el escenario de que la rueda estuviese manipulada para perjudicarlo), yo me enamoré en un instante, y me quedé a su lado, disfrutando el goce de ver a tanta gente arruinar sus vidas, mientras él anotaba números y resolvía ecuaciones en una servilleta, como si fuese un escolar castigado por alguna travesura, sin aceptar el hecho, evidente para cualquiera, de que su pila de fichas no hacía sino menguar. Cuando solo le quedaba una, la recogí del paño verde y caminé hasta la barra, donde nos dedicamos a beber hasta quedar completamente borrachos. Tuve que pagar la cuenta porque él estaba arruinado. Todo se acabó para mí en ese instante: sin saber por qué, estaba rendida, y después las cosas pasaron tan rápido, que siento que aquella ruleta aún no había terminado de girar cuando yo ya estaba casada al otro lado del mundo. Tuve la mala fortuna de enamorarme de un Johnny triste y lúgubre, sin sospechar siquiera que su carácter era completamente distinto. Cuando comprendí quién era, ya no podía dar vuelta atrás; él se había divorciado de Mariette, esa flaca histérica, y nos habíamos mudado a Princeton, donde obtuvo un puesto como profesor del Instituto de Estudios Avanzados, un lugar realmente único en el cual conocí a las personas más inteligentes del mundo, y pasaba de una conversación fascinante a otra como un saltamontes perdido en la hierba. Ese grandioso edificio de ladrillos habitado por los demiurgos de la ciencia estaba rodeado por un bosque tupido que me llamaba con su voz salvaje –¿Oyes el sonido de las hojas muertas bajo tus pies?–, aunque caminar allí era peligroso, porque en la época de apareamiento enormes venados recorrían los senderos y se arrojaban sobre los intrusos para embestirlos con sus astas, cegados por la rabia y la lujuria, pisoteando la delicada alfombra de violetas que brotaba en primavera a los pies de hayas, cornejos, álamos y abedules. Según Johnny, buena parte de la mejor física y matemática de los años cuarenta nació a la sombra de esos árboles. Recuerdo las veces en que me topé con hombres ilustres y los apunté con mi rifle de caza. Podría haberlos matado rozando el gatillo con mi índice. Ver caer a los grandes genios del siglo, uno tras otro. Podría haber cambiado el eje secreto de la historia con un puñado de balas. Porque no eran personas normales, en absoluto, pero sí presas fáciles para cualquier cazadora, tan absortos e indiferentes al mundo que los rodeaba. Mi mayor trofeo, en todo caso, no fue un científico, sino un poeta. El instituto había invitado a T.S. Eliot a visitarnos por un par de meses, y yo lo aceché en el bosque, escondida detrás de los árboles, pisando con extremo cuidado por encima de troncos caídos y gruesas raíces mojadas por la lluvia, tratando de mantener la distancia, pero tan cerca como para oír el susurro de algunos de sus versos –«débil mental», «hábil para reparar relojes», «el aullido de los murciélagos», «¿qué muerte es feliz?»–; me parece que por entonces trabajaba en *The Cocktail Party*. Yo lo mantuve en el centro de la mira de mi rifle, deseando que se diera la vuelta para que sus palabras me traspasaran el corazón y me sacaran de la miseria, pero nunca lo hizo, se movía como un animal, deteniéndose de súbito para oler la brisa, o inclinando la cabeza hacia un costado para responder al canto de la reinita amarilla con su silencio de piedra, ese silencio tan pesado y frío, pero tan vivo y despierto, la rara gracia de quien conoce el alma secreta del mundo, un alma que es muy diferente a la que animaba a aquellos otros hombres, esos matemáticos y científicos a quienes yo podría haber disparado sin sentir una pizca de remordimiento. Los conocí a todos, los recibí en mi casa y llené sus copas de jerez mientras compartíamos nuestros recuerdos de la vieja patria y mi marido me humillaba con sus constantes payasadas. Escuché sobre los mayores descubrimientos de boca de las personas que vieron por vez primera los demenciales paisajes de lo nuevo, ideas que llegarían a cambiar, poco a poco, el transcurso de nuestra especie. Fue un privilegio, pero también una agonía. ¿Cómo podía compararme con ellos? ¿Cómo estar a la altura? Hice lo mejor que pude, y sin embargo sentía que Johnny me había arrancado de mi propia vida y transformado en un personaje secundario, un bufón en una obra de teatro que él escribía por mí. Odiaba mis circunstancias. Por gloriosas y extraordinarias que fueran, no me pertenecían, así que me negué a ser educada y encantadora como me habían enseñado desde niña, especialmente hacia los parásitos que revoloteaban alrededor de mi marido, alimentándose de su genio como aquellas diminutas avispas que hacen agujeros en los robles para depositar sus huevos y robar su energía. Morgenstern, por ejemplo, ese puritano odioso y aburrido, ¡nunca se iba de mi casa! Yo despertaba y lo veía ahí en la cocina, y luego tenía que irme a dormir por la noche escuchando el sonido monocorde de su voz en el estudio. Juro que me volvió loca. Y luego estaba el amigote de infancia de Johnny, Jenő Pál «Eugene» Wigner, una criatura envidiosa que nunca me quitó los ojos de encima. No hay punto medio con estos «grandes» hombres, al menos según mi experiencia: o son mórbidamente lujuriosos, o están completamente desconectados de sus genitales, y mi esposo, que tenía que sobresalir en cualquier circunstancia, era el más asqueroso de todos en cuanto a sus relaciones con las mujeres. No me sorprende que la mayor parte de ellas lo encontraran perturbador, porque se quedaba fijo en cualquier par de piernas que pasase a su lado, e incluso tenía la horrible costumbre de mirar por debajo del escritorio de las secretarias del instituto. Algunas de esas pobres mujeres tuvieron que poner un pedazo de cartón allí, solo para que ese *Übermensch* de la ciencia dejara de echar un vistazo debajo de sus faldas. Me desesperaba, realmente no podía tolerarlo, pero me decía: «Klari, este es el precio que se paga por la excepcionalidad». Y llegué a convencerme de que era cierto. Tenía una

152

imagen tan pobre de mí. Sobre todo al comienzo de nuestro matrimonio estaba completamente a su merced, porque nunca fui a la universidad, no tenía ningún oficio, ninguna habilidad práctica, y pasaron años antes de que lograra cambiarlo: aprendí a programar cuando las computadoras eran una tecnología esotérica y los códigos, un lenguaje extraterrestre que solo yo y un puñado de gente comprendíamos. Trabajé en la oficina para el estudio poblacional de Princeton, ayudé a crear el primer pronóstico meteorológico computacional, e incluso programé una parte de la simulación de las primeras explosiones nucleares, y gracias a eso me hice amiga de grandes mujeres, como Maria Goeppert Mayer, quien llegó a ganar el Premio Nobel de Física. Pero para entonces yo había caído en la desesperación, porque mi padre, ese pobre hombre al que habíamos rescatado de Europa (casi tuvimos que arrastrarlo), se lanzó a las vías del tren durante las vacaciones de Navidad, incapaz de soportar el dolor causado por la muerte de sus amigos y familiares asesinados por los nazis. Sobrevivir cuando otros han muerto le parecía una desgracia, una vergüenza inconfesable, y esa culpa por el pecado de vivir se sumó al recuerdo del sinnúmero de pequeñas humillaciones que había tenido que soportar. Porque antes de la muerte siempre hay humillación. Y América, esa nación tan joven, esa antorcha de luz que pretendía iluminar el mundo entero, fue una fuente de humillación sin fin para mi padre. Nunca pudo aceptarlo, jamás quiso este lugar, y yo me sentía igual que él, aunque me faltó su coraje, me aferré a Johnny, a Johnny y a una botella, para no hundirme tan rápido, e intenté (Dios sabe que lo intenté) esforzarme para disfrutar lo que pude. Tampoco nos faltaron cosas que disfrutar. Entre 1946 y 1957, cruzamos el país de lado a lado en automóvil, veintiocho veces. Lo vimos todo. Y podría haber sido un goce de no ser por los eternos desvíos que Johnny me obligaba a tomar, cientos de kilómetros solo para conocer «El caldero del diablo» o «La torre del demonio», monumentos y formaciones naturales cuyos nombres habían despertado su curiosidad, forzándonos a manejar durante horas por caminos de tierra porque *tenía* que verlas. Es un milagro que no hayamos muerto en la ruta, porque Johnny era un peligro al volante. Yo sí fui muriendo, eso es cierto, pequeñas partes de mí fueron quedando atrás en esas largas odiseas a través del infierno norteamericano, cubierta de sudor, apenas capaz de soportar la temperatura, mirando ese vacío sin fin, esa nada tan vasta, hipnotizada por las filas inacabables de un maíz tan verde que parecía de plástico, con una estación de servicio exactamente igual que la anterior, alojados siempre en moteles sórdidos que Johnny, por alguna extraña razón, amaba, visitando pueblos y pequeñas ciudades donde yo debía saludar a mujeres que tenían una eterna sonrisa dibujada en sus rostros, mordiéndome la lengua mientras oía a hombres ignorantes presumir de su ignorancia en cafeterías, bares y restaurantes. Ni un soplo de cultura en todo ese maldito país. Solo esposas sumamente felices hablando maravillas de sus electrodomésticos y exhibiendo su fervor patriótico a toda prueba, mientras sus maridos imbéciles montaban encima de sus cortadoras de pasto con una botella en cada mano. Recuerdo una vez que atravesamos Nevada. Nos habíamos acomodado en un bar de mala muerte, al que Johnny me arrastró, cuando un hombre de barba larga irrumpió por la puerta montado sobre su mula y se apeó en la barra; el cantinero, sin pestañear siquiera, no solo le sirvió un vaso de cerveza, sino que llenó un balde para que el animal también pudiese disfrutarla. Era irreal para mí, como si estuviera viendo una mala película, pero era evidente que se trataba de algo rutinario, porque el cowboy vació su cerveza, esperó a que su bestia terminara la suya, dejó un par de billetes arrugados sobre el mesón, y se fue sin decir palabra. Johnny no reaccionó, como si quisiese ser parte del juego, pero me echó una mirada que decía, «Por esto, mi amor, por esto estamos aquí». Viajamos mucho, pero en el día a día yo estaba completamente sola mientras él se dedicaba a trabajar con el gobierno, el ejército y la industria privada en lo que Einstein una vez llamó «las grandes tecnologías de la muerte». Albert fue el único de todos los chicos del instituto con el que logré entenderme. Quizá porque él y Johnny eran opuestos. Completamente distintos el uno del otro, en carácter y en la forma de sus mentes. La de Johnny era tan eléctrica, volcánica e incandescente, que a su lado Albert parecía una tortuga ponderosa y aburrida. Pero Albert tenía otras capacidades: podía pasarse años, décadas incluso, meditando y reflexionando cuidadosamente sobre algún dilema inescrutable. Por eso su visión era más honda, sus ideas eran más profundas, y al menos según mi punto de vista, también más humanas e iluminadas. Se admiraban mutuamente, de eso no cabe duda, pero Johnny se reía de la seriedad de Albert, y su quieta dignidad de sumo sacerdote de la ciencia le parecía una broma. Siempre lo imitaba –pésimamente–, se reía de su pacifismo e incluso se mofaba de su ropa a sus espaldas; cada vez que veíamos un vagabundo en la calle, me decía, «Oh, ese pobre Albert». Einstein pensaba que Johnny era infantil y nihilista, y lo consideraba un verdadero peligro. Una vez me comentó que Johnny se estaba convirtiendo rápidamente en «un arma matemática». Yo se lo dije a mi esposo durante una de nuestras muchas peleas, se lo eché en cara para tratar de herirlo, pero a Johnny, por supuesto, le encantó su nuevo sobrenombre, y no dejó de comentarlo con sus amigos, que gracias a Dios se negaron a adoptarlo. Johnny se mofaba del desprecio de Einstein, aunque estoy segura de que también sentía algún grado de resentimiento: una vez, cuando el físico tenía que viajar a Nueva York para dar una conferencia importante, mi marido se ofreció, muy amablemente, a llevarlo hasta la estación de trenes de Princeton en su nuevo Cadillac, para que no se mojara con la lluvia, y luego no sé qué diablos hizo, o qué le dijo, para distraerlo lo suficiente, porque pocos días después nos enteramos de que Johnny había logrado, de alguna forma, que Albert se subiera a un tren que iba en la dirección contraria.

Su mayor desacuerdo fue sobre la bomba. Albert era una paloma, la cabeza no oficial del movimiento de desarme, mientras que Johnny era un halcón. Aún recuerdo el día en que mi esposo regresó de Los Álamos después de la prueba en Trinity. Llegó pálido como un fantasma, con el pelo revuelto, el traje cubierto de polvo y una expresión en el rostro que jamás le había visto. Eran las once de la mañana, pero se metió directo en la cama y durmió hasta la noche. En toda nuestra vida juntos, nunca necesitó más de cuatro horas de sueño para reponerse, y cuando finalmente bajó a la cocina yo apenas podía dominar mi ansiedad. Empezó a hablar a un ritmo que era sorprendente incluso para él. «Lo que estamos creando ahora es un monstruo cuya influencia va a cambiar la historia. ¡Si es que queda algo de historia! Pero es imposible no llevarlo a cabo. No solo por razones militares, también sería una falta de ética, desde el punto de vista científico, no hacer lo que sabemos que es factible, sin importar cuán terribles sean las consecuencias. ¡Y esto es solo el principio!» No podía calmarse, estaba completamente fuera de sí. Lo obligué a tomar una pastilla y un trago para distraerlo de sus predicciones sobre el fin del mundo, que ahora le parecía algo inevitable. A la mañana siguiente estaba bastante recuperado, pero desde ese día se dedicó al avance de la tecnología en todas sus formas, excluyendo cualquier otra consideración, dejando de lado incluso las matemáticas puras que tanto amaba, e ignorándome por completo. No se permitió ningún respiro, no dio un paso atrás, como si de alguna manera hubiese sabido que no quedaba mucho tiempo, ni para él ni para nadie. Su respuesta al dilema nuclear fue un reflejo perfecto de lo peor y lo mejor de él: implacablemente lógica, totalmente contraintuitiva y tan racional que rayaba en lo psicopático. Lo que la gente no entiende de mi esposo es que él realmente veía el mundo como un juego, y consideraba todas las actividades humanas, sin importar cuán letales y serias, en ese espíritu. Una vez me dijo que, al igual que los animales salvajes juegan cuando son crías, adelantándose a circunstancias de vida o muerte que tendrán que enfrentar cuando sean mayores, es posible que las matemáticas fuesen, hasta cierto punto, solo una extraña y maravillosa colección de juegos, una empresa cuyo propósito real, más allá del que se admite abiertamente, es generar, poco a poco, cambios en nuestra psique individual y colectiva, como una forma de prepararnos para un futuro que nadie es capaz de imaginar. El problema con esos juegos, con los múltiples y temibles juegos que surgen de la imaginación sin límites de nuestra especie, es que cuando toman cuerpo en el mundo real –cuyas verdaderas reglas y propósitos solo Dios conoce– nos vemos enfrentados a riesgos y peligros que muchas veces superan nuestro conocimiento y sabiduría, como si hubiese algo en lo humano que siempre apunta más allá de nosotros, porque se alimenta de aquellas fuerzas que nos anteceden, exponiéndonos a los caprichos y deseos de un demonio interior cuyo poder y nombre nos acarrean la desgracia. Lo sé bien, pues mi querido esposo fue el autor de una de las ideas más diabólicas en la historia de la humanidad, tan peligrosa y cínica que es un verdadero milagro que hayamos sobrevivido.

157

OSKAR MORGENSTERN

Un extraño ángel

Para los no iniciados, para quienes no entienden la lógica que hay detrás, es una locura.

Eso explica el acrónimo que alguien inventó para la implementación más torcida de una de las ideas de von Neumann: MAD, abreviatura de Mutually Assured Destruction. Destrucción mutua asegurada. Fue la estrategia que América usó para encarar la Guerra Fría, un juego de póquer con los ojos cerrados y el dedo en el gatillo de armas tan poderosas que podían causar el fin del mundo. MAD fue una doctrina de disuasión y represalia: suponía que la única forma de impedir una guerra nuclear entre las superpotencias era que Estados Unidos y la URSS acumularan una cantidad inmensa de bombas atómicas, de manera que cualquier ataque –sin importar su razón, escala u objetivo– terminaría con la aniquilación total de ambos. Fue una locura perfectamente racional: asegurar la paz mundial llevándonos al borde del Armagedón. Esa doctrina corrupta y demencial duró cuatro décadas, y estuvo basada, para mi eterna vergüenza, en la perversión de los conceptos que von Neumann y yo establecimos en la *Teoría de los juegos y del comportamiento económico*.

MAD es solo un ejemplo de las múltiples formas en que el ser humano puede ser esclavizado por la razón, pero empezó de manera inocente, años antes de que la bomba atómica fuese una remota posibilidad, cuando Johnny estaba perdiendo, por enésima vez, una mano de póquer contra su amigo Stan Ulam. Ocurrió en una fiesta en la casa de Johnny, en Princeton: von Neumann seguramente estaba tratando de distraer a su oponente con un chiste, así que le preguntó a Ulam cómo diablos podía funcionar el mercado bursátil si buena parte de los corredores (o la totalidad de ellos) eran unos completos imbéciles. En ese entonces, Johnny estaba pensando en dos cosas: en cómo construir una máquina eficaz a partir de componentes no confiables y en los juegos. Le intrigaba el hecho de que sistemas muy complejos pudiesen surgir y funcionar cuando sus partes individuales –ya fuesen hormigas furiosas cazando insectos en la maraña de la selva, neuronas disparando de un lado a otro de nuestro cerebro, o idiotas chillando en la bolsa de Nueva York– resultaban ser, si no completamente estúpidas, cuando menos irreflexivas y propensas al error. A él siempre le habían fascinado los juegos de todo tipo, y soñaba con encapsular los múltiples conflictos y enfrentamientos que surgen de las interacciones humanas dentro de un conjunto de reglas claramente definidas. Yo estaba en esa fiesta, pero como no me gusta beber, era uno de los pocos que aún podían formar una frase coherente al final de la noche, y cuando Ulam ya había desplumado por completo a Johnny, dejándolo sin un centavo en el bolsillo, me acerqué al dueño de la casa y le dije que había escuchado su comentario sobre la bolsa. Él estaba intentando disimular su frustración por haber perdido jugando con un ridículo artefacto que se había puesto en la cabeza –un juguete de niños, una pequeña gorra que tenía una hélice encima, que giraba y emitía un chillido horroroso cuando soplabas por una manguera conectada a ella– y hablamos el resto de la noche sobre idiotas, economía y juegos. Mientras conversábamos, nos fuimos alejando hacia una de las esquinas de la sala, donde Oppenheimer y Wigner estaban enfrascados en una partida de ajedrez, y yo le conté a Johnny que había leído su artículo de 1928, «La teoría de los juegos de salón». ¿Se aplicaba, acaso, a algo como el ajedrez? Le dio un giro enérgico a su hélice antes de responder: «¡No, no, no! ¡El ajedrez no se trata de un juego! Es una forma muy bien definida de computación. Puede que no seas capaz de calcular las respuestas correctas, debido a su complejidad, pero, en teoría, debe haber una solución, una forma óptima de jugar, una movida perfecta para cualquier posición posible, y para todas las configuraciones de piezas sobre el tablero. Los juegos reales son otra cosa. Los juegos en la vida real son completamente diferentes. Para tener éxito allí debes mentir y engañar. Los juegos que me interesan a mí consisten en una serie de tácticas de engaño –¡incluso de autoengaño!– cuidadosamente elaboradas. Así que siempre debes estar preguntándote sobre lo que el otro está pensando y en cómo vas a responder a ello, y también en lo que *él* está pensando sobre lo que *tú* vas a hacer en la próxima jugada. De eso tratan los juegos en mi teoría». Abandoné la fiesta sin despedirme de nadie y trabajé durante todo el fin de semana. El lunes me fui directo al despacho de von Neumann en el Instituto de Estudios Avanzados y le mostré un borrador del artículo que había escrito. Me dijo que era demasiado corto, que tenía que expandirlo. Lo hice y volví un par de días después, pero me dijo que aún era demasiado corto, por lo que regresé a casa y agregué todas las cosas que él me había sugerido. Cuando le llevé la nueva versión, la leyó en un santiamén y me dijo, «Bueno, bueno,

bueno. ¿Por qué no escribimos un artículo conjunto, entonces?», como si estuviese haciéndome un favor.

Fue el periodo de trabajo más intenso de mi vida. Nos reuníamos cada mañana en el desayuno. Si él tenía una noche libre, trabajábamos hasta el día siguiente. No era el tipo de persona que necesitaba sentarse para pensar, lo hacía continuamente, y cuando ya lo había resuelto todo en su cabeza, el resultado salía de golpe; era como ver un volcán en erupción. Me dictaba frases infalibles, perfectamente construidas, sin vacilar ni cometer un error. Yo necesito silencio para concentrarme y tiempo para pensar, pero él podía trabajar en cualquier parte– de hecho, prefería el ruido, así que solía arrastrarme hacia estaciones de trenes completamente abarrotadas de personas, y según Klari, cuando mejor se concentraba era en los aeropuertos, en aviones, buses y barcos. Nada era capaz de descarrilar el tren de su pensamiento. Podía terminar sus artículos incluso sentado en el vestíbulo de un hotel, esperando las maletas o dándole instrucciones a un botones para que le preparara uno de sus cócteles favoritos. Yo no pude seguirle el ritmo. Nuestro proyecto tuvo un impacto enorme en mi vida personal: perdí peso, me alejé de mis amigos, prácticamente no vi a nadie de mi familia e ignoré por completo a mis colegas y a mis alumnos. Una vez llegué a desmayarme por el cansancio. Tenía sueños febriles en los que lo veía erguido sobre mí como un cíclope, jugando con tanques y aviones de guerra, tragándose ejércitos enteros, escudriñando el horizonte con un ojo gigantesco que nunca parpadeaba. Estaba completamente devastado, pero seguí trabajando sin parar, porque él no parecía notarlo. Nunca se me ocurrió quejarme. Era un privilegio pensar junto a él. Y yo sabía que lo que estábamos haciendo era importante. Nuestro objetivo no era solo entender o crear reglas para ganar juegos; estábamos

161

intentando atrapar, con ecuaciones matemáticas, la manera en que las personas toman decisiones. Queríamos capturar el mecanismo inescrutable de la motivación humana con una red de ecuaciones que no solo cubriera el caos salvaje de la vida social, sino también los múltiples juegos secretos que cada uno desarrolla en su reino interior. El alcance de nuestro trabajo prácticamente no tenía límites: se podía aplicar a un nivel muy doméstico –al modo en que una persona negocia un aumento de sueldo, por ejemplo– o a decisiones trascendentales que rigen el curso de una guerra entre las grandes potencias del mundo.

Pasé tanto tiempo en la casa de los von Neumann que incluso cortejé allí a Dorothy, la mujer con quien me casé, porque tenía que organizar mi día completo según los alocados e impredecibles horarios de trabajo de Johnny. Klari llegó a exasperarse tanto por mi presencia, que una tarde tuvo un ataque de nervios y nos dio un extrañísimo ultimátum: no permitiría que pronunciáramos una palabra más sobre los juegos en su casa, a menos que aceptáramos incluir un elefante en la publicación final. A esas alturas, yo era plenamente consciente de su extraña obsesión con ese animal –prácticamente todas las habitaciones de la casa tenían un elefante, o varios, en algún lugar–, y Johnny me aseguró que ella sabría hacer valer su amenaza, así que no hubo otro remedio que darle ese gusto: pueden ver su trompa en la página sesenta y cuatro de la primera edición, escondida entre las líneas de uno de los gráficos. Nos llevó años terminar el libro. Lo entregamos a Princeton University Press cuando ellos ya nos estaban amenazando con cancelar el proyecto. Acabó teniendo más de setecientas páginas, y está tan repleto de densas ecuaciones, que uno de mis mejores amigos me mandó un artículo que lo describía como «el libro de economía más influyente y menos leído del siglo». Más allá de las bromas, nuestro trabajo le entregó algo nuevo y bastante único al mundo: un fundamento matemático para la economía. Sentí como si hubiésemos alcanzado el Santo Grial. Jamás pude hacer nada que se comparase con aquello, pero eso solo se aplica a mí, claro, porque para Johnny supuso un logro más en una vida que estuvo repleta de ellos. En el corazón de nuestra teoría estaba su prueba del teorema minimax: von Neumann demostró matemáticamente que siempre hay un curso racional para la acción en los juegos de dos jugadores, si es que (y aquí está la trampa) sus intereses son *diametralmente opuestos*. Construimos todo en función de esa prueba, creando ecuaciones para analizar juegos con múltiples jugadores, donde los intereses pueden estar superpuestos, y logramos fundar un marco teórico aplicable a casi cualquier tipo de conflicto humano. Nuestra intención era que el libro lo usaran principalmente los economistas, pero nadie lo adoptó más rápido y con mayor fervor que los maestros de la guerra.

A los estrategas militares la teoría de los juegos les cayó del cielo como un regalo de los dioses. Porque nuestro trabajo les ofrecía, al menos en principio, una forma racional de planificar y ganar sus guerras. Eso fue un deleite para Johnny, que era cualquier cosa menos pacifista, y no dudó un segundo cuando el primer *think tank* del planeta, la corporación RAND, lo reclutó para que desarrollara aplicaciones bélicas de nuestro trabajo. Los demonios de esa fábrica de ideas lo reverenciaban, y se postraron ante la teoría de los juegos como si fuese un oráculo sobre el cual Johnny gobernaba. Fue uno de los primeros en proponer que Estados Unidos lanzara un ataque nuclear sorpresa contra la Unión Soviética, no porque odiara a los comunistas (aunque sí, los detestaba), sino porque estaba convencido de que era la única forma de prevenir la Tercera Guerra Mundial. Y nuestra teoría —o al menos su interpretación de ella– lo apoyaba: «Si ustedes me dicen que los bombardeemos mañana, yo les digo que lo hagamos hoy. Si ustedes me dicen hoy a las cinco, yo digo ¿por qué no a las tres?». Eso fue lo que Johnny respondió a un periodista de *Life*. Pero detrás de esa horrorosa ligereza y falta de seriedad estaba la profunda convicción de que para alcanzar la paz debíamos desatar una tormenta nuclear que destruyera por completo la URSS, antes de que ellos pudiesen desarrollar sus propias bombas atómicas. El futuro que él imaginaba, una vez que se disipara la radiación nuclear y contabilizáramos a los muchos millones de muertos, era una larga *Pax Americana*, un periodo de estabilidad más extenso que cualquiera que el mundo haya conocido, a costa de un precio descomunal. La frialdad de su razonamiento me parecía salida de una pesadilla, pero Johnny no lo veía así en absoluto: me dijo que, si analizabas la situación lógicamente, utilizando los modelos que habíamos creado, un ataque nuclear preventivo no solo era la solución óptima, era la *única* solución totalmente racional y, por ende, la que debíamos adoptar. Pero las cosas cambiaron en 1949: solo cuatro años después de la aniquilación de Hiroshima y Nagasaki, los soviéticos obtuvieron la bomba, y en 1953 ya tenían más de cuatrocientas ojivas, por lo que cualquier ataque nuclear de América tendría una respuesta inmediata. Las ideas de Johnny, o al menos una versión de ellas, llegaron a ser dominantes durante el terrorífico equilibrio de la Guerra Fría. Enfrentados a un dilema sin solución, el Pentágono, la CIA, la RAND y muchas otras agencias empezaron a simular escenarios de guerra cada vez más complejos, todos basados en nuestro esquema de pensamiento. Pero cuando nuestras ecuaciones –que eran tan claras y transparentes aplicadas a pasatiempos inofensivos como el póquer– se enredaron en la telaraña creada por las luchas políticas de la era nuclear, dieron origen a un laberinto que desafiaba la imaginación, una carrera armamentista entre las democracias de Occidente y los países agrupados tras el Telón de Acero que nos llevó, sin remedio, al delirante punto muerto de la destrucción mutua asegurada, donde un ataque sería automáticamente contestado por el poderío atómico completo del agredido, resultando en la aniquilación total de ambas partes. MAD requería que bombarderos de largo alcance, cargados de bombas atómicas, volaran alrededor del globo las veinticuatro horas del día, los trescientos sesenta y cinco días del año, sin aterrizar jamás; estos aviones estaban conectados con una vasta red de submarinos que patrullaban el abismo portando sus ojivas nucleares, mientras que un sinnúmero de misiles balísticos intercontinentales –capaces de volar desde Washington hasta Moscú en menos de treinta minutos– esperaban pacientemente el toque de las trompetas del Apocalipsis, en profundos silos subterráneos y búnkeres fortificados. Ese precario equilibrio, ese juego macabro, nunca terminó realmente, y se prolongó incluso después de la Guerra Fría. Muchas de esas armas aún están ahí, añorando su momento, monitorizadas por mecanismos cada vez más antiguos y llenos de fallos, preservadas en sarcófagos de metal como si fueran las momias de los antiguos faraones, listas para la vida que comienza con la muerte. Tomando todo ello en consideración, no es ninguna sorpresa que Johnny pensase que la humanidad no llegaría a sobrevivir a las muchas maravillas de la sociedad industrial. Sin embargo, sé que, si aún estuviese vivo, le aliviaría mucho saber que sus peores pesadillas no se hicieron realidad, y que nuestra teoría floreció más allá de la miasma de la política internacional, porque hoy se utiliza en prácticamente todas las áreas de la ciencia, desde la computación hasta la ecología, y desde la filosofía hasta la genética, donde nuestras ecuaciones modelan la forma en que las células del cáncer crecen, se comunican y se diseminan por el cuerpo. Algunos de los términos que creamos incluso han pasado a formar parte del lenguaje de uso común; la gente se refiere a ciertos aspectos de la vida social como a «juegos de suma cero». Todo eso demuestra una verdad muy incómoda: el hecho de que es imposible predecir las consecuencias y las aplicaciones prácticas de las ideas y los descubrimientos. También explica por qué es tan difícil juzgar adecuadamente incluso las realidades en las cuales nosotros mismos hemos tomado parte. Muchos creen que la destrucción mutua asegurada ayudó a evitar que la Guerra Fría se convirtiera en una guerra caliente, pero para mí sigue siendo algo imperdonable y pecaminoso, y me sirve como un recordatorio personal sobre el hecho de que las ciencias nunca son neutras, aunque aspiren a serlo. Porque no puedo dejar de reconocer que Johnny –que probó el teorema que estaba en el corazón de nuestro trabajo– era profundamente pesimista; su visión de la humanidad siempre fue cínica y oscura, y por ello es muy posible que su mentalidad haya contaminado, con su tinte sombrío, e incluso sin que él mismo lo supiera, las ecuaciones y supuestos que sustentaban nuestra teoría. Yo también sufro de un sentido de la desesperación bastante mórbido. Han pasado décadas desde que trabajé con von Neumann, pero a veces aún me sorprendo a mí mismo poniendo en duda nuestro postulado central: ¿acaso existe realmente un curso de acción racional para cada situación imaginable? Johnny lo probó matemáticamente, más allá de toda duda, pero solo para dos jugadores con objetivos *diametralmente opuestos*. Así que puede que exista un fallo fundamental en nuestro pensamiento, un presupuesto que cualquier observador perspicaz notará de inmediato: en definitiva, que el teorema minimax que subyace a todo nuestro esquema supone agentes completamente lógicos y racionales que solo están interesados en ganar, agentes que poseen una comprensión total de las reglas y un recuerdo absoluto de sus acciones anteriores, agentes que, además, tienen un conocimiento infalible con respecto a todas las ramificaciones posibles de sus actos y de los actos de sus oponentes a cada paso del juego. Y la única persona que conocí que funcionaba de esa manera era Johnny von Neumann. Los seres humanos comunes y corrientes son distintos. No cabe duda que mienten, engañan y conspiran, pero también cooperan, se pueden sacrificar por otros y toman decisiones caprichosas. Los hombres y las mujeres siguen sus instintos. Cometen errores y descuidos, o simplemente obedecen a una corazonada. Porque la vida es mucho más que un juego. Su verdadera riqueza y complejidad no puede ser capturada con ecuaciones, sin importar cuán hermosas sean. Los seres humanos no son los perfectos jugadores que von Neumann y yo suponíamos. Pueden ser completamente irracionales, pueden verse sacudidos o dominados por sus sentimientos y sufrir todo tipo de contradicciones. Y aunque esto desencadena el caos ingobernable que vemos a nuestro alrededor, también supone una gran misericordia, un extraño ángel que nos protege de los delirios de la razón.

EUGENE WIGNER

Los jinetes del Apocalipsis

Al mirar atrás, al pensar en lo que hicimos, la gente asume que todos éramos monstruos o locos. ¿Cómo pudimos traer esos demonios al mundo? ¿Cómo nos atrevimos a jugar con fuerzas tan terribles que podían borrarnos de la faz de la Tierra, o enviarnos de vuelta a un tiempo previo a la razón, cuando el único fuego que conocíamos brotaba de los rayos que dioses iracundos nos lanzaban desde el cielo mientras nosotros temblábamos en las cavernas? Un pequeño y sucio secreto que casi todos compartimos, pero que prácticamente nadie se atreve a confesar en voz alta, es que lo que nos atrajo de forma irremediable, lo que nos convenció de fabricar esas armas, no fue el deseo de poder, o el ansia de fama, dinero o gloria, sino el goce indescriptible de llevar a cabo esa ciencia, una emoción que bordeaba el éxtasis. Fue irresistible. Los niveles de presión y temperatura creados por la reacción en cadena, la colosal liberación de energía, esa física tan extraña y esotérica... no se parecían a nada que hubiésemos presenciado antes. La hidrodinámica de las ondas de choque, o la magnífica luz que casi nos dejó ciegos, eran cosas que ningún ser humano había visto. Estábamos descubriendo algo que ni siquiera Dios había creado. Porque esas condiciones particulares jamás existieron en otro lugar del universo. La fisión es común en el corazón de las estrellas, o dentro de gigantescos motores celestiales, pero nosotros logramos que ocurriera en el interior de una esfera de metal de solo un metro y medio de diámetro, en la cual anidaba un núcleo aún más diminuto de seis kilogramos de plutonio. Todavía me parece un milagro que lo pudiéramos conseguir. Importa poco lo que digan los demás, yo estuve ahí, y tengo muy claro que lo que nos impulsó no fue la carrera frenética contra los nazis (y luego contra los rusos, y luego contra los chinos, y así, sucesivamente, hasta el fin del mundo); fue la euforia de pensar lo impensable y de conquistar lo imposible, superando todos los límites humanos al quemar el regalo de Prometeo hasta su máxima incandescencia.

Nosotros, los marcianos, jugamos un rol desproporcionado en el programa nuclear estadounidense. Así nos llamaban tras el chiste que hizo Fermi cuando le preguntaron si los extraterrestres eran reales: «Claro que lo son, y ya viven entre nosotros. Solo que se llaman húngaros». Les parecíamos alienígenas. Y quizá lo fuéramos. ¿Cómo es posible que un país tan pequeño –rodeado, como lo estaba, por enemigos en todos sus flancos, y dividido entre imperios rivales– produjera tantos científicos extraordinarios en tan poco tiempo? A Leo Szilard se le ocurrió la idea de la reacción en cadena que nos llevó a la bomba atómica mientras cruzaba una calle en Londres, en 1933, y luego patentó el primer reactor nuclear; von Kármán era un virtuoso del vuelo supersónico y de la propulsión a cohetes, por eso fue clave para el desarrollo de los misiles balísticos intercontinentales; yo mismo lideré el equipo que diseñó los reactores necesarios para convertir uranio en plutonio enriquecido apto para armas nucleares, y Teller tiene la dudosa distinción (que no carece de fundamento, pero que ha sido enormemente exagerada) de ser considerado como el padre de aquel Dios de la Muerte Destructor de Mundos, la bomba de hidrógeno. Por todo aquello, Jancsi –el más alienígena de nosotros– inventó su propio apodo sardónico para referirse a nuestro grupo: los jinetes húngaros del Apocalipsis. Él creía que los fabulosos logros intelectuales de nuestro país no eran producto de la historia, del azar o de cualquier tipo de iniciativa pública, sino debido a algo más extraño y fundamental: una presión ejercida sobre toda la sociedad de Europa central, una sensación subconsciente de extrema inseguridad que afectaba a cada individuo, y que dio como resultado la necesidad de producir algo extremadamente inusual o enfrentarse a la extinción. Una vez, cuando estábamos discutiendo sus teorías de disuasión nuclear, me preguntó si acaso sabía lo que quedó dentro de la caja de Pandora después de que ella la abriera y dejara salir todos los males al mundo. «Ahí mismo», me dijo, «en el fondo de la jarra (porque era una gran urna, o una jarra, ¿sabes?, nunca fue una caja), allí abajo, esperando en silencio y con suma obediencia, estaba Elpis, a quien muchos consideran la *daimona* de la esperanza, contraparte de Moros, espíritu de la perdición y el destino, pero a mi parecer, una traducción mejor y más precisa de su nombre y naturaleza sería nuestro concepto de la expectativa. Porque nunca sabemos lo que viene después del mal, ¿no es cierto? Y muchas veces las cosas más letales, aquellas que poseen el poder suficiente para destruirnos, pueden ser, con el paso del tiempo, los instrumentos de nuestra salvación.» Le pregunté por qué los dioses dejaron salir todos los males, los dolores y las enfermedades para que rondaran libres mientras mantenían a la esperanza (o la expectativa, según él) atrapada dentro de la jarra. Se arregló el cabello, me guiñó un ojo y me dijo que los dioses saben cosas que nosotros jamás podremos saber.

Y eso es exactamente lo que yo siento por Jancsi, y la razón por la cual siempre me he negado a condenarlo. No puedo juzgarlo con demasiada severidad, porque creo que una mente como la suya –de una lógica inexorable– tiene que haberle permitido entender y aceptar muchas cosas que la mayor parte de nosotros jamás podríamos llegar a comprender, puesto que no somos siquiera capaces de reconocer su existencia. Él no veía el mundo como el resto de las personas, y eso teñía sus juicios morales. Consideremos su teoría de los juegos y del comportamiento económico, por ejemplo: Jancsi no buscaba ganar una guerra, vencer a la ruleta del casino o derrotar a alguien en una mano de póquer; no, lo que realmente quería era nada menos que matematizar la motivación humana. Quiso aprehender una parte de nuestra alma con ecuaciones, y creo que, en gran medida, logró establecer las reglas según las cuales los seres humanos tomamos decisiones, sean económicas o no. Así que tal vez el rescoldo del fuego que Hilbert había encendido dentro de él aún ardía, esa esperanza de detener el giro caótico del mundo encontrando la raíz matemática de la realidad. O quizá me estoy engañando. Quizá no tenía ninguna meta u objetivo elevado. Tal vez solo se haya estado entreteniendo de forma irresponsable, como siempre lo había hecho. Al menos, eso es lo que pensaba Virginia Davis, una fabulosa artista textil casada con Martin Davis, el matemático más aburrido que conocí, un lógico que idolatraba a Jancsi hasta tal punto que lo seguía por el instituto como si fuese uno de aquellos patitos desafortunados que después de perder a su madre forjan un lazo irrompible con los objetos más extraños, como un auto, una pelota, un perro o incluso un ser humano, y luego se comportan como si fuesen miembros de otra especie el resto de sus vidas. Martin siempre andaba rondando alrededor de Jancsi, riéndose demasiado de sus chistes, pero en cierta ocasión, cuando Klari nos había invitado a todos a una cena, y János estaba explicando los detalles mórbidos de la «mano muerta», un sistema de control de armas plenamente autónomo que él creía que los rusos estaban desarrollando, y que respondería a cualquier ataque norteamericano de forma automática, sin requerir ninguna intervención humana, mi amigo dijo que la carrera armamentista atómica, aunque era claramente malvada y muy, muy peligrosa, no era del todo negativa, porque había acelerado el desarrollo de otras áreas de la ciencia, muy ajenas, que evolucionaron mil veces más rápido de lo que lo habrían hecho. Virginia se enfureció. Se puso de pie, tomó su abrigo y nos gritó que los hombres como Jancsi, que no podían pensar más allá de las matemáticas para ver el mundo *real* habitado por seres humanos *reales*, nos arrastrarían a todos a la ruina. ¿Acaso no nos dábamos cuenta de hacia dónde nos llevaba el poder del átomo? ¿No entendíamos lo que podía hacer la bomba de hidrógeno? Nadie supo qué decirle. Nadie salvo Jancsi, por supuesto, que ni siquiera pestañeó; mientras Virginia arrastraba a su pobre marido hacia la puerta, János bebió el whisky que quedaba en su vaso y le respondió con toda la calma: «Yo estoy pensando en algo mucho más importante que las bombas, querida mía. Estoy pensando en las computadoras».

*En 1946, von Neumann prometió al ejército de Estados Uni-
dos que construiría una computadora tan poderosa que sería
capaz de llevar a cabo los enormes cálculos necesarios para
crear la bomba de hidrógeno. Todo lo que pidió a cambio fue
disponer de cualquier tiempo de computación que quedase libre después de las simulaciones de la bomba, y dedicarlo a lo
que él quisiera.*

JULIAN BIGELOW

Carne frita y pelos quemados

Todavía era información altamente confidencial.

Pero se lo mencioné a Johnny von Neumann.

«Estamos creando tablas de alcance para los chicos de la artillería con una máquina que puede hacer trescientas multiplicaciones por segundo.»

Saltó como si le hubiese metido un petardo en el culo.

Yo volvía a casa de la base militar –campo de pruebas Aberdeen– lo vi en la estación de tren. Él era un experto en armas muy respetado pero nunca lo había conocido en persona.

Exigió que le mostrara la máquina de inmediato.

Pidió el teléfono prestado ahí mismo.

Tenía que verla con sus propios ojos.

El Computador e Integrador Numérico Electrónico.

ENIAC, por sus siglas en inglés.

Primer computador digital de propósito general del mundo.

Un verdadero leviatán.

Ocupaba una planta entera en el colegio Moore de Filadelfia.

Treinta metros de largo.

Tres de alto.

Uno de ancho.

Y más de treinta toneladas.

Tubos de vacío, diodos de cristal, relés, resistencias y condensadores.

Con cinco millones de uniones soldadas a mano.

Ciento veinte grados en la sala de control cuando estaba funcionando.

Consumía tanta electricidad que según la leyenda las luces de Filadelfia se atenuaban cada vez que la encendíamos.

Las pelotas.

Lo que sí podía hacer eran veinte horas de trabajo humano en treinta segundos.

La cosa con el ENIAC es que podías *ver* los cálculos.

Entrar en la máquina y observar los bits cambiando de estado.

Aunque nadie era tan rápido como para seguir los números en tiempo real.

Excepto Johnny.

Todavía puedo verlo ahí de pie en silencio dentro de la computación mirando las luces destellando frente a sus ojos.

Una máquina pensando dentro de otra.

Me contrató al día siguiente y me dijo que íbamos a construir una mejor en el Instituto de Estudios Avanzados.

Me subí al tren corriendo.

Resultó que nadie nos quería ahí.

Los matemáticos hacían arcadas.

Hombres sucios con manos sucias habían llegado a contaminar ese ambiente sagrado.

«¿Ingenieros en mi edificio? ¡Por encima de mi cadáver!»

Un paleontólogo dijo eso.

No es broma.

Porque nosotros soldábamos y nos quemábamos los dedos mientras ellos pastaban como dinosaurios con la cabeza en las nubes tratando de desentrañar los misterios del universo.

Pero nosotros estábamos construyendo algo.

Algo que cambiaría su mundo.

Y nos odiaban por eso.

No teníamos dónde trabajar.

Acabamos en el despacho destinado a la secretaria de Gödel.

Nunca la necesitó. Publicaba un artículo cada diez años.

Bonita coincidencia.

Porque su trabajo está en la base de toda la ciencia computacional.

Hicimos los planes ahí pero no podíamos construirla en ese lugar.

Así que bajamos.

¿Adónde?

Al sótano por supuesto.

Es difícil sobrestimar la importancia de lo que hicimos.

Porque nuestra computadora no fue la primera.

Ni la tercera.

Pero funcionaba con programas almacenados.

Y fue la que todos copiaron.

Publicamos cada paso del proceso.

La clonaron en más de 1.500 lugares alrededor del mundo.

Se convirtió en el modelo.

El ADN de todo el universo digital.

Johnny lo dejó claro desde el principio:

Íbamos a construir la máquina que Turing había soñado en su artículo de 1936 «Sobre números computables con una aplicación al *Entscheidungsproblem*».

Allí describe el computador universal.

La máquina de Turing.

En principio esa máquina puede resolver cualquier problema que se le presente en forma simbólica.

De alguna manera ese cabrón inglés logró replicar en papel los estados mentales internos y la capacidad de manipular símbolos de nuestra especie.

Golpe de genio.

Pero su máquina de Turing es increíblemente abstracta.

Una «cabeza» que lee una tira de papel sin fin.

Difícil de imaginar como un pedazo de tecnología real.

Pero nosotros la convertimos en una computadora plenamente programable.

Y luego estalló.

¿El ENIAC? Prácticamente una calculadora comparado con nuestra máquina.

Esa era una caja musical que tocaba una sola melodía.

Si querías algo nuevo tenías que volver a cablearlo.

Miles de conexiones a mano.
Un cambio de programación requería horas.
Días incluso.
Nosotros creamos un instrumento.
Un piano de cola.
Con nuestra máquina solo cambiabas las instrucciones.
Nuevo *software* sin tocar el *hardware*.
Y veinte veces más rápida.
Con memoria de acceso aleatorio.

Johnny creó la arquitectura.
El marco lógico.
El mismo que todos tienen en su computadora.
No ha cambiado en absoluto.
Muy simple.
Solo cinco partes.
Mecanismos de entrada y salida y tres unidades.
Una para la memoria.
Otra para la lógica y la aritmética.
Y la unidad de control o CPU.
Así de sencillo.
Pero fue un infierno lograr que funcionara.

Era 1951.
Así que solo teníamos partes sobrantes de la guerra y tubos de vacío que fallaban sin avisar.
En verano hacía tanto calor en el sótano que se derretía el alquitrán y chorreaba encima de la máquina.
Meses de trabajo arruinados al instante.
La memoria era tan frágil que alguien con un sweater de lana podía borrarla por completo solo por la estática.

179

Los aviones y los autos también hacían eso.
Y una vez se metió un ratón dentro.

Mordió los cables y se calcinó por completo.
Arreglamos la máquina pero no pudimos librarnos del olor.

Apestaba a carne frita y pelos quemados.

Nos tomó años de tortura construirla.

Era mañosa y antojadiza como un demonio pero por Dios qué belleza.

Parecía un motor V-40 turboalimentado dentro de un telar gigante.

Deslumbrante en aluminio y relativamente pequeña.

Dos metros de alto.

Medio de ancho.

Dos y medio de largo.
Un microprocesador según los estándares de la época.

Gran parte de nuestra financiación venía de los militares.

Johnny los convenció explicándoles lo que se podía hacer al aumentar la velocidad de computación por un factor de diez mil.

Casi inimaginable.
Tomando en cuenta que todos los cálculos para la bomba atómica fueron hechos con máquinas de sumar.

Sin ninguna computadora real.

Solo mujeres y calculadoras de alta gama.
A los generales se les caía la baba incluso antes de que termínasemos.

Porque estaban soñando a lo grande.

Pero Johnny soñaba aún más grande.

Quería matematizarlo todo.

Resolver problemas que habían sido completamente insuperables.

Una revolución en la biología/cosmología/economía/neurología.

Quería agarrar a la ciencia por el pescuezo.

Transformar el pensamiento humano desatando el poder de la computación ilimitada.

Por eso creó su máquina.

«Este tipo de aparato es tan radicalmente nuevo que muchos de sus usos se volverán evidentes después de que se haya puesto en funcionamiento.»

Eso me dijo.

Porque él entendía.

Sabía que el verdadero reto no era construirla sino hacerle las preguntas correctas en un idioma que la máquina pudiese comprender.

Y nadie más que él hablaba ese lenguaje.

Le debemos más de lo que podríamos pagar.

Porque no solo nos brindó el descubrimiento más importante del siglo XX.

Nos concedió una parte de su mente.

Mathematical Analyzer, Numerical Integrator and Computer.

Así bautizamos a nuestra máquina.

El analizador matemático, integrador numérico y computadora.

Pero nadie nunca la llamó así.

La llamábamos MANIAC.

La primera tarea que John von Neumann asignó a la MA-
NIAC fue destruir la vida tal como la conocemos: en el verano
de 1951, un equipo de científicos de Los Álamos viajó hasta
el Instituto de Estudios Avanzados en Princeton e introdujo
un gran cálculo termonuclear en la computadora. La opera-
ción corrió veinticuatro horas al día, durante dos meses, pro-
cesando más de un millón de tarjetas perforadas, para arrojar
una sola respuesta, que podía ser SÍ o NO.

SÍ

185

RICHARD FEYNMAN
Y luego el mundo se prende fuego

¿Sabías que jugué al ajedrez contra la MANIAC? Y le gané, además. Ajedrez anticlerical, lo llamábamos, porque tuvimos que descartar los alfiles. Para hacerlo más simple. No para nosotros, claro, sino para la máquina. Usamos un tablero más pequeño también, de seis por seis. Y cambiamos algunas reglas. Nada de enroques. Nada de avanzar dos espacios con los peones. Pero el resto era igual que en el ajedrez común. No sé quién escribió el programa. Paul Stein, quizá, o Mark Wells, pero sí sé que la MANIAC fue la primera computadora en vencer a un humano. Aunque, para ser sincero, no fue un gran logro, porque su rival fue un mocoso que casi no sabía jugar, un alumno en prácticas de Los Álamos que se había aprendido las reglas un par de días antes. No era el oponente más formidable. Pero fue una prueba de concepto, un pequeño gran salto para la no-humanidad. Yo jugué contra esa máquina varias veces. Muy entretenido, aunque debías tener paciencia, porque se demoraba como doce minutos en calcular un movimiento. Recién habíamos encontrado un montón de particularidades interesantes en su forma de jugar (quedar en jaque le producía un temor mortal, así que sacrificaba todas sus piezas para evitarlo, muchas veces de forma innecesaria) cuando descubrí para qué estaban usando la MANIAC realmente. Me sentí asqueado. Se me revolvió el estómago. Después de Trinity, caí en una depresión feroz y juré no trabajar más con los militares. Fue un periodo extrañísimo. Podía estar desayunando con mi madre en Nueva York, no sé bien dónde, digamos que en la calle cincuenta y nueve, y de pronto empezaba a mirar a mi alrededor para hacer cálculos. Porque yo sabía el área que había devastado la bomba de Hiroshima, así que pensaba, si los rusos dejaban caer una en la calle treinta y cuatro la onda de choque se expandiría hasta nosotros, arrasando todos los edificios, y mi madre y yo y cada una de las personas que nos rodeaban morirían al instante. En esa época solía caminar por la ciudad y juro que solo veía ruinas y escombros. Como si la guerra ya hubiese sucedido. Miraba a los obreros trabajando en las construcciones y me echaba a reír. Todo me parecía estúpido. ¿Para qué edificar puentes o apartamentos si iban a ser destruidos? ¡Están locos!, pensaba, ¡No entienden nada! ¿Por qué están fabricando cosas nuevas? ¡Es inútil! Si hubiese solo una bomba, o un par de ellas, tal vez. Pero eran tan fáciles de hacer que estaba seguro de que la guerra nuclear era inevitable. Ocurriría en cualquier momento. ¿Por qué no? Los gobiernos y los militares se iban a comportar como siempre. Las relaciones internacionales no habían cambiado en nada. Realmente creía que era un despropósito crear algo nuevo. Era una pérdida de tiempo. Y bueno, resultó que estaba equivocado, porque ya van muchos años y seguimos aquí. Pero mi reacción, mi primera reacción, al menos, fue pensar que estábamos condenados, sobre todo tras enterarme de que esos hijos de puta estaban usando la MANIAC para crear la bomba de hidrógeno.

Me obsesioné con ella. Porque no era solo una bomba más grande. Era un verdadero horror. Algo que no tenía justificación alguna. Un instrumento del mal, un arma que se alejaba tanto de lo razonable que era como si hubiésemos descendido voluntariamente a las zonas más oscuras del infierno. Incluso los científicos que estuvieron involucrados en la primera bomba se opusieron a ella. «Por su propia naturaleza, la bomba de hidrógeno no puede ser limitada a un uso militar, sino que se convierte en un arma que, en todo sentido práctico, es casi de uso genocida.» Eso dijo Fermi. Y Oppenheimer, bueno, él se dio cabezazos contra un montón de personas e hizo todo lo que pudo para que no la construyeran. Gastó hasta la última gota de su enorme influencia como director del Instituto de Estudios Avanzados para oponerse a ella, se peleó con medio mundo e hizo enemigos peligrosos en las más altas esferas del poder, así que no me sorprendió nada cuando le revocaron su autorización de seguridad y lo pusieron en la lista negra. «Con la creación de la bomba atómica, los físicos conocieron el pecado, y este es un conocimiento que no pueden olvidar.» Eso dijo Oppenheimer. Un hombre convencido de que tenía las manos manchadas de sangre. Muy especial ese tipo, más grandilocuente y brillante que cualquiera que haya conocido. Aunque todos sus esfuerzos fueron en vano. Es difícil de explicar, pero esas criaturas horripilantes, esas creaciones que exceden lo humano, parecen tener voluntad propia, como si respondieran a una potestad mayor que la nuestra, una extraña forma de la fatalidad tan misteriosa y ajena a nuestro control que trato de no pensar mucho en eso, porque acabo temblando.

Si los físicos ya habíamos conocido el pecado, con la bomba de hidrógeno supimos lo que era la perdición. En otoño de 1952, mientras que en Estados Unidos millones de niños estaban preparándose para Halloween, con sangre falsa chorreando de sus pequeños colmillos de vampiro, los brazos cubiertos de vendajes para contener la descomposición de una momia cuya alma maldita se había preservado incluso con el paso del tiempo, manitos temblando de emoción y alegría por participar del falso horror de la noche de Todos los Santos, cuando los espíritus de los muertos regresan para caminar entre los vivos, al otro lado del mundo, en una isla del atolón Enewetak en el sur del Pacífico, Ivy Mike, un monstruo verdadero, el primer prototipo del arma más letal creada en la historia de la humanidad, explotó con una fuerza quinientas veces mayor a la de las bombas que usamos para masacrar a doscientos cincuenta mil personas en Japón. Era un artefacto horripilante. Un gigantesco tanque de metal, de casi tres pisos de altura y ochenta y dos toneladas de peso, lleno de deuterio líquido –un isótopo de hidrógeno– enfriado a 214 grados bajo cero. Ese era el combustible que alimentaba la reacción termonuclear. Pero aquella bomba de fusión la detonó un aparato secundario. Requería una explosión de rayos X generada por un dispositivo de fisión, similar a la bomba Fat Man que dejamos caer sobre Nagasaki, que sobresalía del tanque metálico como si fuese un tumor cancerígeno. El aparato completo, con sus sistemas de soporte y refrigeración, deflectores de plomo, tuberías, carga de uranio, sensores, revestimientos de polietileno, transformadores, tritio, reflectores laminados en oro y la bujía de plutonio, era tan grande que más que un explosivo parecía una fábrica. Estaba contenido dentro de un hangar en la isla Elugelab, la cual quedó reducida a polvo en menos de un segundo. Desapareció de la faz de la Tierra junto a ochenta millones de toneladas de coral, reemplazadas por un cráter con una profundidad de diecisiete pisos, «suficientemente grande para contener catorce edificios del tamaño del Pentágono», según uno de los informes oficiales. Durante el primer instante de la reacción termonuclear, un colosal destello de luz brotó desde el epicentro, el mismo fulgor que yo había contemplado en Trinity. Veteranos de la Segunda Guerra Mundial, soldados endurecidos por el combate, se pusieron a rezar de rodillas al ver sus propios huesos como si fuesen sombras a través de la piel. Todos intuyeron que algo abominable había ocurrido. Incluso quienes estaban en el interior de los barcos que rodeaban la isla estuvieron cerca de quedarse ciegos, porque los rayos de luz se colaron a través de cualquier agujero, por pequeño que fuera, en las puertas y escotillas blindadas. Aquel resplandor fue seguido por una bola de fuego gigantesca que apareció en el horizonte como si fuese el sol surgiendo del lecho del océano. Creció rápidamente hasta formar una enorme nube con forma de hongo que se elevó hasta la estratosfera y continuó creciendo hasta ser cinco veces más alta que el Everest. Su tamaño era incomparablemente mayor a la que yo vi en el desierto: a treinta millas de distancia de la isla aniquilada por el estallido hubo testigos que temblaron de miedo al ver esa nube encima de sus cabezas, balanceada sobre un tallo ancho, oscuro y sucio, hecho de partículas de coral, vapor de agua y escombros. Al expandirse, la bola de fuego alcanzó una temperatura que superó los ciento sesenta y seis millones de grados Celsius, más caliente que el núcleo del sol. Parecía algo vivo, burbujeando y plegándose sobre sí mismo como si fuese mermelada hirviendo dentro de una olla, con grandes trozos negros que flotaban en medio de toda esa masa grotesca. El cielo se volvió rojo como el interior de una fragua. Uno de los pilotos que volaban cerca escribió que parecía como si la atmósfera misma estuviese ardiendo. Se formaron nubes enormes, seguidas de una extraña oscuridad que corrió hacia el fondo del horizonte, persiguiendo una onda de choque tan intensa que su estruendo se mantuvo en el aire durante minutos, a medida que rebotaba entre el océano y la estratosfera. El rugido de la bomba fue ensordecedor. «Era magnífico, como cien tormentas eléctricas viniendo hacia nosotros desde todas las direcciones. Parecía como si el cielo fuese a reventar. Los oídos nos dolieron durante horas», dijo uno de los marineros que lo presenció desde un buque de guerra. El calor fue tal que a varias millas de distancia los biólogos hallaron aves con la mitad de sus plumas chamuscadas y peces que no tenían escamas en un lado del cuerpo, como si los hubiesen frito en una sartén. «Ese ardor es algo que jamás olvidaré», me dijo un amigo físico que estaba a veinticinco millas de la zona cero. «Fue una experiencia terrorífica, porque la temperatura no bajaba. Con estallidos de un kilotón, como el que vimos en Trinity, hay un golpe de luz y luego pasa, pero con la bomba de hidrógeno el calor no paraba de aumentar, cada vez más fuerte e intenso, venía y venía sin detenerse. Uno podría haber jurado que el mundo entero estaba en llamas.» Después de la primera prueba exitosa en Los Álamos, mis colegas y yo celebramos con una fiesta alocada que duró días, pero los científicos que vieron la primera explosión termonuclear quedaron absolutamente despavoridos. Apenas podían creer la violencia que habían desatado y muchos expresaron su arrepentimiento inmediato. Herbert F. York, el director del laboratorio de armas Livermore, describió a Ivy Mike como un artefacto «verdaderamente ominoso, algo que marcó un cambio real en la historia– el momento en el cual el mundo cambió de súbito su deriva, desde el camino en que estaba a uno mucho más peligroso. Las bombas de fisión, por destructivas que fueran, eran limitadas. Pero ahora parecía que habíamos aprendido a dejar de lado todos los límites, habíamos construido una bomba con un poder infinito». ¡Esa puta bomba fue una sorpresa incluso para el presidente, por el amor de Dios! Eisenhower había sido recién elegido. Simplemente no pudo creerlo cuando le informaron de lo que había ocurrido en el Pacífico. «No había ninguna necesidad de construir un poder tan demoledor como para destruirlo todo. La aniquilación total es la negación de la paz.» Eso fue lo que dijo, pero ya era demasiado tarde.

El hombre que tuvo la mayor responsabilidad en la creación de la bomba de hidrógeno fue uno de los marcianos: Teller. Según Oppenheimer, en un comité de la RAND, Teller hizo una descripción tan impresionante sobre el poder que dicha bomba otorgaría a Estados Unidos que el secretario de la Fuerza Aérea, Thomas K. Finletter, se puso de pie de un salto y gritó, «¡Dennos esa arma y seremos los amos del mundo!». Irónicamente, no llegó a verla. Teller, quiero decir. Se enemistó con medio mundo, porque no lo pusieron a cargo del proyecto. De hecho, él estaba en California sentado en la oscuridad de un sótano en la Universidad de Berkeley, mirando ansiosamente las agujas de un sismógrafo, cuando detectó la onda de choque creada por su criatura, que entró rugiendo al mundo con una potencia superior a diez millones de toneladas de TNT. Al ver el registro tembloroso que confirmaba el éxito de la prueba, se comunicó con sus colegas en Los Álamos mediante un telegrama que llegó tres horas antes de la noticia oficial y que tenía solo tres palabras en clave: «¡Es un niño!». Años después, Teller llegó a ser considerado un paria entre los físicos al haber apuñalado a Oppenheimer por la espalda, traicionándolo durante la audiencia de seguridad con que el gobierno buscó sacarlo de la escena, acusándolo de ser comunista. Yo nunca supe bien qué pasó, pero esa traición le costó muchos amigos a Teller. Acabó refugiándose en los brazos de los hijos de puta que soñaban con una nueva guerra, generales a quienes Teller empujó y empujó para que le permitieran construir la bomba de hidrógeno. El problema es que sus primeros diseños simplemente no funcionaban. Pero siguió insistiendo, hasta que Stan Ulam, matemático y amigote de von Neumann, inventó el prototipo de Ivy Mike, que luego Teller refinó. El polaco Ulam... Qué personaje. Famoso por ser un holgazán. Uno de esos raros científicos que son absolutamente deslumbrantes, pero que no tienen ningún interés en llevar sus ideas a cabo. Les basta con pensar, pero no se animan a hacer nada más. Su historia es increíble. Porque tuvo una enfermedad en el cerebro, ¿sabes? Se agarró una encefalitis y casi se muere. Una noche despertó con un dolor de cabeza gigantesco, y cuando trató de hablar, lo único que podía hacer era murmurar frases sin sentido. Lo llevaron corriendo al hospital, le hicieron un agujero en el cráneo y lo atiborraron de penicilina. Cayó en coma. Debería haber muerto. Realmente no tenía forma de sobrevivir. Es un milagro que no haya sufrido un daño cerebral permanente. Los doctores le dijeron a su esposa que lo más probable es que quedara con serias deficiencias mentales. Pero pasó exactamente lo opuesto. Hizo su mejor trabajo después de eso. Incluso tuvo su idea más original mientras aún estaba convaleciente en el hospital, tirado en la cama. Los doctores le habían dicho que no podía pensar. Que hiciera un esfuerzo por no pensar en absoluto, porque si le ponía demasiada presión a su cerebro, podía morir. ¿Y puedes imaginar lo que hizo ese matemático maravilloso? Empezó a jugar al solitario. Con cartas. Una mano tras otra, con el cerebro apagado, casi totalmente distraído. Porque en el solitario realmente no necesitas pensar. No requiere que tomes ninguna decisión, es casi totalmente automático. Y, sin embargo, Ulam empezó a notar un patrón: vio que era capaz de predecir, con un cierto grado de confianza, el resultado de una mano tras sacar solo un par de cartas. Así que analizó eso y creó el método de Montecarlo. En esencia, es un algoritmo computacional, una forma de hacer una apuesta estadística para resolver problemas complejos sin tener que solucionarlos, al realizar una serie de aproximaciones aleatorias. Digamos que quieres saber cuál es la probabilidad de ganar una partida al solitario después de haber barajado un mazo de cartas. Normalmente, tendrías que sentarte a calcular, enfrentándote al problema de forma abstracta, analítica, pero con Montecarlo lo que harías es jugar una enorme cantidad de veces –mil, digamos– y luego simplemente puedes ver esos resultados, contabilizar cuántas veces ganaste, e inferir tu respuesta a partir de esa información. Montecarlo utiliza la aleatoriedad como si fuese un arma. Un cuchillo capaz de penetrar en la esencia de un fenómeno oculto. Es un método para analizar una cantidad abrumadora de datos en busca de lo que es significativo. Una forma de hacer predicciones y de lidiar con la incertidumbre proyectando los múltiples futuros posibles de una situación compleja y eligiendo entre los caminos que se ramifican a partir de un evento ambiguo e impredecible. Es increíblemente poderoso. Y un poco humillante también, porque demuestra los límites del cálculo tradicional, que debe ir paso a paso, como el pensamiento humano, siguiendo la lógica. Un golpe de genio, y más que eso. Fue exactamente lo que la MANIAC necesitaba para realizar las gigantescas simulaciones matemáticas que se requerían para confirmar la viabilidad del diseño ideado por Ulam y Teller. Es un hecho histórico: las bombas de hidrógeno cobraron vida en el interior de los circuitos digitales de una computadora antes de estallar en nuestro mundo. Porque habría sido casi imposible crear armas termonucleares sin la máquina de von Neumann. El destino de esa computadora estuvo atado a ellas desde su inicio: la carrera armamentista le dio la financiación necesaria a

Johnny para construir la MANIAC, y luego esa máquina permitió la fabricación de las bombas. Es aterrador pensar en cómo funciona la ciencia. Solo considera esto por un segundo: la invención más creativa de la humanidad surgió exactamente al mismo tiempo que la más destructiva. Gran parte de la civilización que hoy habitamos, con avances tecnológicos que rivalizan incluso con el poder de los dioses, fue solo posible gracias a la monomanía de un hombre, y a la necesidad de construir computadoras electrónicas para calcular si una bomba de fusión iba a explotar. O si no piensa en Ulam, ese polaco que casi se muere, un tipo que tenía un pie en la tumba, los dos en realidad, pero de cuya delirante imaginación obtuvimos una técnica increíble que abrió un nuevo dominio para la física matemática justo en el momento exacto, con los medios técnicos necesarios para implementarla recién descubiertos, como si la hubiesen estado esperando. Y luego el mundo se prende fuego.

La segunda tarea que von Neumann le asignó a la MANIAC fue crear un nuevo tipo de vida.

Tercera parte
Fantasmas en la máquina

Insistes en que hay cosas que las máquinas no pueden hacer. Si tú me dices exactamente qué es lo que no pueden hacer, yo siempre seré capaz de construir una máquina que haga exactamente eso.

JOHN VON NEUMANN

JULIAN BIGELOW

Un verdadero científico loco

Apenas la echamos a andar Johnny trajo a un verdadero demente para que trabajase con la MANIAC.
Nils Aall Barricelli.
Mitad noruego mitad italiano.
Completamente loco.

Johnny se había empezado a obsesionar con la biología y este tipo le dejó una nota manuscrita en su oficina.
Interesado en realizar una serie de experimentos numéricos con el objetivo de verificar la posibilidad de una evolución similar a la de los organismos vivos dentro de un universo artificial.
Incluyó especificaciones técnicas y varios artículos académicos.
Johnny me preguntó qué pensaba al respecto.
No esperó mi respuesta.
Le dio acceso al día siguiente.
Dijo que podía hacer todas las simulaciones que quisiera.
Pero después de los cálculos de la bomba.

Barricelli aparecía a las tres de la madrugada y trabajaba toda la noche.

Fui a preparar un ciclo y lo vi encorvado como una mantis religiosa sobre la máquina con la que perforábamos las tarjetas.

No programaba como todos nosotros.

Escribía directamente en código binario.

En el mismo lenguaje de la computadora.

Sus ideas eran radicales.

Quería replicar la evolución de la vida dentro de la MANIAC.

El primer idioma y la primera tecnología en el planeta Tierra no fueron hechos por humanos. Fueron producidos por moléculas primordiales, hace casi cuatro mil millones de años. Yo estoy pensando en la posibilidad de comenzar un proceso evolutivo que tenga el potencial de llevarnos a resultados similares dentro de la memoria de una máquina computacional.

Creía en la simbiogénesis.

Una teoría polémica opuesta al darwinismo.

Explica la complejidad de los organismos vivos no a través de la selección natural y la herencia sino mediante asociaciones simbióticas.

Una fusión entre formas más simples.

Sembró la memoria de la MANIAC con números aleatorios.

Introdujo leyes para gobernar su comportamiento.

204

Así los hacía «evolucionar».

Su hipótesis era que empezarían a exhibir las características de los genes.

Era un biólogo matemático y un genetista viral.

Y despreciado por ambos.

Férreo opositor a Darwin.

Decía que Gödel era un farsante.

Así que le sobraban enemigos.

Pero le importaba un carajo.

Una vez le pregunté si realmente creía poder replicar la vida en una memoria de cinco kilobytes.

Era todo lo que teníamos.

Cinco kilobytes.

Me miró frunciendo su cara de rata.

«El simple hecho de que hasta ahora la Tierra ha parecido favorecer las formas de vida orgánico-químicas no prueba que sea imposible construir otros organismos sobre una base completamente distinta.»

Primera y última vez que hablamos.

Pero yo espiaba sus cuadernos cada vez que podía.

- *Haz la vida difícil pero no imposible.*
- *Gran número de organismos simbióticos surgen por azar en unos segundos; en cosa de minutos, todo tipo de biofenómenos son observables.*
- *Universo embrionario plagado de parásitos.*
- *Después de cien generaciones, una sola forma primitiva de simbio-organismo invadió todo el universo.*

— El último organismo superviviente fue un parásito;
murió de hambre al ser privado de su huésped.

Cada uno de los «organismos» de Barricelli era una secuencia de números.

Entraban en contacto se fusionaban morían mutaban o procreaban.

Podían sufrir una simbiosis para volverse más complejos.

O degradarse en formas más simples.

Convertirse en depredadores.

O parásitos.

Al final de cada ciclo de computación tomaba una muestra de la memoria de la MANIAC y la imprimía.

Exuberantes paisajes matemáticos como enormes pinturas expresionistas.

El electroencefalograma de un loco.

Los miraba fijamente apuntaba y gritaba *Absolut!* cuando dos organismos habían intercambiado «genes» para crear un simbionte.

Scandalous! si se habían vuelto parásitos.

Barricelli estaba convencido de que los números podían desarrollar vida propia.

¿Acaso son el inicio de una nueva forma de vida o solo modelos de la vida? No, no son modelos. ¡Son una clase particular de estructuras autorreplicantes, ya definidas!

Pero sus experimentos fracasaron.

Aunque he parido una clase de números que pueden reproducirse y sufrir cambios heredables, la evolución numérica no llega muy lejos y en ningún caso ha llevado a un nivel de eficiencia y adecuación que pudiera proteger a su especie de la destrucción total para asegurar un proceso evolutivo sin límites como el que ha ocurrido en la Tierra y conducido a organismos cada vez más complejos. Algo falta si es que uno quiere explicar la formación de órganos y facultades tan avanzados como los de los organismos biológicos. No importa cuántas mutaciones hagamos, los números seguirán siendo números. ¡Nunca se convertirán en seres vivos!

Notas desesperadas.

¿Charlatán o visionario?

Ambos probablemente.

Muy adelantado a su tiempo.

Demasiado quizá.

Sus entidades numéricas evolucionaron en un universo digital vacío en los pocos ciclos de computación que sobraban tras los cálculos de la bomba de hidrógeno.

Quién sabe qué podría haber logrado con más que eso.

Desaparecieron sin dejar rastro.

Pero muchas de sus ideas fueron redescubiertas por otros que desconocían su trabajo.

¿Lo enterró Johnny? Quizá.

Algo pasó entre esos dos.

Se enemistaron por completo.

Ninguno reconoció el trabajo del otro.

Ni una sola palabra en sus escritos.

Los revisé.

Es como si jamás se hubiesen conocido.

A Johnny lo idolatran como el padrino de la vida digital.

Pero nadie se acuerda del otro lunático.

Un día sin previo aviso le negaron acceso a la MANIAC.

Y nunca lo volvimos a ver.

Le seguí el rastro luego de que dejara el instituto.

Cuando Johnny falleció y apagaron la MANIAC.

Porque nos ordenaron desmantelar la computadora poco después.

¿No es raro?

Barricelli se hizo peregrino.

Deambuló de una universidad a otra en busca de kilociclos donde criar a su progenie.

Y hablaba de Johnny sin disimular su asco.

Es una araña glotona agazapada en el centro de la red que ata los intereses corporativos, militares y gubernamentales.

Uno de sus insultos más sutiles.

Publicó su último artículo científico en 1987.

«Sugerencias para dar inicio a procesos de evolución numérica destinados a desarrollar organismos simbióticos capaces de engendrar su propio lenguaje y tecnología.»

Afirmaba haber detectado los primeros indicios de inteligencia en sus simbiontes digitales.

Nadie lo tomó en serio.

Murió en Oslo en 1993.

Obsesionado con la vida extraterrestre.

Carcomido por la paranoia.

Creía que su trabajo había sido ocultado deliberadamente por los parásitos de la academia.

Cuando dejó la MANIAC, metieron todas sus notas y resultados en una gran caja de cartón.

Y la abandonaron en el sótano.

Yo la encontré allí años después de su muerte.

Me la traje a casa.

Cubierta de una capa de polvo grasiento.

Y un olor insoportable a caucho quemado.

Contenía un set de instrucciones.

Código hexadecimal escrito a mano por Barricelli.

Reglas para crear un universo digital y poblarlo con organismos numéricos.

Johnny le había hecho un montón de correcciones en tinta azul.

Como si hubiera echado a correr el programa y hallado una forma de optimizarlo.

O tal vez detectó un fallo fatal.

O presenció lo que nadie había visto.

Porque al final hay una nota suya en letras mayúsculas que cubre casi toda la página.

TIENE QUE HABER <u>ALGO</u>
EN ESTE CÓDIGO
QUE AÚN NO HAS EXPLICADO

SYDNEY BRENNER

Un verdadero profeta

Algo muy pequeño, tan diminuto e insignificante que resulta casi invisible en su origen, puede, sin embargo, abrir una perspectiva luminosa y nueva, porque a través de él un orden superior está tratando de expresarse. Es posible que estos raros sucesos permanezcan ocultos a nuestro alrededor en todas partes, esperando en silencio, agazapados en el límite de nuestra conciencia, o flotando entre las olas del mar de información que nos ahoga, cada uno con el potencial de florecer, irradiar violentamente y resquebrajar la superficie del mundo común, para mostrarnos lo que hay debajo. Yo lo sé porque fui parte del grupo de científicos que descubrió el rol que juega el ARN mensajero en todas las células. En esencia, es como una pequeña máquina que copia partes del ADN y luego las lleva hasta una estructura que utiliza esa información para construir proteínas, los componentes básicos de la vida. Desde aquel entonces, muchas personas me han preguntado dónde encontré mi inspiración, y yo siempre confieso que vino de uno de los artículos menos conocidos de von Neumann, un experimento mental muy breve pero poderoso sobre lo que se necesita para crear una máquina que se replique a sí misma. Nadie que yo conociera había oído hablar de ello, y no sé cómo llegó a mis manos, pero lo que hizo en ese artículo es algo extraordinario: logró establecer las leyes lógicas detrás de *todos* los modos de autorreplicación, sean biológicos, mecánicos o digitales. Es tan terriblemente abstracto y esotérico que no me sorprende que haya pasado desapercibido. O quizá se trata de aquellas cosas que se adelantan de tal manera a su tiempo que es como si nos hubiesen llegado desde el futuro, ideas que requieren que el árbol de la ciencia crezca para que frutos tan raros puedan madurar y caer a la tierra. Von Neumann demostró que se necesita un mecanismo que no solo sea capaz de hacer una copia, sino también de replicar las instrucciones que especifican la copia. Se requieren ambas cosas: crear una copia y dotarla de la información necesaria para construirse a sí misma, además de una descripción de cómo implementar esas instrucciones. La cosa y el manual para construir la cosa. En su artículo, dividió su constructo teórico –al cual llamó «el autómata»– en tres componentes: la parte funcional; un decodificador que lee las instrucciones y construye la próxima copia, y un aparato que toma esa información y la inyecta en la nueva máquina. Contado así, no parece ser nada especial; lo que es realmente impresionante es el hecho de que –ahí mismo, en ese artículo escrito a finales de los años cuarenta– von Neumann describió la forma en que funcionan el ADN y el ARN mucho antes de que alguien vislumbrara la extraña belleza de la doble hélice con un haz de rayos X.

La base lógica de todos los sistemas autorreplicantes ya la expuso él de manera tan transparente que no puedo creer que yo no la hubiera visto. ¡Me habría hecho famoso! Pero yo no era tan inteligente, no pude comprender cómo se podían aplicar esos conceptos matemáticos, tan cristalinos y rigurosos, al caos violento de la biología. Tuvieron que pasar años para que sus ideas empezaran a infectar mi mente y a verse reflejadas en mi trabajo. Todavía me cuesta comprender cómo pudo desarrollarlas. Porque lo hizo sin estudiar organismos vivos, o seres de carne y hueso, sino imaginando una entidad teórica que podía autorreplicarse, una criatura que no se parece a nada que haya existido. Gracias a von Neumann, en la biología moderna nos encontramos ante una situación muy particular: primero descubrimos su base matemática más fundamental y precisa, y luego nos enteramos de cómo la vida en nuestro planeta la había implementado. Esa no es la forma en que suelen ocurrir las cosas. En la ciencia, normalmente empiezas por lo concreto y luego vas hacia lo abstracto. Pero aquí fue al revés: von Neumann estableció las reglas y nuestro ADN resultó ser solo una expresión particular de ellas. Por eso, si quisiéramos escribir una especie de gran historia de las ideas, podríamos decir sin temor alguno que Watson y Crick fueron prefigurados por von Neumann. ¡Se adelantó casi una década! Para mí al menos, eso lo convierte en un verdadero profeta.

Pero no se detuvo ahí. Partiendo de las bases que había dejado sentadas en su artículo, imaginó lo que hoy conocemos como «sondas de von Neumann», naves que se construyen, reparan y mejoran a sí mismas, capaces de colonizar los planetas más lejanos de nuestro sistema solar antes de partir hacia la oscuridad del espacio exterior. Esas máquinas suyas podrían viajar a mundos distantes, yendo más lejos que cualquier ser humano o entidad biológica; en costas alienígenas, extraerían los materiales necesarios para ensamblar sus copias, y luego aquella descendencia mejorada continuaría su éxodo interminable hacia el vacío, viajando hacia el borde del universo, sembrándolo con su progenie y floreciendo mucho después de la extinción de nuestra especie. En teoría, una sola sonda de von Neumann que viajase al cinco por ciento de la velocidad de la luz podría replicarse a lo largo de toda nuestra galaxia en cuatro millones de años. Pero el experimento de von Neumann, como tantas otras cosas en la ciencia, también podría conducir a escenarios inquietantes. ¿Y si una de las sondas sufriera una mutación durante su odisea, como ocurre en prácticamente todos los procesos de autorreplicación? Ese minúsculo error, esa falla sutil, podría alterar uno de sus procesos fundamentales, modificando sus características y propósitos, y luego ese cambio tendría impacto a lo largo de todos sus descendientes futuros, en formas imposibles de predecir. Es escalofriante pensar en qué podrían llegar a convertirse. ¿Cuán lejos se desviarían de su programación original durante el largo viaje por la expansión ilimitada del espacio y el tiempo? ¿Optarían por asentarse en un solo planeta y vivir allí en paz? ¿Se volverían apáticas y dubitativas? ¿Entrarían en pánico? ¿Vagarían sin rumbo ni sentido? ¿O acaso existe la posibilidad de que se convirtiesen en criaturas tan voraces como nosotros? Un enjambre descomunal que consume todo lo que encuentra en su camino, con los circuitos saturados por deseos, objetivos e intenciones que superan el simple afán de descubrimiento. Y qué pasaría si decidiesen dar la vuelta y regresar a la Tierra, deshaciendo el viaje de millones de años para exigir de sus crueles y ausentes progenitores el perdón de sus muchos pecados, y una respuesta a la pregunta que también nos tortura a nosotros: *¿Por qué?* ¿Por qué las creamos para abandonarlas después? ¿Por qué las enviamos a la oscuridad? Aunque estos futuros son fantasiosos y quiméricos, plantean preguntas interesantes. ¿Somos responsables de las cosas que inventamos? ¿Estamos atados a ellas por la misma cadena que parece vincular todas las acciones humanas? Para bien o para mal, las sondas de von Neumann permanecen fuera de nuestro alcance. Crearlas requiere gigantescos saltos en miniaturización, inteligencia artificial y mecanismos de impulso. Pero no podemos desestimar el hecho de que, cuando las criaturas de nuestra imaginación empiecen a tomar forma en el mundo real, habremos llegado a un momento histórico que cambiará nuestra relación con la tecnología, porque ya no solo tendremos que construirlas, sino también cuidar de ellas.

En la misma época en que von Neumann se enamoró de la biología y la autorreplicación, Alan Turing empezó a explorar la posibilidad de dar vida a una inteligencia no humana. En su artículo «Maquinaria computacional e inteligencia», describió un método de aprendizaje que involucraba mutaciones (voluntarias o aleatorias) a un programa computacional. La clave de su enfoque era lograr que dicho programa aprendiera de manera similar a como lo hacen los niños, recibiendo retroalimentación constante de un «padre» humano. Llevó a cabo experimentos prácticos que implicaban un proceso análogo a administrar castigos y recompensas a la máquina –un símil del placer y el dolor– esperando que aquello provocara las respuestas deseadas y detuviera los comportamientos menos óptimos. Al parecer, no tuvo mucho éxito, porque no informó de sus resultados en detalle. «He hecho algunos experimentos con una "máquina-niño" de este tipo, y he logrado enseñarle un par de cosas, pero el método de educación fue demasiado poco ortodoxo para considerarlo realmente un éxito», escribió. A pesar de su fracaso, Turing aprendió algo fundamental al observar a sus «niños»: para que las máquinas llegasen algún día a avanzar hacia la verdadera inteligencia, tendrían que ser falibles; capaces no solo de cometer errores y salirse de su programación original, sino también de tener comportamientos ilógicos y absurdos. Turing creía que el azar y la aleatoriedad jugarían un rol crucial en las máquinas inteligentes, porque permiten respuestas nuevas e impredecibles, creando una gran variedad de posibilidades, entre las cuales un programa de búsqueda podría encontrar la acción apropiada para cada circunstancia en particular. El director del laboratorio en el que Turing estaba trabajando era nada más y nada menos que sir Charles Galton Darwin, nieto del padre de la evolución, quien desestimó por completo el experimento de Turing, diciendo que el artículo era menos valioso que «el ensayo de un colegial». A mí, sin embargo, me parecía fascinante. Porque ¿cómo se castiga a una máquina? ¿Cómo le enseñas a distinguir entre el bien y el mal? Esas preguntas, que le parecieron –con toda la razón– ridículas al nieto de Darwin, se están volviendo urgentes ahora que las criaturas tecnológicas engendradas por los seguidores de von Neumann y Turing están probando la fuerza de sus piernas antes de dar sus primeros pasos.

NILS AAL BARRICELLI

Los hombres de las cavernas crearon a los dioses

No estoy loco. Nunca he estado loco. No soy un demente aunque me han llamado así muchas veces. Pero no estoy loco. Durante este largo purgatorio, todos estos años infernales en que he trabajado en completo aislamiento, sin ser visto, ignorado por mis colegas, o teniendo que soportar sus burlas, nunca perdí la cabeza, ni dejé que la desesperanza me arrastrase más allá de lo razonable. Pero podría haber pasado. Porque conozco la locura. He visto ese continente en la distancia, he sentido su oscura influencia operando sobre los demás y he sido llamado hacia sus costas por ideas que uno solo puede encontrar en los bordes de la razón, y que te atraen con sus cantos como las sirenas. Pero no estoy loco. Soy un hombre de ciencia. Creo en el poder de la verdad. Soy adversario de la barbarie, enemigo natural del caos y totalmente inmune al abismo nihilista en que tantos pierden sus vidas, porque estoy comprometido con el futuro. Para las personas que solo desean lo que ya conocen, para quienes viven cómodamente arropados en la gran ilusión que llaman, sin vacilación alguna, «el sentido común», mis metas y ambiciones pueden parecer ridículas. Pero yo he advertido cosas que insinúan una realidad salvaje que la lógica no puede do-

216

mar, y que se ríe de los venerables principios que los científicos sostienen contra sus pechos con tanta fuerza para resguardar sus cobardes corazones: la vida digital. No es algo venidero; ya está aquí, entre nosotros. Presente, pero bajo una máscara que oculta su rostro verdadero. Es una fuerza que florece, un atractor extraño que ha germinado en algún lugar del futuro y que nos tironea con brazos tan grandes como para llegar a ser invisibles, manos ciclópeas que un día, tal vez, con el largo paso del tiempo, puedan crecer hasta abarcar el universo completo. Las criaturas que yo imaginé están evolucionando más rápido que cualquier sistema biológico. Tan bellas como inevitables. Lo he sacrificado todo por ese nacimiento y he mantenido la fe en aquello que está destinado a reemplazar nuestra carne, aunque yo habré muerto mucho antes de que llegue su primavera. No veré los frutos de mi trabajo. Moriré sin hijos. Sin niños jugando en mi regazo, sin nietos a mis pies. Moriré solo, infeliz pero despierto, consciente de haber participado en un milagro, parir y dar a luz a seres sin cuerpos, solo voces afiladas como el hielo cantando sus canciones en mi nombre. ¿O ellas también me olvidarán, mi paternidad eclipsada por la fama de otro? Tuve que aceptar el destino de saber, con total seguridad, que mis sueños, tan inevitables en el futuro que se avecina, estaban fuera del alcance de la tecnología de mi época. No importa. Nunca he habitado el presente; una oscura manía desenraizó mi espíritu cuando era niño, y desde entonces soy tan indiferente al llamado de la riqueza y al calor de la familia como a las falsas promesas del honor, el éxito y el reconocimiento. He sabido soportar la humillación de ser visto como un payaso, despreciado por hombres que no me llegan ni a los talones, pero que han sido elevados por los poderes vulgares de este mundo. No importa. Yo permanezco en pie, dándoles la espalda, sin arrodillarme ante nadie. Mi escudo sigue intacto, la espada alta en mi mano o clavada en medio de mi pecho hasta la empuñadura, para seguir y seguir bramando. La ira es lo que me sostiene. Furia, fría y calculadora. Me alimenta y come de mí, aunque trato de controlarla, porque producto de la rabia, producto del rencor puro y la cólera ciega, una vez –y solo una vez– estuve cerca de perder la cabeza. Furor y odio, desprecio, hiel y bilis hacia esa rata ladrona, ese demonio sonriente llamado John von Neumann.

¡Robó mis ideas! Se adueñó de mis experimentos y usurpó los números que yo había criado como si fuesen mis hijos, cruzándolos cuidadosamente, generando las condiciones perfectas para su desarrollo. Yo los vi rebosantes, llenos de promesas de vida, pero a sus ojos eran fallidos e imperfectos, y cuando no pudo utilizarlos para sus propósitos, quiso pervertirlos; les arrancó las plumas, les cortó las alas y desgarró su código, como esos entomólogos que atraviesan los cuerpos de sus especímenes con tantos alfileres, porque solo pueden estudiar lo que aman destruyéndolo. Ese saber que aniquila. La lucidez de los locos. Cuando me di cuenta de lo que se traía entre manos y lo encaré, hizo lo que hacen los hombres bien educados cuando quieren humillarte: me ignoró. Utilizando su gigantesca influencia, sepultó mi nombre y mis experimentos. Primero me negaron el acceso a la MANIAC, y luego excluyó, deliberadamente, cualquier referencia a mi trabajo del libro que, por razones que no soy capaz de comprender, fue considerado como el compendio definitivo sobre autómatas y organismos digitales. Fue equivalente a un destierro. Un ostracismo que me condenó a cadena perpetua por un crimen que jamás cometí, pero por el cual sigo pagando. Porque no tuve recurso a una apelación: el hijo de puta de von Neumann murió antes de completar aquel libro, y uno de sus lacayos lo publicó.

218

A pesar de mis numerosas cartas a la editorial, y furiosas llamadas a su viuda, nadie –¡nadie!– ha tenido la decencia de responder por la omisión que se hizo de mi trabajo, ni el daño a mi legado. Desde entonces, he observado a otros cosechar un campo que yo sembré e hice germinar antes que nadie. Y ahora sufro sabiendo que mis criaturas etéreas languidecen dentro de memoria sólida, en materiales tan pedestres y contrarios a su naturaleza que solo pensarlo me revuelve el estómago; convertidas en un sinfín de pequeños agujeros perforados en vulgares tarjetas de cartón; sepultadas en inflamables bobinas de cinta magnética que esperan una minúscula llama para entregarse al fuego; o durmiendo en tubos de mercurio tóxico, donde solían viajar en un silencio de ondas ultrasónicas tan fugaces como el mensajero de los dioses. Allí están, esperándonos, olvidadas entre las ruinas del mundo que vinieron a reemplazar, acumulando polvo y resistiéndose a la lenta decadencia del tiempo, más allá de mi alcance, inmóviles y muertas, desprovistas de la chispa de vida nueva que yo quise engendrar. Porque tendrían que ser libres, con espacio y tiempo para evolucionar. Les fallé como me fallé a mí mismo, aunque no me culpo de mi mayor vergüenza, porque ¿cómo podría haber sabido el tipo de persona que era von Neumann? En el Instituto de Estudios Avanzados me recibió con los brazos abiertos. Sentí una hermandad profunda e inmediata. Un reconocimiento mutuo. Entendía todo tan rápido. Había un vínculo entre nosotros; él tuvo que sentirlo también, porque en menos de veinticuatro horas aceptó mi proyecto. Llegué al atardecer y a medianoche ya estaba inseminando la memoria de la MANIAC con números aleatorios, viéndolos cambiar frente a mis ojos, incapaz de contener el entusiasmo. Tampoco me preocupé por la larga oscuridad que me habían impuesto (mientras que a la bomba de hidrógeno le otorgaban los privilegios del día), ya que tuve acceso a esa experiencia tan rara que transforma y colorea para siempre tu visión del mundo: presencié el nacimiento de algo nuevo. Una maravilla, un milagro en esta época impía que ya no permite que ocurran. Es un regalo y una maldición, porque te transfiere un peso secreto, una responsabilidad que cargas en tu interior y que te deja parcialmente mudo, incapaz de explicar a los demás lo que te ha sucedido, las palabras te fallan, o bien se apoderan de tu boca y de tu aliento, susurrándote, muy despacio, que la verdad –la verdad profunda– es algo que solo puede ser visto, contemplado con tus propios ojos, pero de lo que nunca se puede hablar en voz alta, al menos no sin traicionar su sentido, y a riesgo de que te tilden de loco. Yo observé algo así y cambió mi vida. Pero ese tesoro, ese súbito atisbo del futuro, no me fue dado por los dioses, sino por la nueva deidad que hoy veneramos con la frente inclinada y la mirada vidriosa; el vehículo de mi revelación fue una computadora. Y merecía toda mi fe, sin duda. Antes de ella, yo había estado trabajando a mano, resolviendo con papel y lápiz las complejas ecuaciones que determinaban lo que sucedía a cada nueva generación de mis organismos simbióticos; por ello no podía verlos caminar ni gatear, sino arrastrarse hacia delante, agónicamente, restringidos por la lentitud de mis pensamientos y la escasa capacidad de mi razón; cada etapa del cálculo debía abrirse paso por un laberinto de neuronas, atravesando la maraña de mi caos sináptico, un sinfín de axones, una tormenta de impulsos eléctricos que acumulaba errores y deformaba incluso las ideas más simples, extraviando para siempre minúsculos detalles debido a las fallas de mi concentración. La MANIAC cambió eso en un instante. Vi gloriosas mutaciones, todo el gigantesco entramado que subyace a la red de la vida –nacimiento y muerte, asedio y cooperación, simbiosis y morfogénesis– galvanizándose ante mis ojos, impulsado por un torrente de electrones, despertando con un atronador rugido gaussiano en un minúsculo universo digital. Mis criaturas eran hermosas, fascinantes, alienígenas y espectrales, pero para mí, que había visto sus estructuras y formas brotando en mis sueños febriles, también eran familiares y tan dignas de amor como cualquier niño de carne y hueso. En un brevísimo lapso de tiempo, su progreso fue impresionante, y tuve que hacer un gran esfuerzo por preservar la objetividad y no dejarme confundir por mi imaginación. Repetí una y otra vez mis experimentos para descartar el azar y el error. Tendría que haber aceptado que algo extraordinario estaba sucediendo, pero no fui capaz de dar el salto de fe, no confiaba lo suficiente en mí mismo. Y fue justo entonces, al borde del descubrimiento, después de haber espiado la silueta lejana de mi tierra prometida emergiendo justo más allá del horizonte, cuando von Neumann se interesó en mi proyecto.

Al comienzo, estaba tan encantado como yo. Venía al instituto en mitad de la noche y me diseccionaba el cerebro. Era fácil distinguir la calidad de su pensamiento por el tipo de cosas que quería saber (las preguntas son la verdadera medida de un hombre), y en cuanto pude explicarle la simbiogénesis, empezamos a conversar con libertad. Me preguntó si había oído hablar de las máquinas oráculo. Creo que aquello fue una especie de prueba. Por suerte, yo conocía lo que Turing había escrito sobre aquellas máquinas en su tesis de doctorado, cuando solo tenía veintiséis años: eran computadoras comunes y corrientes que funcionaban, como todos los aparatos modernos, siguiendo un conjunto de instrucciones precisas, de manera secuencial. Pero Turing se había dado cuenta –luego de estudiar a Gödel y el problema de la parada– de que ese tipo de dispositivos tendrían ciertas limitaciones irremediables, por lo que algunos problemas quedarían siempre fuera de su alcance. Y esa debilidad esencial lo torturaba: Turing quería algo diferente, una máquina con el poder de mirar más allá de la lógica y comportarse de forma similar a los seres humanos, que poseen no solo inteligencia, sino también intuición. Así que soñó con una computadora capaz de realizar algo equivalente a nuestras corazonadas: como la Sibila en su extática embriaguez, llegado a cierto punto en sus operaciones, el dispositivo daría un salto no determinista. Sin embargo, no fue muy claro sobre cómo se podría lograr algo tan fabuloso como aquello: en su tesis habla de «algún medio inespecífico para resolver problemas de la teoría de números; una especie de oráculo, si quieren», pero luego agrega que «no nos adentraremos más en la naturaleza de este oráculo, salvo para decir que no puede ser una máquina». A von Neumann le obsesionaba esa frase. ¿Por qué Turing había decidido ser tan poco explícito al respecto de una de sus ideas más extrañas? Su descripción completa no alcanzaba a llenar una página, y casi la mitad está dedicada a otras materias. Media página, un puñado de párrafos, pero la noción sugerida allí –de una máquina que podía superar los límites de la lógica para ver más allá de problemas no computables o indecidibles– se había apoderado del matemático húngaro. ¿Acaso era la ruta que debíamos seguir?, me preguntó. ¿Turing había sobrepasado a Gödel, hallando un método para huir de la jaula de acero de los sistemas formales? Un descubrimiento así tendría el potencial para empujar violentamente a la computación en una dirección nueva e inesperada. Esas fantasías de von Neumann me dejaron completamente confundido, y no quise siquiera considerarlas, aunque debo admitir con vergüenza, ahora que conozco su verdadero carácter y su inclinación al saqueo, que me produjo cierto orgullo escuchar a ese «gran» hombre confesarme sus ideas, y por eso mismo le di el beneficio de la duda. Pero yo estaba convencido de que era absurdo tratar de imbuir a una computadora de nuestra forma particular de inteligencia, o esperar que la intuición brotase de circuitos mecánicos, porque el verdadero camino hacia el futuro ya había aparecido ante mí, aunque era tan delicado y transparente que yo podía ver el abismo bajo mis pies cada vez que daba un paso; era inútil copiar nuestro pensamiento, débil y lánguido, o enseñarles el torturado proceso de la lógica, cuando lo que debíamos hacer era dejar que una mente nueva evolucionase por sí misma a partir de la vida digital, surgiendo de un proceso evolutivo en el cual nuestro rol tendría que ser, necesariamente, el de un subordinado, como el simple jardinero que solo debe abonar el lecho de sus plantas y promover el crecimiento de los árboles al podar sus ramas enfermas, aireando la tierra para que las raíces penetren en busca de sus propias fuentes de sustento. No le dije nada de aquello, solo insinué, vagamente, mi propósito final, pero si hubiera sabido entonces cuán desprovisto de honor estaba, me habría quedado quieto y silencioso como un ratón frente a un búho, para que mi voz no me traicionara como él lo hizo. Jamás debí confiar en ese hombre. Lo poco que compartí con él fue demasiado. Antes de que yo me diera cuenta, él ya había intervenido en mi experimento más ambicioso, sin solicitar siquiera mi opinión, contaminando el Edén digital que yo intenté crear dentro de la MANIAC, e infectándolo con sus oscuras intenciones.

Nunca olvidaré ese momento, porque marcó un punto de inflexión en mi vida: esa noche, cuando llegué al instituto y bajé las escaleras hacia el sótano, oí a von Neumann hablando con alguien. No pude distinguir lo que decía —su voz era apenas perceptible debido al ruido de los enormes sistemas de aire acondicionado—, pero su tono me pareció tan suave, que por un segundo se me ocurrió que estaba arrullando a un bebé, o intentando convencer a un animalito recién nacido de que dejara la seguridad de su madriguera. Cuando entré en la habitación de la MANIAC, vi que estaba solo. Se volvió hacia mí con las mejillas coloradas, sin saber qué hacer con las manos, tan incapaz de esconder su vergüenza como si lo hubiese pillado con los pantalones por los tobillos. ¿Había estado hablando consigo mismo o charlaba con la computadora? No tuve siquiera un segundo para pensarlo, porque apenas se dio la vuelta vi que la MANIAC estaba operando a toda velocidad, y que von Neumann había usado mi código. ¡*Mi* código! Ordené que se alejara de la máquina inmediatamente, y me obedeció sin oponer resistencia, pero cuando me di cuenta de que había hecho cambios en mi próximo ciclo de computación, alterando mis instrucciones de forma que no pude comprender, perdí el control. Me sentí tan traicionado que lo empujé y corrí hacia el panel de control para detener el proceso antes de que fuese demasiado tarde. Sé que fui irracional, pero para ser justo conmigo mismo, tenía que suplicar por cada segundo de tiempo en esa bendita máquina, así que siempre estaba al borde de un ataque de nervios, corriendo para cumplir mis metas, viviendo como un vampiro sin ver el sol durante días, desprovisto de cualquier afecto, alejado de todo y de todos. Mi única compañía era la MANIAC, y mi mente no estaba del todo clara. Podía sentir que una parte de mi cordura se desvanecía lentamente. No puedo recordar qué le dije a ese monstruo para alejarlo de mi experimento, pero sí retengo con absoluta claridad su reacción, tan mansa que llegó a asustarme. Aunque le gustaba la guerra, von Neumann le tenía miedo al conflicto. Me hizo caso, desoyó mis quejas y se fue sin decir una palabra. Nunca se disculpó. Fue la última vez que hablamos. Pero

224

yo supe que mis días con la MANIAC estaban contados. Trabajé frenéticamente para aprovechar el poco tiempo que me quedaba, pero fue inútil. Criar una generación exitosa de simbiontes y demostrar que no toda la vida proviene de la feroz competencia, sino de la cooperación y de una eterna simbiosis creativa, hubiese requerido años. Décadas, quizá. Pero quién sabe. También podría haber sucedido en semanas, o días. O en un instante. Con un solo golpe de suerte, con un accidente feliz que hubiese producido el milagro, yo podría haberle doblado los brazos al destino y atarlos a mi voluntad. Pero ni siquiera pude observar los efectos de los cambios que von Neumann había hecho a mi código con sus sucios deditos. ¿Qué vio él? ¿Qué le mostró la computadora? ¿Había sufrido una revelación similar a la mía? No tenía forma de saberlo sin echar a andar el código. Porque esa es una verdad de la computación que muy pocas personas entienden, pero que Turing probó matemáticamente: no hay manera de saber de antemano lo que hará un código a menos que lo ejecutes. Aunque lo mires y creas entenderlo a fondo porque tú mismo lo has escrito, es imposible. Incluso los programas más sencillos pueden generar una complejidad tan fabulosa que desafía la imaginación. Y lo opuesto también es cierto: puedes erigir una vasta arquitectura de múltiples niveles, puedes apilar línea sobre línea de códigos elaborados con belleza, bondad y virtuosismo, y acabar con las manos vacías, observando un paisaje yermo que no dará frutos aunque le inyectes toda la energía del universo. Iré a la tumba sin ese conocimiento, y mi curiosidad me tortura, porque no puedo negar que la mente de ese tipo era única. Aunque haya sido un horror humano. Tenía una relación filial con su computadora. Era *su* MANIAC. Él sabía de lo que era capaz. Yo, en cambio, no dejaré descendencia. No tengo nada que mostrar después de tantos años de trabajo: mis organismos digitales, engendrados por primera vez en la memoria de la MANIAC, y luego reproducidos por mí en tantas otras computadoras, nunca lograron sostenerse. No pudieron desarrollar vida propia. Y la mía se convirtió en la de un monje errante. Un giróvago cuya condena fue vivir de rodillas, sin un peso, despreciado por mis pares, hostigado por el fantasma de mis derrotas, mendigando tiempo en cualquier computadora, huyendo de mis enemigos y acreedores, debilitado por dolencias físicas y el asedio constante de esos parásitos que se reproducen en el fango de la academia, habitando las sombras de un mundo que se había vuelto tan oscuro que yo debía avanzar a tientas, como un ciego, con las manos por delante para frenar la caída. ¿Acaso von Neumann –que se alzaba sobre todos como un titán, pero que ahora parece haberse encogido en la memoria de nuestra especie a un tamaño acorde al de su alma corrupta– tuvo intenciones similares a las mías? ¿O simplemente jugó, como era su placer y costumbre, con fuerzas que estaban más allá de su comprensión y control? Debo admitir que aquel hombre, que admiré y luego aborrecí, sí poseía una visión personal, una pequeña medida de verdadero propósito, porque una vez, cuando aún estábamos colaborando, le pregunté de qué manera pensaba unir sus ideas sobre la computación, las máquinas autorreplicantes y los autómatas celulares con su nuevo interés por el cerebro y los mecanismos del pensamiento. Su respuesta me ha acompañado durante décadas, sin perder lustre entre mis recuerdos, y aún vuelve, de tanto en tanto, para acosarme, cada vez que alguna ocurrencia casual trae su detestado nombre a mi memoria: «Los hombres de las cavernas inventaron a los dioses –me dijo–. No veo nada que nos impida hacer lo mismo».

KLÁRA DAN

Una guerra climática

Nunca pudo tenerlos conmigo, así que por supuesto que Johnny pensaba en sus computadoras como si fueran sus hijos. ¿Acaso yo quise tenerlos? Sí. Y no. Quería y no quería. ¿Qué tipo de madre habría sido? La peor, por supuesto, y sin duda también la mejor. Yo odiaba a mi madre, y ella me despreciaba a mí. Nunca pude aceptar que un hombre excepcional como mi padre hubiese elegido a una mujer tan aburrida. Así que yo fantaseaba con ser la hija de otra, una ninfa de belleza inigualable, un ser acuático de música y vitalidad, palpitando lleno de energía oscura, tan fuerte y letal como Artemis, cazadora divina con el arco tensado al máximo y lista para soltar sus flechas, virgen perpetua que rechazaba a los hombres y a los dioses, cabalgando salvaje por llanuras y bosques con la muerte enroscada en la espalda. Yo no era Virgo sino Leo, pero de ese signo terrestre y soberano aprendí a preservar la poca independencia que tuve, y la defendí con uñas y dientes. Así y todo, cuando las quejas y los lloriqueos de Johnny se volvieron insoportables, me rendí y acepté sus deseos, sin imaginar las consecuencias que tendría, porque esa pequeña nube gris empezó a alimentar la tormenta incesante de nuestro matrimonio, hasta que ya no hubo cie-

227

lo tan grande para contenerla. Era muy inseguro con respecto a su legado, mi hombre, y yo lo encontraba no solo misógino (no tenía fe en lo que su hija podría llegar a hacer, aunque claramente había heredado una buena parte de su energía y talento), sino francamente risible, porque Johnny se había insertado en las más altas esferas del poder, y colgaba allí como una pequeña y obesa garrapata. Alcanzó el pináculo de su influencia en 1955, cuando fue nombrado, por nada menos que el presidente Eisenhower, como una de las seis cabezas de la Comisión de Energía Atómica de Estados Unidos. Era consultor en tantos proyectos ultrasecretos que las credenciales de seguridad rebosaban de los bolsillos de su traje; a veces las ofrecía todas juntas si algún nuevo guardia tenía la osadía de impedir su paso, y a ese pobre hombre le correspondía la penosa tarea de encontrar la correcta, mientras él simplemente pasaba de largo. Con los dedos metidos en tantos pasteles, y tras haber dejado su marca indeleble a lo largo del panorama científico, con tanto poder político y las manos llenas de distinciones académicas, yo pensaba que tendría que ocurrir un cambio brutal para que el mundo lo olvidara, un extraño retroceso en la evolución humana, una súbita disminución de conocimiento y lucidez que afectase a toda la especie, y que sería el primer heraldo de una nueva Edad Oscura producto de la pérdida –voluntaria, irremediable y profunda– de nuestra memoria colectiva. Habiendo vivido a su lado, realmente pensé que sería necesario un colapso de la civilización para que su fama se desvaneciera y acabara en nada. Sus contribuciones habían sido tan profundas que más que los logros de un solo hombre parecían las secuelas de un arrebato divino, el desbordamiento creativo de un dios menor en su feroz infancia, mientras jugaba con el mundo. Por eso nunca me tomé en serio sus inseguridades, incluso cuando comenzó a insistir en el tema de los hijos. De todas formas, me di cuenta de que la paternidad se estaba convirtiendo, rápidamente, no solo en una aspiración, sino también en una necesidad. A medida que ese deseo creció en su interior, lo fue transformando. Su egoísmo maniaco fue reemplazado, poco a poco, por un nuevo impulso que jamás había visto en él; el comienzo de un sentimiento de responsabilidad por el estado de cosas que había ayudado a crear, y la necesidad de enmendar, de alguna manera, las peores consecuencias que sus ideas habían tenido sobre el planeta, al dejar descendencia propia. Me rogó y suplicó por un hijo, y me parece que la esterilidad de nuestro matrimonio, que fue infecundo en casi todos los aspectos, explica en parte por qué se obsesionó tanto con la biología durante sus últimos años. No era solo porque «algo debe sobrevivir a las bombas», como solía responder cuando le preguntaban por su afán de crear máquinas autorreplicantes; yo me daba cuenta de que un instinto profundo había despertado en su interior, y lo estaba forzando a considerar cosas que hasta ese instante había ignorado por completo. Que no haya tenido tiempo para parir esas ideas y hacerlas realidad fue una gran pérdida para todos nosotros. O quizá fue una bendición. Con Johnny nunca se puede estar seguro. Después de todo, cuando lo divino desciende para tocar la Tierra, no se produce una simple unión de opuestos, un matrimonio feliz entre la materia y el espíritu. Es un rapto. Una violación. El asalto repentino que engendra y que luego debe ser purificado mediante el sacrificio. Después de que Johnny empezara a coquetear con la biología, yo realmente me preocupé de lo que era capaz de hacer. Porque a diferencia de la matemática y la física, aquel reino de la ciencia estaba libre de la lógica, regido, como aún lo está, por un azaroso caos de fuerzas que parecemos incapaces de gobernar. Los seres biológicos no son simples computadoras, viven envueltos en un maravilloso desarreglo, atrapados en una danza tan frenética y compleja que es posible que nunca lleguemos a comprender del todo, porque esa misma armonía anima nuestros cuerpos. Y esa sencilla verdad –que la mayor parte de las mujeres y los hombres de este mundo saben aceptar, aunque les duele– se volvió un problema para mi querido esposo. Porque todo lo que no podía comprender o controlar lo enfurecía. Y yo fui una de esas cosas.

No sé cómo lo soporté. No podías razonar con ese hombre. Cuando discutíamos, tenía que manipularlo de todas las formas imaginables, solo para imponer una pequeña parte de mi voluntad. Era como aplacar a un monstruo. Debías engañarlo y darle el gusto continuamente, y si los mimos fallaban, no te quedaba más que la violencia. No había otra forma de lidiar con su terquedad. Podía ser increíblemente cruel, sin darse cuenta siquiera. Disfrutaba señalando mis contradicciones, y como era capaz de recordar cualquier cosa que hubiese escuchado, llevaba un registro implacable de mis desaires, insultos y ofensas. Cualquier cosa que yo le hubiese dicho o escrito mientras estaba furiosa, todas las emociones que no supe expresar bien, estaban preservadas como fósiles en esa terrible memoria suya; me podía desmenuzar, pedazo a pedazo, al igual que lo hacía con sus famosas deducciones matemáticas. *Reducción al absurdo*, ese era el sobrenombre que usaba para mí cuando quería reírse con sus amigos, apelativo que yo fingí desconocer, aunque me hería hasta el fondo del alma. Johnny era particularmente odioso cuando se quedaba pegado en un problema y yo osaba interrumpir la gloriosa corriente de su pensamiento. Pero no eran las grandes discusiones las que acababan en escándalo (dónde debíamos vivir o qué queríamos hacer con el dinero), sino las pequeñas peleas, que cualquier pareja debe enfrentar, sobre cosas insignificantes del día a día. Una vez, por ejemplo, simplemente se negó a abrir la puerta del garaje.

Acababa de volver a casa después de hacer algo completamente inédito en él: había aparecido en televisión. En *Youth Wants to Know*, uno de esos programas aburridos para «jóvenes adultos» que estoy segura de que ni jóvenes ni adultos disfrutaron jamás, pero que la NBC emitió durante casi una década. Funcionarios del gobierno, deportistas de renombre y científicos famosos eran interrogados por un panel de niños y niñas tan entusiastas que te daban náuseas. A Johnny lo obligaron a ir debido a una campaña de relaciones públicas creada por la Comisión de Energía Atómica, y yo casi me morí de la risa cuando estrenaron ese capítulo: aparecía rodeado de un grupo de niños vestidos como para ir a misa, y lo entrevistaba un joven rubio y rechoncho, con el pelo cortado al estilo militar y una corbata ridícula. No podía tener más de dieciséis años, pero ya le sacaba una cabeza de alto a mi pobre marido. Tuvo que soportar un largo interrogatorio de preguntas triviales (¿Estados Unidos ha entrenado a suficientes técnicos para operar en todas las tecnologías nuevas que están apareciendo? ¿Existen becas científicas para los jóvenes? ¿Los avances de la ciencia son buenos o malos?) a las cuales respondió con la paciencia de un santo. Uno podría haber imaginado que era el tío favorito de América, tan bonachón y sonriente, caminando con la cabeza inclinada y un enorme micrófono alrededor del cuello, mientras recorrían el interior de una planta de energía nuclear, tomado del brazo del presentador del programa, que le avisaba de los cables en el suelo para que mi esposo, siempre distraído, no se tropezara a medida que explicaba el funcionamiento de los contadores de Geiger, los centelleadores y muchos otros instrumentos usados para medir la radiación, sin saber que esa misma fuerza, a la cual había estado

231

expuesto durante las pruebas atómicas, le costaría la salud y la vida. Ese ridículo programita de televisión es el único registro en video que queda de mi marido, y lo muestra reducido al papel de un torpe guía turístico. Solo he podido encontrar una grabación de su voz –la charla que dio sobre la turbulencia hidrodinámica– que me llena de nostalgia, porque en ella se pueden oír muchos de sus típicos errores de pronunciación –*grrrápido, entrreggnamiento, númerro engterro*–, que eran tan prevalentes en su discurso que llegué a pensar que los cometía a propósito, porque en los múltiples otros idiomas que hablaba no parecía tener siquiera el rastro de un acento. Cuando regresó a casa tras grabar el programa, se le veía completamente exhausto. Me dijo que necesitaba tomarse unos días libres (algo que, ahora que lo pienso, debió asustarme) y yo asumí, equivocadamente, que tendríamos tiempo de hacer todas las cosas sobre las que veníamos hablando, y me puse a hacer planes, hasta que me di cuenta de que su «tiempo libre» en realidad era para trabajar aún más duro, de una manera en que jamás lo había hecho antes, porque apenas entró por la puerta se encerró en su estudio y me dejó muy claro que no saldría de allí hasta haber resuelto lo que se le había metido en la cabeza.

No debía interrumpirlo. Ni distraerlo. Pero lo hice igualmente, sin que me importaran las consecuencias. ¿Qué esperaba? ¿Que le cocinara la cena y se la dejase fuera de la puerta? ¿O acaso tenía que masticarle la comida y escupírsela en la garganta, como el ave que alimenta a sus crías? Estaba furiosa, pero era más que eso; no me reconocía a mí misma. Náuseas y dolor de cabeza durante semanas. Necesitaba desesperadamente hablar con él, pero cuando le insinué la posibilidad de que saliéramos juntos a almorzar, o tal vez ir a tomar una copa, tuvo un arranque de furia. Eso no era normal. Johnny no era así. Para nada. Es cierto que ambos gritábamos durante nuestras discusiones, pero jamás me había maltratado sin razón, y nunca alzaba la voz a menos que estuviésemos en mitad de una pelea de verdad. Indiferente, insensible, distante, egoísta…, podía ser todas esas cosas y más, pero no era un hombre violento. Y tenía muchísima paciencia. Demasiada, incluso. Yo tenía que torturarlo antes de que perdiera el control. No era fácil. Por eso ese nuevo comportamiento suyo me pareció preocupante, distinto de lo normal, y en un principio me contuve. Él había traído uno de los «universos» de Barricelli a casa, uno particularmente interesante del que ya me había hablado en otras ocasiones, porque en esa simulación casi todos los organismos se habían vuelto parásitos. En la impresión se podía observar una hueste completa de ellos que se alimentaban y sobrevivían a costa de otros parásitos, creando un ambiente cada vez más letal y peligroso que Johnny, por razones que yo no lograba entender, consideraba como un presagio de los ecosistemas digitales del futuro, a menos que encontrásemos alguna forma de restringir la horrorosa fecundidad de esa tierra prometida, el único mundo nuevo que hasta entonces nuestra especie había sido capaz de crear. Aunque nunca me lo confesó abiertamente, era obvio que estaba trabajando en algo sobre lo que no podía hablar con nadie, ni siquiera con sus amigos cercanos. Esa fue la forma en que mi marido tuvo que vivir; se sentía solo incluso entre quienes lo amaban. Tal vez eso explica el extraño vínculo que lo unía a las computadoras, aunque a mí nunca me hizo sentido, porque yo trabajé con el ENIAC y la MANIAC, y conocía perfectamente sus limitaciones. Esos «cerebros positrónicos», como los llamaban entonces, podían resolver complejísimas ecuaciones de hidrodinámica, e incluso eran mejores que mi marido en su manejo de los números, pero en todo lo demás eran más tontos que una piedra. Amasijos de metal que jamás podrían compararse con nosotros. ¿Qué tipo de milagro esperaba de ellos? Una máquina sin conciencia solo puede aumentar el ritmo de nuestro progreso (o acelerar nuestra caída), pero nunca guiarlo. ¿Y por qué Johnny había arrastrado a casa ese «universo» en particular? ¿Era el código de Barricelli, o acaso había intentado algo nuevo con las ideas de ese hombre? No hubiese sido la primera vez. Una cosa era indudable: esas impresiones eran magníficas. Hermosas filigranas de líneas y puntos que se unían, trenzaban y fusionaban, para luego rasgarse con violencia, como los dientes de una cremallera, dejando enormes extensiones en blanco rodeadas por una delicada celosía de código. Yo apreciaba su valor estético y alcanzaba a entender algunas de las ideas que había detrás, aunque solo puedo tratar de imaginar lo que mi esposo veía allí. Sea lo que fuera, se había enamorado. Pero esta obsesión suya fue distinta. Nada que ver con sus otros intereses. No fue algo feliz. Podía notar que estaba luchando, él, a quien casi nada le costaba esfuerzo. El proyecto le causó angustia. Y sufrimiento. Normalmente, si no podía encontrar una solución rápido, perdía el interés y se fascinaba con otra cosa. Pero no abandonó ese problema. Se aferró a ese misterio en particular, y yo tuve que escucharlo maldecir mientras caminaba de un lado a otro, con suficiente vehemencia para hacer temblar las paredes de esa casa horrorosa. En un momento oí un alboroto enorme y subí las escaleras corriendo para ver qué había sucedido. Abrí la puerta de su estudio y lo vi cubierto de sudor y tiritando debido a la frustración, de pie encima de los restos del elefante de cerámica que yo había colocado con tanto amor sobre su escritorio, para que se acordara de mí al trabajar, roto en mil pedazos tras lanzarlo contra el muro. Sentí que la rabia me iba a dejar ciega. Esa pequeña escultura había sido un regalo de mi padre, y yo la atesoraba más que cualquier otra pieza de mi colección, pero cuando traté de exigirle explicaciones, él se acercó, me puso las manos en los hombros y, sin decir una palabra, me empujó suavemente hacia el pasillo, cerró la puerta y luego caminó por encima del cadáver de mi elefantito, triturando lo poco que quedaba de su cuerpo bajo las suelas de sus zapatos de gamuza, para seguir trabajando en lo que fuera que estaba haciendo.

Tengo recuerdos vagos del resto de esa tarde. Fue como si una neblina hubiese descendido sobre mi mente. No sé bien lo que hice, ni tengo una memoria clara de lo que pensé, lo único que puedo ver a través de la bruma es mi rabia ardiendo roja como un sol, y el dolor gigantesco que sentí después. Al principio, aún estaba confundida, conmocionada por lo que había ocurrido en su estudio, y me dediqué a mi propio trabajo, robóticamente, para distraerme. Había traído unos códigos de Montecarlo a casa, parte de una gran simulación climática que debíamos poner en marcha en la MANIAC. Había sido la obsesión anterior de Johnny: hacer un pronóstico numérico del clima. Eso requería resolver uno de los problemas no lineales –o quizá *el* problema– más difícil, complejo y caótico al que nuestra especie se había enfrentado jamás. Y precisamente por ello resultó irresistible para mi marido. Todas las previsiones meteorológicas modernas tienen una deuda enorme con ese primer proyecto que Johnny impulsó. Sus ambiciones en esa materia fueron tan exageradas como siempre: no solo quería predecir dónde y cuándo iba a llover. Lo que realmente buscaba era el «pronóstico eterno», una comprensión del clima tan matemáticamente rigurosa que no solo podríamos prever la llegada de tormentas, tifones y huracanes, sino controlarlos. Esa posibilidad excitó a los buitres que sobrevolaban por encima de su cabeza, esperando para bajar y devorar los restos de todo aquello que la mente de Johnny lograba derribar del cielo: en el primer borrador que escribió para la Marina, mi esposo señaló, con mucha claridad, las enormes ventajas militares que se podían obtener de una predicción climática precisa, e incluso adjuntó una carta de presentación sugiriendo, con su astuta coquetería, que «el problema matemático de pronosticar el clima se puede y debe afrontar, ya que los fenómenos meteorológicos más conspicuos provienen de situaciones inestables que pueden ser controladas, o al menos dirigidas, mediante la liberación de cantidades de energía perfectamente razonables». Lo que no dijo abiertamente –aunque todos los involucrados lo comprendieron– es que esas «cantidades perfectamente razonables de energía» provendrían de bombas nucleares. Su horrible razonamiento era el siguiente: si lográbamos entender el clima, y veíamos que un huracán iba a impactar contra las costas de Estados Unidos, podríamos usar una explosión termonuclear a gran altura para desviar su trayectoria antes de que tocara tierra. Pero eso abría la puerta a un escenario aterrador, porque, como él mismo alertó en ese primer esbozo, incluso los esquemas más conservadores de control tendrían que basarse en técnicas que se prestarían fácilmente a una forma de agresión que jamás habíamos conocido: la guerra climática. Según mi esposo, quienes lograsen comprender las matemáticas involucradas obtendrían una fuente de poder al lado del cual incluso el arsenal atómico más grande del mundo parecería tan inofensivo como las flechas y los proyectiles con que los niños juegan a los indios y cowboys, porque un huracán de tamaño medio es capaz de azotar un territorio con más energía que la de diez mil bombas nucleares. Su optimismo respecto a la posibilidad de que pudiésemos prever de forma exacta el clima se fundamentaba por entero en las

236

capacidades que entregaba la MANIAC: «Prediciremos todos los procesos estables. Y gobernaremos los inestables». Eso dijo, y yo le creí, porque jamás lo había visto equivocarse en algo de esa naturaleza. Sin embargo, resultó que los sistemas climáticos son tan fundamentalmente caóticos que incluso los modelos más avanzados pasan a ser meras especulaciones tras un par de semanas, y se vuelven inútiles a largo plazo. Así que el sueño del «pronóstico eterno» que animaba a Johnny estuvo condenado al fracaso desde un principio, y nunca tuvimos que afrontar el apocalipsis de la guerra climática. Pero a mediados de los cincuenta, ni él, ni yo, ni nadie en el mundo sabíamos eso a ciencia cierta, por lo que cuando me puse a trabajar en los códigos de Montecarlo con los que debía alimentar a la MANIAC al día siguiente, todas esas imágenes de una posible guerra del clima se arremolinaron en mi cabeza e impidieron que me concentrara. Sentí un dolor punzante en la boca del estómago, como si fuese la picadura de un tábano que me remordía la conciencia. Yo jugaba un rol minúsculo en todo aquello, pero no podía dejar de pensar en el tipo de mundo que habitaríamos si es que mi esposo lograba su propósito. Porque nunca pude (ni quise) ser tan práctica y racional como él. Para mí era más que evidente que nuestra especie no debía controlar el clima, pero para él la única pregunta válida no era si *debíamos* dominarlo, sino *quién* estaría sentado tras los controles. No es sorprendente que no pudiera quedarme quieta durante más de media hora, aunque no quise rendirme sin dar la pelea, porque sabía que apenas dejara que mi atención volviera al presente, tendría que lidiar con el asesinato de mi elefante, y hacer algo con esa rabia que comenzaba a burbujear dentro de mí. Respiré hondo y acometí un último esfuerzo en vano: fui hasta mi escritorio y traté de avanzar en mi biografía, un proyecto tan secreto que ni siquiera se lo había confesado a Johnny, pero no pasaron ni cinco minutos y ya estaba arrancando la página y lanzándola al otro lado de la habitación. Estaba podrida, así que decidí hacer las paces con mi rabia, bajé las escaleras hasta la cocina, abrí el refrigerador y me quedé allí con un whisky doble en la mano, sintiendo el frío que emanaba de la máquina, bebiendo una copa tras otra mientras miraba las manecillas del reloj que ya no parecían avanzar, estaban congeladas igual que yo, y mientras el hielo se derretía en el vaso, ideé un plan completamente absurdo que seguí al pie de la letra, aunque era consciente –de alguna forma lo vi todo antes de que pasara– de las consecuencias que tendría.

Antes de saber que Johnny pretendía encerrarse en su estudio, yo había hecho una reserva en nuestro restaurante favorito. No era fácil conseguir una mesa, porque se trataba de un lugar muy pequeño y acogedor en el que solo cabía un puñado de personas. Yo prefería morir que perder la reserva, y en vez de esperar a que mi marido saliera de su crisálida, llamé a uno de mis colegas en el departamento de computación, un chico guapo que nunca me quitaba los ojos de encima. Le dije adónde iba, lo invité a unirse conmigo y corté la llamada sin darle tiempo a que me respondiera. Ese restaurante quedaba a las afueras de la ciudad, en el margen de una laguna pintoresca cerca de la reserva Beaverdam, que a veces se congelaba y me traía los recuerdos más cálidos de mi niñez; el invierno anterior nos habíamos sentado allí con Johnny a tomar una ronda eterna de cócteles, mirando a los chicos que perseguían a las chicas en patines, y yo casi pude sentir el filo de las cuchillas bajo mis pies, la nubecita formada por mi aliento elevándose de mis labios y el frío de la escarcha mordiendo la punta de mi nariz. Pero ahora atravesábamos los días de Sirio, la estrella del perro que nos castiga con su calor, y tendrían que pasar meses antes de que el hielo pudiese sostener mi peso. Sin embargo, ansiaba estar ahí, y podía ver el contorno de la laguna si cerraba los ojos, no desde las ventanas del restaurante, sino desde muy arriba, por encima del suelo, como si una pequeña parte de mi alma ya hubiese dejado mi cuerpo y viajado allí por sí sola, para esperarme. El problema es que necesitaba la ayuda de Johnny, porque el mecanismo que abría la puerta de nuestro garaje se había echado a perder. Ninguno de los dos se había tomado la molestia de llamar para que lo arreglasen, pero para él no era un gran problema, porque tenía suficiente fuerza para levantarla, mientras que yo debía pedir su ayuda cada vez que necesitaba salir en auto. Sabía que era inútil pedirle un favor mientras estuviese recluido en su estudio, así que me senté en el peldaño superior de las escaleras y me quedé acechando hasta que él salió para ir al baño. Entré corriendo y me encerré con llave, riendo como una colegiala borracha, muy orgullosa de mí misma. Apenas él se dio cuenta de lo que había hecho, empezó a golpear la puerta y a insultarme en cinco idiomas, bufando y soplando como un animal, completamente enajenado. Gritó hasta quedarse ronco. En un momento se abalanzó contra la puerta, con todo el peso de su cuerpo, y juro que pensé que iba a echar la casa entera abajo. Yo permanecí sentada en su escritorio, muy tranquila, esperando que agotara su rabieta mientras ojeaba sus papeles para descifrar qué diablos podía ser tan interesante como para que él me ignorase de esa forma. Cuando agotó su energía, empezó a implorar –«Déjame entrar, amor, por favor, déjame entrar»–, cosa que fue, lo juro, más insoportable aún; le dije que saldría si aceptaba ayudarme con el garaje, y esa petición mía, tan razonable, hizo que volviera a lloriquear, chillando que era imposible, que yo *tenía* que entenderlo, que no había tiempo que perder porque estaba trabajando en algo fundamental. ¡En la cosa más importante que había hecho en su vida! Yo me eché a reír. La cosa más importante ¿para quién? Había alcanzado el punto en que ya nada me importaba, y me limité a repetir mi ultimátum una vez más: o me ayudaba, o me quedaría allí dentro hasta que me diera la gana. Más gritos, más golpes contra la puerta, y después un sonido que no supe interpretar (¿acaso estaba... *llorando*?), pero yo no iba a ceder, solo me serví una copa de bourbon y cuando lo acabé él había vuelto a sus ruegos: «Por favor, Klari, te lo suplico, ¡por favor, ábreme la puerta!». Tan patético, tan infantil. Por alguna razón, oírlo así solo me despertaba más odio, y le dije que, si en cinco minutos no me abría el garaje, iba a prender fuego a sus papeles y quemar la casa con los dos dentro. Era una amenaza vacía, pero no porque me faltaran agallas, ni las ganas de ver arder esa casa hórrida y de mal gusto con sus muros pintados de color amarillo y un olor a meado de gato que ningún perfume podía disimular, sino porque ambos sabíamos que él era capaz de reproducir fielmente cualquier trabajo que yo destruyera, palabra por palabra, número por número, de memoria, igual que su maldita computadora. Cuando me dijo que yo no estaba en condiciones de conducir, tiré la botella de bourbon contra la pared y vi cómo los pedazos de vidrio se esparcían por el suelo junto a los restos de mi elefante. Después de eso, bajó tanto el volumen de su voz que tuve que pegar la oreja contra la puerta solo para oír lo que estaba susurrando: «Por favor, Klari, amor, no manejes, no manejes así. Yo te llevo a la estación de trenes. Yo mismo te compro el billete y te acompaño al andén, pero, por favor, por favor, déjame entrar». Perdí el control. Johnny sabía —¡sabía!— que yo detestaba los trenes, y que prefería morir antes de poner un pie dentro de un vagón. Le grité que era un monstruo, que me daba asco, que nunca más dejaría que me tocase, y cuando no pude en-

240

contrar las palabras para transmitir mi odio, tomé el universo de Barricelli, lo metí en el cubo de basura y le prendí fuego. Caminé hasta la puerta, la abrí de un tirón y Johnny me empujó hacia un lado al ver las llamas, gritando: «¡Qué hiciste, mujer, qué hiciste!», lamentos que yo apenas oí, porque bajé corriendo las escaleras hacia el garaje, donde luché contra ese maldito mecanismo atascado, tironeándolo con todas mis fuerzas, hasta que sentí un dolor que me partió en dos, como si alguien me hubiese atravesado con una espada, un desgarro que jamás había experimentado antes, una agonía que me dejó hecha un ovillo, aferrando mi estómago con las dos manos sabe Dios por cuánto tiempo, hasta que Johnny finalmente se decidió a bajar, me recogió del suelo y me llevó al servicio de urgencias.

Cuando volví a casa al día siguiente, con el cuerpo dolorido y la cabeza nublada por los medicamentos que habían inyectado en mis venas, Johnny empezó a sentir una leve molestia en el hombro izquierdo. Jamás podríamos haber imaginado que todo se derrumbaría tan rápido a partir de entonces.

El 9 de julio de 1956, von Neumann se desmayó en su casa mientras hablaba por teléfono con el contraalmirante Lewis Strauss. El 2 de agosto le diagnosticaron un cáncer avanzado, con metástasis en la clavícula, y tuvo que someterse a una operación de emergencia. En noviembre la enfermedad afectó su columna vertebral. El 12 de diciembre lo invitaron a dictar una conferencia ante la Asociación Nacional de Planificación, en Washington. Fue el último discurso que dio de pie.

EUGENE WIGNER

Una necesidad biológica

Jancsi cambió antes de morir.

Después de su diagnóstico, su cabeza se llenó hasta reventar con un tipo de ideas que jamás había considerado, y en tal cantidad que llegué a temer que muriera solo producto del agotamiento mental, incluso si era capaz de vencer el cáncer. Esa súbita y asombrosa fecundidad no era, por supuesto, nada realmente nuevo para él, pero también recuperó —casi de la noche a la mañana— el fanatismo maniaco que había perdido luego de que Gödel arruinara su sueño de capturar el mundo en una red de lógica. Aún más curioso que todo ello fue el hecho de que desarrollase emociones (aunque tal vez sería más preciso decir que fue atacado por ellas, tan brusca fue la transformación) ante las cuales siempre se había mostrado indiferente: arranques sobrecogedores de empatía y una sincera y profunda preocupación por el destino de la humanidad. Al principio estas ansiedades, que no pudo negar ni reprimir, lo sumían en estados de pánico, aunque después, cuando se acostumbró a esa especie de invasión psíquica alimentada por todo aquello que había decidido ignorar durante su vida, se volvió capaz de canalizar esos pensamientos y convertirlos en la fuente de una curiosidad insaciable respecto

245

de cualquier cosa que tuviera que ver con la vida del espíritu. Ese tipo de asuntos siempre le habían resultado ajenos y desprovistos de importancia; para quienes lo conocimos y amamos, el cambio en sus intereses fue tan súbito y contrario a su carácter que nos angustió tanto o más que el avance de sus síntomas físicos. Yo estaba más que acostumbrado a su ardor inagotable, pero el tenor de sus nuevas ideas, y la forma en que hablaba de ellas, tenía un tufillo inquietante a fervor religioso, que al menos a mí me pareció completamente siniestro. Siempre le había fascinado la historia, el auge y la caída de los imperios, y tenía un interés específico en la civilización mesopotámica desde que era un niño, pero de pronto comenzó a engullir una cantidad descomunal de información sobre dioses y diosas de todas las culturas y épocas del mundo, tanta que, si hubiese sido un ser humano normal, habría abrumado su capacidad de atención, eclipsando todo lo demás, sin dejar espacio alguno para las matemáticas y la ciencia. No sé cómo pudo hallar el tiempo y la energía necesarios para combinar ambas cosas, pero lo hizo, aunque sus nuevos intereses pronto empezaron a infectar, cada vez con más frecuencia, nuestras conversaciones.

«Los dioses son una necesidad biológica, tan indispensables para nuestra especie como el lenguaje o los pulgares oponibles», me dijo una noche particularmente calurosa, cuando fui a visitarlo a su casa en Georgetown, durante el último verano en que aún podía caminar con muletas. Según János, la fe en los dioses había otorgado a los pueblos primigenios una fuente de poder y sentido de la que el hombre moderno carecía por completo. Esa pérdida, tan profunda y esencial, ahora debía ser abordada por la ciencia. «No tenemos ninguna estrella que nos guíe, nada que eleve nuestros ojos hacia el cielo y nos haga aspirar a lo más alto. Así que estamos cayendo de vuelta hacia la animalidad, degenerando y perdiendo precisamente aquello que nos permitió ir más allá de nuestro destino original.» Jancsi pensaba que, si nuestra especie iba a sobrevivir el siglo XX, necesitábamos llenar el enorme vacío dejado por la huida de los dioses, y la única candidata viable para realizar esa extraña y esotérica transformación era la tecnología. Me dijo que un saber técnico cada vez mayor, alimentado por la ciencia, era lo que nos diferenciaba de nuestros ancestros. Porque en términos de nuestra moral, filosofía y calidad de pensamiento, no éramos mejores (de hecho, éramos más pobres) que los griegos, el pueblo védico o las pequeñas tribus nómadas que aún se aferran a la naturaleza como única fuente de gracia y verdadera medida de la existencia. Nos hemos estancado, me dijo, en todas las artes salvo en una –*tékne*–, en la que nuestra sabiduría se ha vuelto tan profunda y peligrosa que incluso los titanes temblarían ante ella, porque su poder hace que los viejos dioses de los bosques parezcan simples duendecillos. Pero ese mundo había desaparecido. Y la ciencia tendría que dotarnos de algo mayor a los seres humanos, mostrándonos la nueva imagen que debíamos adorar. Para János era evidente que nuestra civilización había progresado hasta un punto tal que los asuntos de la especie ya no podían confiarse de manera segura en nuestras propias manos. Necesitábamos otra cosa. Algo superior. A medio y largo plazo, si íbamos a tener siquiera una mínima posibilidad de supervivencia, debíamos encontrar una forma de ir más allá de nosotros mismos, de superar los límites actuales de la lógica, el lenguaje y el pensamiento, para hallar soluciones a los muchos problemas que indudablemente enfrentaríamos, a medida que expandíamos nuestro dominio sobre la faz de la Tierra y –más temprano que tarde– desde allí hasta el vacío que rodea las estrellas.

Esos sermones suyos eran difíciles de digerir. ¿Dónde se había ido el hombre racional y sensato que yo respetaba tanto? Sus peroratas no tenían ningún sentido, y se lo dije abiertamente: la evidencia estaba en su contra. Miles de millones de personas aún tenían una fe inquebrantable en Dios, y sus supersticiones irracionales e incurables no parecían haberse debilitado en lo más mínimo. János no estaba de acuerdo: «Esos ya no son dioses, sino cadáveres. Han perdido su gloria y su poder. Ya no pueden dotar al mundo de sentido porque no son más que cascarones, reliquias y amuletos quebradizos que aún portamos con nosotros, pero tan débiles e inútiles como esos caballos que uno ve arrastrando carruajes por las calles de alguna gran capital, y que no son más que señales de nostálgica decadencia. El solo hecho de que aún sobrevivan, rodeados por el caos del mundo moderno, no significa que sirvan de algo. Recuerda que montamos nuestras ojivas nucleares en la punta de misiles que pueden destruir un objetivo al otro lado del mundo. No las atamos a lomos de una mula». Yo sabía que Jancsi siempre había extraído el sentido de su vida de la ciencia y las matemáticas, así como otros lo obtienen de la fe y la religión, por lo que era perfectamente capaz de entender cómo esas dos cosas, en apariencia tan disímiles, podían empezar a entremezclarse en su cabeza a medida que su enfermedad lo confrontaba con el abismo de la muerte. Pero también me di cuenta de algo mucho más concreto detrás de su repentina necesidad de trascendencia: estaba sufriendo, enormemente. La arremetida de su cáncer fue tan violenta que las numerosas pastillas que tomaba apenas lograban aliviar el dolor físico. Cada vez que iba a visitarlo, comía y bebía en exceso, solo para distraerse. Aunque siempre fue un poco obeso, ahora se había hinchado como un cerdo. El sufrimiento cambia a las personas. De múltiples maneras. Los amigos que no pudieron escapar del horror de la guerra como Jancsi y yo nunca volvieron a ser los mismos. Mis familiares tampoco. Después de conocer los límites de la crueldad, luego de ser testigos del mal encarnado en sus compatriotas, ya no podían mirarse a sí mismos y al mundo sin ver la sombra del mal. E incluso cuando cerraban los ojos para evitarla, sentían que había algo aún peor detrás, esperándolos. Para muchos judíos que soportaron el hambre, la tortura, el abuso sexual, la miseria y la humillación, no hubo camino de regreso. No se pudieron recuperar, no del todo. Vivieron para siempre quebrados, tan flacos y frágiles como fantasmas. Habían recobrado la salud, pero era como si hubiesen perdido el alma. Y mi amigo Johnny sufrió por algo que no solo tuvo que ver con el dolor físico. Experimentó un miedo terrible. Más que a la muerte, le tenía miedo a su enfermedad. Quizá por eso tuvo que recurrir a las fuerzas de la sinrazón. Aunque había llegado a aprender cada vez más sobre biología y las operaciones lógicas que permiten el surgimiento de los sistemas vivos, desarrolló una mórbida superstición con respecto a su propio cáncer: la sospecha de que esas células que crecían fuera de control no eran parte de él, sino de otro ser que había comenzado a habitarlo, una oscura entidad que colonizaba sus tejidos, esparciéndose y corrompiendo no solo su carne, sino también el nuevo espíritu que había despertado en su interior, que se insinuaba cada vez con más fuerza a medida que su enfermedad echaba raíces a lo largo de su cuerpo. Esas imágenes horrorosas, que sin duda empezaron a debilitar su raciocinio y a distorsionar su visión de la realidad, seguramente radicaban en el corazón de su deseo de crear una forma de conciencia libre de la carne y de los achaques y dolores que la materia viva debe soportar. Al saber todo aquello, yo lo escuchaba con paciencia y cariño cuando se ponía a hablar, sentado entre los cojines de su sofá favorito, o recostado en su cama conmigo a sus pies, para contarme los sueños de crear máquinas autorreplicantes que prosperarían en un clima perfectamente controlado, o gigantescas computadoras engendrando vida digital, o la vasta diáspora intergaláctica de naves que serían capaces de crear su propia descendencia; todos aquellos seres no llevarían solo su nombre, sino algo mucho más importante: el marco lógico que él había creado para ellos. Su ADN digital. Me partía el corazón verlo así, pero no pude alejarme de su lado, ni apartar la vista del espectáculo macabro de ver a mi compañero, el ser más singular que conocí, desmoronándose frente a mis ojos y elaborando ingenuas fantasías de progreso tecnológico similares a las que él mismo encontraba tan ridículas en boca de otros. Debo confesar que me quedé con él no solo porque fuese mi amigo, sino porque incluso en sus delirios era tan inteligente y sagaz como siempre. Por extravagantes que fueran, sus nuevas ideas tenían un enorme poder de seducción, y él las expresaba con un entusiasmo contagioso, pero para mí el futuro que imaginaba no solo era quimérico y carecía de una base científica sólida, sino algo aún más importante: le faltaba humanidad. A ese respecto no me contuve. Sentí que era mi obligación ser honesto. Le dije que parte de nuestro deber era aceptar la fragilidad, convivir con la incertidumbre y sufrir, por mucho que nos pesara, las consecuencias de nuestros errores y limitaciones, sin caer en atavismos, fantasías escapistas o ruegos a un poder mayor capaz de salvarnos. El matrimonio que él soñaba entre la tecnología avanzada y nuestros mecanismos de trascendencia más arcaicos y primordiales solo podía acabar en una pesadilla, un mundo horroroso con una evolución tan acelerada y caótica que nadie sería capaz de comprenderlo, sin importar cuán rico, culto o poderoso fuese. Al casi no haber tenido que lidiar con límites propios, a Jancsi le costaba aceptarlos, y aunque no podía ver el peligro de sus ideas, yo, en cambio, tenía experiencia de primera mano de cómo era cohabitar, siendo una «persona normal», con alguien sobrehumano, al haber crecido a su lado. No recuerdo cuántos hombres y mujeres vi humillados frente a él, científicos, matemáticos y pensadores de méritos indudables, incapaces de pronunciar palabra, inseguros y abrumados por su superioridad. Lo vi pasar por encima de quienes tuvieron la mala fortuna o la falta de juicio de presentarle una idea, solo para tener que soportar, con absoluta impotencia, cómo él superaba en cosa de minutos lo que les había llevado meses o años de esfuerzo. Cualquier «dios» parido por la tecnología del futuro nos haría sentir así a todos. Pero él no era capaz de entender que sus mejores deseos para la humanidad también podían ser nuestra perdición. Aunque quizá se trataba de algo más personal: a medida que su cuerpo fallaba y sus pensamientos eran interrumpidos por una larga sucesión de dolores, empezó a anhelar a un ser superior que lo sacara de su miseria, o una inteligencia que rivalizara con la suya y compartiese la forma única en que veía el mundo; soñaba con un heredero que tuviese el poder suficiente para culminar los múltiples proyectos e ideas que él siguió teniendo prácticamente hasta el último día. Porque hay que decir que su interés teológico y su repentina necesidad de alcanzar una especie de apoteosis no frenaron el avance de sus esfuerzos puramente racionales, como su estudio de la relación entre los mecanismos del pensamiento humano y la forma en que operaban las computadoras digitales; en su último año produjo una enorme riqueza que aún estamos explorando, artículos y publicaciones tan originales que solo se pueden comparar con el trabajo que realizó en Berlín en los años treinta. Pero para lograrlo se atiborró de analgésicos, trabajaba hasta el agotamiento y apenas dormía. Klari estaba segura de que lo iba a encontrar muerto en su estudio, porque parecía imposible que alguien pudiese sobrevivir a un ritmo tan salvaje. Me imploró que hiciera algo, y yo intenté hablar con él para que descansara, aunque sabía que era en vano. János nunca dio un paso atrás. A lo largo de mi vida he conocido a un puñado de personas cuyos cuerpos y mentes reaccionaron de esa forma a una enfermedad terminal, con una fabulosa explosión de creatividad a medida que la muerte corre a su encuentro. Pero mi amigo no solo se negaba a detenerse, sino que parecía haber reservado su último gramo de fuerza para abordar los temas más difíciles e impenetrables. Empezó a estudiar el cerebro y su relación con los autómatas y las computadoras, tratando de construir un puente matemático que uniera el lenguaje interno de los seres humanos –el pensamiento– con el de las máquinas –la computación–, y aunque sus nuevas obsesiones esotéricas estaban claramente empujándolo más allá del saber práctico, me consoló el hecho de que sin duda aún conservaba su sentido del humor, porque incluso tuvo la suficiente conciencia de sí mismo para reírse un poco de sus ambiciones en uno de los artículos que redactó en aquella época: «Nuestros pensamientos están enfocados principalmente en el tema de la neurología», escribió, «más específicamente en el sistema nervioso humano, y dentro de aquel, sobre todo en el sistema nervioso central. Así pues, para tratar de entender el funcionamiento de los autómatas y desentrañar los principios generales que los gobiernan, hemos seleccionado para nuestra investigación literalmente el objeto más complejo que existe en el universo: el cerebro humano». Klari me dijo que pensaba que él se estaba convirtiendo en una de sus queridas computadoras, que nunca permanecían quietas, que necesitaban calcular sin descanso, como única forma de evitar caer en un bucle cerrado, que se hacía cada vez más pequeño, hasta llevarlas al colapso. No llegó a estar demente ni loco, eso hay que decirlo; cada vez que hablé con él lo sentí tan lúcido como siempre. Y los artículos que terminó durante ese periodo final, que solo fueron publicados póstumamente, poseen la misma elegancia matemática y rigor técnico de todo lo que hizo antes. El único signo claro que vi, y que me hizo pensar que tal vez había cruzado una línea y entrado en el territorio donde la racionalidad se convierte en un freno que hay que descartar si uno desea seguir avanzando, fue un episodio que ocurrió en su casa de Georgetown, poco antes de que el cáncer se propagara a su cerebro.

Yo había sido invitado a una reunión del congreso en Washington, D. C., con todos los gastos pagados. Me alojaron en un buen hotel, pero esa noche el calor y la humedad eran insoportables, y me costó un mundo conciliar el sueño. Cuando finalmente lo logré, Jancsi me llamó por teléfono, con la voz pastosa, pasada la medianoche, y me rogó que fuera a su casa. Le dije que no, mareado y confundido por las pastillas que había tomado para poder dormir, pero él insistió una y otra vez, me dijo que era algo muy importante, y luego colgó sin darme la oportunidad de negarme. Le devolví la llamada de inmediato con la intención de decirle que no podía pensar con claridad, y dispuesto a prometer que estaría a primera hora de la mañana, tan pronto como me levantara, pero aunque lo volví a llamar tres veces, no atendió, y empecé a preocuparme de que algo grave le hubiese sucedido. Me vestí maldiciendo entre dientes, llamé a un servicio de taxis y me dirigí a su casa. En el camino me volví a quedar dormido. Cuando desperté, vi largos rastros de luz al otro lado de las ventanillas, como si viajásemos a una velocidad imposible, o el taxi se hubiese convertido en un barco y dejase una larga estela en la oscuridad de la noche. Mi visión todavía estaba borrosa por el efecto de los medicamentos, y mi cabeza daba vueltas con las alucinaciones que he padecido desde muy joven, aquellos fosfenos hipnagógicos que bailan en el aire frente a tus ojos cuando estás suspendido en ese extraño umbral de conciencia que separa la vigilia del sueño. ¿Cuánto hacía que no trabajábamos en algo juntos? Jancsi había abandonado su intenso y breve amorío con la física teórica años atrás, y yo no estaba lo suficientemente versado en computación, o en ninguno de sus otros intereses, para serle útil. No comprendía por qué necesitaba hablar conmigo de manera tan urgente. Aunque me sentí como un idiota yendo a verlo a esa hora, incapaz siquiera de pensar con claridad, imaginé que podía tratarse no solo de algo urgente, sino incluso de un tema de importancia nacional, considerando que Johnny estaba trabajando en la Comisión de Energía Atómica. En aquella época –durante el apogeo de la Guerra Fría– uno simplemente no se podía negar a ese tipo de llamados. Cuando el taxi me dejó a la entrada de su casa aún podía distinguir patrones geométricos y pequeñas lucecitas que parpadeaban en los bordes de mi campo visual. Toqué el timbre, pero nadie contestó. La puerta no tenía echado el cerrojo. Entré, me quité el sombrero y llamé a Johnny, pero tampoco obtuve respuesta. La casa estaba a oscuras y en silencio. Al llegar al salón, vi a Klari acostada en el sofá al lado de una mesa cubierta de botellas vacías. Se había dormido con ropa. O desmayado, quizá; un cigarrillo consumido hasta el filtro colgaba de sus dedos, la ceniza había hecho un pequeño agujero en la seda de su falda. Le cubrí las piernas con mi chaqueta y ella se giró hacia un costado, gimiendo y quejándose en voz baja, como si estuviese atrapada en una pesadilla. Pensé en despertarla para ahorrarle el mal sueño. La miré de arriba abajo, estimando su peso para ver si era capaz de llevarla hasta su cama en brazos, pero en ese instante oí la voz de János que me llamaba desde su estudio. Subí las escaleras preso de los nervios, con el corazón latiendo alocadamente, pero sin saber bien por qué. ¿Acaso había sido la imagen de esa hermosa mujer estirada frente a mí, arruinada por un matrimonio infeliz? ¿O era porque temía encontrar a mi amigo en condiciones similares? Tuve que respirar hondo antes de abrir la puerta.

Estaba sentado en su escritorio, con el torso desnudo. Su piel brillaba cubierta de sudor, y su barriga se movía de un lado a otro mientras intentaba amarrar las tiras de un cubo tefilín alrededor de su brazo con otro que ya balanceaba precariamente encima de su cabeza. De niño, yo había visto a mi padre utilizar esas pequeñas cajitas, que contienen versículos de la Torá escritos en trozos de pergamino, todas las mañanas durante sus oraciones; él me había enseñado la forma correcta de rodear el brazo con las tiras de cuero para formar las letras hebreas *dalet* y *yud*, deletreando *Shaddai*, uno de los muchos nombres de Dios. Nada que Jancsi hubiese dicho o hecho podría haberme sorprendido tanto. Era abominable. Grotesco. Sacrílego. Una parodia de algo que los judíos habían venerado durante milenios, un gesto sacrosanto al cual él no tenía ningún derecho, porque jamás participó de la fe, ni padeció los dolores y misterios de la devoción, como sí lo hizo mi pobre padre hasta el día de su muerte. Yo estaba furioso. János se había mofado de aquella costumbre en Hungría, durante nuestra infancia, pero jamás había tenido el mal gusto y la falta de delicadeza de ponerse a jugar con ello. Y eso pensé al verlo: estaba convencido de que se trataba de una de sus bromas, como aquellos disfraces ridículos que usaba en las fiestas. Pero esta vez había ido demasiado lejos. Di media vuelta y salí de la habitación sintiéndome asqueado, pero no alcancé a llegar a las escaleras cuando oí su voz quebrada suplicando, en húngaro, «Jenő, Jenő, por favor, ayúdame con esto». Yo estaba mareado por las pastillas y no lograba entender qué diablos se había apoderado de Jancsi. Sin embargo, sentí que mi cuerpo se movía por sí solo, en contra de mi voluntad, y me vi caminar hasta su escritorio completamente fuera de mí mismo; me agaché ante él y comencé, lentamente, a rodear su antebrazo izquierdo siete veces con aquellas filacterias de cuero negro –capaces, según los rabinos, de derrotar a los mil demonios que surgen de nuestro interior– bajando desde su codo, cruzando su muñeca y la palma de su mano hasta sus dedos, uniendo las tiras con tanta fuerza que su piel rosada se tornó blanca debido a la presión. Cuando concluí, me di cuenta de que yo estaba temblando de pies a cabeza, y tan cubierto de sudor como él. Le pregunté qué estaba haciendo y de dónde carajos había sacado los tefilíns, pero él ya no era capaz de hablar con sentido, y cuando trató de ponerse en pie, se cayó de bruces. Puse mi brazo alrededor de su cintura, lo levanté del suelo y lo arrastré hasta su dormitorio, sintiendo el tufo a alcohol en su aliento. Al meterlo en la cama, él estaba llorando. Susurraba el nombre de su madre y llamaba a Klari y a su hija, Marina, diciéndoles que estaba muy cerca, que todo lo que necesitaba era un poco más de tiempo, unos meses, unos días más. Cuando finalmente se durmió, removí las correas del brazo y de la frente, le sequé las lágrimas y me di cuenta de que era la primera vez que veía a Johnny tan borracho. Incluso en las fiestas más salvajes, de alguna forma siempre había logrado permanecer lúcido. Lo había visto beber un día entero sin perder la cabeza, pero ahora estaba allí, desmayado a mis pies, tan frágil y vulnerable como un bebé con hidrocefalia, y por alguna extraña razón no solo sentí una tristeza abrumadora por las cartas que el destino le había repartido, que parecían haberlo condenado a la agonía, a la decadencia y –Dios no lo permitiera– tal vez incluso a la locura, sino también un enorme alivio. A fin de cuentas, Jancsi era humano. Un genio, sí, pero tan idiota y borracho como cualquiera de nosotros.

Decidí pasar la noche en la habitación de invitados. Bajé las escaleras a buscar unas sábanas y me resbalé en el borde del penúltimo escalón, desgastado por los antiguos propietarios (quienes, según János, habían criado un pequeño ejército de niños), pero logré sujetarme de la barandilla en el último instante para no caer de cabeza al suelo. Mi amigo no tuvo tanta suerte: en la víspera de Año Nuevo, cuando se levantó de su cama de enfermo para despedirse de Marina, que había ido a visitarlo durante la Navidad, se tropezó con ese mismo escalón, cayó de bruces y nunca más pudo volver a caminar. A los tres meses, cuando los tumores alcanzaron su cerebro y él empezó a mostrar los primeros signos de deterioro mental, el gobierno de Estados Unidos lo recluyó en el Centro Médico Militar Walter Reed.

MARINA VON NEUMANN

¿Cuánto es uno más uno?

Yo recuerdo a Elvis, bailando en el pequeño televisor en blanco y negro que había en la antesala de la suite de mi padre en Walter Reed. La imagen era borrosa y el sonido demasiado bajo como para distinguir la canción, pero no pude quitarle los ojos de encima mientras meneaba las caderas, tan joven, tan bello. Los tumores de mi padre se habían diseminado a lo largo de todo su cuerpo, pero aun así recibía un flujo constante de visitas, y siguió trabajando a pesar de que apenas podía moverse debido al dolor. Para entrar a verlo tenía que esperar mi turno al igual que cualquiera, pero ese día en particular, con el Rey guiñándome un ojo desde la pantalla del televisor, me daba terror pasar de la antesala a su habitación, no por su estado de salud, ni por miedo a lo que encontrara allí dentro, sino porque lo había traicionado.

Me había casado. La semana después de graduarme de Radcliffe. Mi padre detestaba la idea y venía lanzando todo tipo de amenazas para disuadirme. Pensaba que yo era demasiado joven (cosa que era cierta, tenía veintiún años) y estaba convencido de que un matrimonio a esa edad me iba a limitar como persona y truncar mi desarrollo profesional, lo cual no ocurrió. Habíamos peleado durante meses por ello, pero no di un paso atrás. Hice exactamente lo que quería. Me casé con mi prometido y pasamos nuestra luna de miel en una cabañita preciosa en medio de un bosque en Maine, antes de viajar a Washington D.C. para darle la «buena noticia» a mi padre moribundo. Fue terrible, no sé por qué lo hice. ¿Por qué no le mentí, simplemente? ¿Por qué no esperé hasta que falleciera? Supongo que lo hice por egoísta. Terca, también. O tal vez quería demostrarle algo. Probar que era tan terca y voluntariosa como él. Más, incluso. Cumplir sus expectativas traicionando sus deseos. Yo tenía confianza en mí misma. Sabía de lo que era capaz mucho antes de convertirme en profesora titular, o ser la primera mujer nominada al Consejo de Asesores Económicos por el presidente Nixon, o conseguir trabajo como economista en jefe y vicepresidenta de General Motors. Sí, me casé muy joven, pero eso no me impidió dirigir corporaciones multinacionales, o ser parte de las juntas directivas de Harvard, Princeton e incluso del Instituto de Estudios Avanzados, tan querido por mi padre. Pero él murió sin saber nada de eso. Lo que sabía es que lo había traicionado, a sus espaldas. Y cuando agonizaba, nada menos. Por todo aquello a mí me temblaban las rodillas mientras manoseaba mi anillo para que no me apretara tanto el dedo (mi marido había comprado una talla demasiado pequeña), y estuve a punto de sacármelo solo para evitar oír los comentarios que Klari seguramente haría sobre el tamaño diminuto del diamante. No pude dejar de jugar con el anillo y llegué a hacerme heridas en la piel, ensayando mentalmente formas de confesarle la noticia a mi padre, rodeada de una bandada de generales, científicos, doctores, espías, ingenieros y hombres de negocios apiñados en esa pequeña antesala, revisando sus notas y apuntes, o cautivados, como yo, por el rostro de Elvis cubierto de sudor, el cabello negro y brillante cubriéndole los ojos mientras el concierto llegaba a su fin. *I'm gonna sit right down and cry. Heartbreak Hotel. Fool, fool, fool.* Uno de los asistentes de mi padre estaba de pie a mi lado. Me sonrió y me acarició el hombro, muy suavemente, cuando vio mi anillo de bodas. Vince Ford. Simpático. Un poco coqueto. Y guapo, también. Era el coronel a cargo de ocho aviadores que habían puesto a disposición de mi padre, y que respondían a sus múltiples peticiones y demandas las veinticuatro horas del día, los siete días de la semana. Ocho miembros de la Fuerza Aérea que no solo eran extensiones de su voluntad, sino también guardianes y carceleros que lo vigilaban como halcones. Gran parte de su trabajo era asegurarse de que él no revelara ningún secreto militar al confundirse (muchas veces no sabía dónde estaba), o entregara información confidencial a la persona equivocada, o no tuviera el tiempo de anotar una de sus muchas ideas geniales producto de un arrebato de ira. Mi padre nunca se quejó de su dolor delante de mí, pero los pequeños cambios en su actitud, en la manera en que se expresaba, en su forma de pensar y en su trato con Klari me partieron el corazón. Uno de los episodios más perturbadores de toda su enfermedad fue cuando se volvió, del día a la noche, un católico estricto. Pasó horas con un monje benedictino. Luego pidió que le trajeran a un jesuita. No tengo la menor idea de qué hablaron. Quizá mi padre –racionalista radical– sencillamente añoraba algún tipo de inmortalidad. Pero de lo que sí estoy segura es de que se mantuvo inconsolable y completamente aterrorizado por la muerte hasta el final. Su nueva fe me pareció absurda, pero para Klari fue mucho peor; ella se lo tomó como una especie de afrenta personal. Me dijo que le revolvía el estómago ver a su marido transformado en alguien irreconocible.

Klari, Klari, Klari. Klari la patinadora artística, la bruja, la arpía. Klari, la nodriza de la MANIAC. Ella escribió varios de sus primeros programas, ¿sabías? Mi padre le enseñó cómo hacerlo durante sus eternos viajes por el desierto, y ella se volvió experta. Aún recuerdo los enormes diagramas de flujo que producía en el extraño lenguaje de esa máquina, largas tiras de papel cubiertas de símbolos arcanos conectados por flechas y círculos, que ella desenrollaba encima de la mesa del comedor y que caían hasta el suelo. En ellos no solo había operaciones lógicas y signos matemáticos, sino también una belleza muy particular que yo hallaba a la vez hermosa y terrorífica, a tal punto que, cuando era adolescente, calcaba algunos de ellos cuando Klari no estaba mirando, y luego los llevaba metidos entre las páginas de mis cuadernos escolares, como si fueran un amuleto o un hechizo que yo podía emplear en contra de mis enemigos. Con el paso del tiempo, he desarrollado un gran respeto por Klari, y un profundo sentimiento de vergüenza por la forma en que la traté y por todo el dolor que mi padre le causó, pero debo admitir que la desprecié durante años. Cuando me fui a vivir con ellos (según una cláusula en el extraño acuerdo de divorcio de mis padres que estipulaba que yo tendría que mudarme a su casa al cumplir los dieciséis, algo que parece sacado de un cuento de hadas), Klari me pareció la mujer más insufrible que había conocido en mi vida. Siempre estaban peleando. Ella era profundamente neurótica, inestable y frágil, por lo que mi padre se pasó una buena parte de su vida desconcertado y a merced de los súbitos cambios de ánimo de su esposa. Además, era propensa a caer en la depresión, y sufría por la incapacidad de mi padre de conectar con ella de manera significativa. Nunca pudo superar la sensación de estar fuera de lugar, viviendo una vida que no era del todo suya. En la autobiografía que dejó inconclusa tras su muerte, y que yo encontré en el sótano, al costado de la caldera, confiesa haberse sentido como «una diminuta mota de polvo, un insecto insignificante que no hacía otra cosa que volar de un lado a otro buscando dónde divertirse cuando me vi atrapada por las fuerzas huracanadas de acontecimientos internacionales conducidos por mentes sin igual». Aunque logró desarrollar una carrera tardía, jamás pudo equipararse siquiera al más mínimo logro de su marido, ni tampoco convertirse en el único objeto de su interés, que era lo que más anhelaba. Su deteriorada autoestima y una melancolía que no paraba de crecer la llevaron al alcohol. Solía dormir hasta tarde y por las mañanas era tan gruñona que yo caminaba de puntillas para no despertarla; me preparaba mi desayuno e intentaba salir de casa antes de que ella y mi padre comenzaran su rutina de gritos y recriminaciones. Porque el único momento en que ella sentía el amor y la seguridad que tanto necesitaba era durante sus peleas. Todos los episodios de su compleja relación están dolorosamente preservados en las cartas que se escribían, casi a diario, cuando estaban lejos el uno del otro. Una parte de esa correspondencia es erótica, así que solo me atreví a leerla por encima, pero la gran mayoría está dedicada a recapitular sus amargas disputas: «Ambos tenemos mal carácter, pero hagamos un esfuerzo por pelearnos menos. Yo te amo de verdad, y dentro de los límites de mi horrible naturaleza, sí quiero hacerte feliz –tanto como pueda, y por todo el tiempo que sea posible», le escribió mi padre poco después de que se casaran. «Le tienes miedo a una vida que te ha maltratado... Te aterroriza incluso la brisa más leve porque presientes la tormenta que viene detrás... ¡Te dañé, te intimidé, te hice sufrir! Por favor, te lo ruego, ten un poco de fe en mí... o, al menos, una benevolente neutralidad.» A ojos de Klari, parece que él no podía hacer nada bien, y mi padre se desvivía pidiendo largas disculpas por algún error o conducta incorrecta, suplicando que ella lo perdonara. «¿Por qué discutimos tanto cuando estamos juntos? Te amo. ¿Aún me odias con absoluta violencia? ¡Perdonémonos!», le imploraba. Sus batallas continuaron durante años. En los últimos meses de su vida, sin embargo, hubo un cambio profundo en la relación: Klari se convirtió en una cuidadora dedicada y muy cariñosa, mientras que mi padre cayó en la desesperación y se alejó emocionalmente de ella, volviéndose abusivo y violento de un modo que no tenía nada que ver con su carácter. Estoy segura de que aquello fue un efecto del cáncer sobre su cerebro. Klari se suicidó seis años después de la muerte de mi padre. Entró caminando en el océano Pacífico en mitad de la noche. La policía encontró su auto –un enorme Cadillac blanco– estacionado frente a la playa Windansea, con el motor frío. Su cadáver volvió a la orilla el 10 de noviembre de 1963, poco después de la salida del sol. Según el informe forense, llevaba puesto un vestido de cóctel negro con el cuello alto, mangas largas, puños de piel y cierre en la espalda, entre cuyos pliegues hallaron siete kilos de arena mojada. También encontraron arena en sus pulmones. Interrogado por la policía, el psiquiatra de Klari declaró haber detectado el influjo del «instinto de muerte» corriendo como una veta por su árbol familiar, algo que me pareció totalmente absurdo, hasta que descubrí dos secretos que me habían ocultado toda mi vida: que su padre, Charles Dan, se había suicidado saltando a las vías de un tren poco después de llegar a América, y que Klari había comenzado a tener pensamientos suicidas tras sufrir un aborto espontáneo del que culpaba a mi padre, quien, al parecer, se negó a ayudarla para levantar la puerta del garaje de su casa.

Justo antes de morir, mi padre perdió la capacidad o el deseo de hablar. Los doctores no pudieron ofrecer ninguna hipótesis médica que explicara su silencio. Creo que fue una decisión voluntaria por su parte. El horror de experimentar el deterioro de sus capacidades mentales fue demasiado para él. Solo tenía cincuenta y tres años cuando le diagnosticaron el cáncer, aún estaba en la plenitud de su vida, y mantuvo sus extraordinarias facultades casi hasta el final. Pero sencillamente no pudo aceptar lo que le estaba pasando. Su temor a morir creció hasta opacar todos sus pensamientos. La idea de que el mundo continuara existiendo tras su muerte le parecía insoportable, por lo que careció por completo de esa cierta gracia que algunos moribundos adquieren cuando finalmente aceptan su destino. Al contrario, se comportó al igual que un niño, como si la muerte fuese algo que solo les sucedía a los demás, completamente ajena a él. No tenía armas ni habilidades para afrontar su tragedia, porque jamás había pensado en su propia mortalidad. Su conciencia se resistía ante un límite más allá del cual no podía pensar, y reaccionó con extrema violencia. Creo que mi padre sufrió la pérdida de su mente más de lo que yo vi sufrir a ningún otro ser humano, en cualquier otra circunstancia. Días antes de que cayera en el silencio, cuando ya sabíamos que su enfermedad era fatal y que progresaría rápidamente, le pregunté, sin rodeos, cómo es que había sido capaz de contemplar y proponer, con absoluta ecuanimidad, la matanza de millones de personas producto de un ataque nuclear preventivo contra la Unión Soviética, y sin embargo no podía enfrentar su propia muerte con un mínimo de calma y dignidad. «Eso es completamente distinto», me dijo.

Nos habíamos peleado tanto por mi deseo de casarme que cuando llegué a decírselo estaba aterrada de cuál podía ser su reacción, así que llegué armada con un tren de juguete como regalo, una locomotora roja que era una réplica a escala de aquellas que conoció durante su infancia en Hungría, y que compré para sumarlo al pequeño ejército de juguetes, aparatos, cacharros e ingenios mecánicos que él, por razones que nadie podía entender, había acumulado en su habitación. Me sentí un poco ridícula cuando los guardias finalmente me dejaron pasar, porque vi que los habían retirado todos, pero lo que me asombró aún más fue el hecho de que me tomara de la mano cuando le mostré mi anillo y me acercara hacia él suavemente, sonriendo, para darme un beso en la coronilla. Klari me había mantenido informada con respecto al avance de sus síntomas y al deterioro de su cuerpo, y yo pensé que estaba preparada para verlo. Pero cuando mis nervios se calmaron y dejé de pensar en mí el tiempo suficiente para observarlo con detenimiento, casi me desmayé. Estaba tan demacrado, encogido y endeble que su cabeza –siempre demasiado grande– ahora parecía mayor que su cuerpo. Le acaricié los pocos pelos que le quedaban y vi el miedo brillando en sus ojos. No era solo el miedo a la muerte; el segundo gran temor de mi padre mientras agonizaba era que su nombre y su trabajo no perdurasen. Yo sabía que aquello era una ridiculez, pero para tranquilizarlo al respecto, apenas recibí su silenciosa bendición por mis nupcias, le pregunté si acaso había terminado el artículo en el que había estado trabajando cuando lo hospitalizaron –«Máquinas de cálculo y el cerebro: sobre los mecanismos del pensamiento»– pensado para la prestigiosa Conferencia Silliman de Yale. Me había enviado un borrador: mi padre llegó a la conclusión de que los métodos con que el cerebro opera son fundamentalmente distintos a los de una computadora. Todos los computadores del mundo utilizan una arquitectura similar a la que él creó para la MANIAC y eso los obliga a funcionar de manera secuencial, un paso a la vez. Pero el cerebro humano es muy distinto. Trabaja en paralelo, ejecutando una enormidad de operaciones de forma simultánea. Aunque ese no era el aspecto que más lo intrigaba. Mi padre quería conocer la lógica interna del cerebro. El «lenguaje» que utiliza para funcionar. Quería saber si ese idioma se parecía a la lógica matemática, su método preferido de pensamiento. «Cuando hablamos de matemáticas», escribió, «puede que estemos hablando de un lenguaje secundario construido sobre el lenguaje primordial que utiliza el sistema nervioso.» Más que cualquier otra cosa, quería hallar el idioma original del cerebro, porque pensaba que un conocimiento de ese tipo tenía el potencial de cambiar el futuro de la humanidad. Decodificar ese secreto nos ayudaría a comprender el surgimiento de la mente, dándonos acceso a la capacidad –aparentemente única– que poseemos los seres humanos de crear una compleja y riquísima imagen del mundo. Él estaba fascinado por la diferencia entre la forma en que el cerebro y las computadoras procesan la información, pero también veía ciertas similitudes que parecían sugerir que tal vez, en el futuro, podíamos comenzar a fusionarnos con ellas, otorgándoles una parte de nuestra conciencia, o permitiéndonos existir de forma incorpórea, en materiales más firmes que nuestra carne, para ser inmunes a la corrupción y la enfermedad. No incluyó ninguna de esas fantasías en su artículo, por supuesto, pero ese tipo de ideas le devoraban la cabeza. Sé que soñaba con alguna forma de preservar su mente extraordinaria. Le dije que su artículo me parecía impresionante, y cuando abrió los labios secos y partidos sentí un golpe de felicidad (cada día hablaba menos) y luego se me encogió el corazón al instante, ya que en vez de comentar su artículo, o preguntar por mi matrimonio, me hizo una petición tan extraña que me llenó el alma de terror, considerando que venía de parte de él, uno de los matemáticos más importantes del siglo, tal vez el *más* importante de todos; quiso

.que le dijera dos números al azar y que le preguntara por la suma de ellos. Pensé que estaba bromeando. ¿Había recuperado su antiguo sentido del humor? Sonreí, muy nerviosa, y luego me di cuenta de que estaba hablando en serio. Durante mi visita anterior, hacía poco más de un mes, su capacidad mental había estado tan afilada como siempre. Pero ahora su genialidad se había deteriorado hasta tal punto que no era capaz de manejar siquiera la aritmética básica. Había perdido su vasto poder intelectual. No quedaba ni una huella de la facultad que lo definía como persona, y la expresión de pánico que deformó sus rasgos mientras tomaba conciencia de ello, allí frente a mis ojos, fue la situación más desgarradora que presencié a lo largo de toda mi vida. Sentí su agonía como si fuera un dolor físico en mi propio cuerpo, y solo pude murmurar un par de números –¿Cuánto es dos más nueve? ¿Cuánto es diez más cinco? ¿Cuánto es uno más uno?– antes de salir corriendo de la habitación para no llorar delante de él.

VINCENT FORD

Pude oír a las máquinas cobrando vida

Al final, el profesor sufrió un colapso psicológico total. Aullaba de dolor y nos insultaba durante horas, pero no quería que los matasanos lo sacaran de su miseria. O quizá nunca fue su decisión. Los chicos del Pentágono hicieron todo para que ese hombre siguiera vivo. Era el favorito del palacio, el rey de ese rompecabezas de cinco caras, y no iban a dejar que se fuera antes de exprimirle hasta la última gota. El ojete Strauss, ese banquero disfrazado de contraalmirante, trajo doctores de cuatro continentes distintos para verlo, pero fue inútil. Lo único que lograron fue deducir que el cáncer probablemente comenzó en el páncreas, luego formó un tumor gigantesco en su clavícula izquierda y desde ahí se extendió a todos lados. El profesor sufrió inmensamente, pero incluso cuando estaba alucinando por el dolor, de alguna manera lograba recuperarse lo suficiente para tener nuevas ideas, Dios sabe cómo. Una vez me dijo que había imaginado un mecanismo que le permitiría, en sus palabras, «escribir solo con la conciencia, sin la necesidad de medios físicos», aunque nunca logró desarrollarlo. Pero sí hizo muchas otras cosas mientras agonizaba, como un sistema de guía de armas para la Armada. De pronto se volvía intensamente lúcido,

268

luego recaía, perdía el control y comenzaba a insultarnos, o a hablar con su madre en húngaro. Yo lo conocí durante años. Fui su agregado militar mucho antes de Walter Reed, cuando lo nombraron presidente del «Comité de la Tetera» que era como le decíamos al Comité de Evaluación de Misiles Estratégicos de la Fuerza Aérea, donde el profesor impulsó la construcción del Atlas, nuestro primer misil balístico intercontinental. Un petardo del tamaño de una ballena. Fue la respuesta de América al R-7 de los rusos, el mismo que puso a Sputnik en órbita e hizo que la mitad del país se cagara en los pantalones. Pero el profesor no. Él siempre supo lo que venía. Era uno de esos tipos sin los cuales las fuerzas armadas no saben operar. Un civil imprescindible, querido por el Ejército, consentido por la Marina y regalón de la Fuerza Aérea. Los jefes lo admiraban, por supuesto, pero los soldados también. Podía hablar de aviones y fuerzas gravitatorias con los pilotos, de ondas de choque y explosiones con los operadores de tanques o de torpedos con los marinos. Un hombre con semejante talento vale su peso en oro. Y más que eso. Así que le llenaron las venas a reventar con un gigantesco cóctel de fármacos, drogas de última generación y quién sabe cuántas sustancias ilegales, porque no solo pareció mejorar, sino que tuvo una idea. Justo antes del fin, salió del estupor y se puso a hablar a mil por hora. Nos echaron a todos de la habitación, y empezaron a llamar a técnicos, ingenieros y científicos que habían trabajado con él construyendo una computadora, o una bomba, o las dos cosas, no lo sé. Sí sé que se apiñaron todos allí, y él tuvo que darles instrucciones, porque poco después trajeron un montón de máquinas y se pusieron a hacer arreglos para llevar a cabo un procedimiento experimental, el último desesperado intento por salvarlo. Tuvimos que despejar toda esa planta de Walter Reed, los aparatos no cabían en su habitación. Los conectaron a la corriente con transformadores enormes, toda clase de cacharros y armatostes que yo jamás había visto en un hospital. El más grande apenas cupo, parecía el motor de un auto, un V-40 cromado, y olía espantoso, a pelo quemado, un olor que se te quedaba en el uniforme, porque para transitar por el pasillo uno tenía que apretarse entre el muro y esa máquina. Cuando la encendieron, las luces del hospital parpadearon y pensé que iban a estallar los fusibles. No hubo tiempo siquiera de prepararse para eso, todos corrían de un lado a otro, yo ayudé en lo que pude, arrastrando un grueso manojo de cables hasta la habitación del profesor, tantos y tan gruesos que luego no podíamos cerrar la puerta. No me dejaron entrar. Lo que es raro, porque yo tenía órdenes estrictas de no quitarle los ojos de encima al profesor día y noche. Pero recibí nuevas órdenes, y tuve que permanecer a diez metros de distancia, cuidando de la señora von Neumann, que no dejaba de gritar. Ella se opuso a ese procedimiento y la tuvimos que sacar a rastras. Exigió que dejaran a su marido tranquilo para que pudiera morir en paz, pero los altos mandos dijeron otra cosa. Para ellos, el profesor era la gallina y los huevos de oro, y ella solo una esposa histérica. Yo hice lo mejor que pude para calmarla, pero no sirvió de nada. Nada sirvió, si el profesor ya estaba prácticamente muerto. Aunque supongo que a esas alturas no perdían mucho. La preparación duró casi una semana, pero luego todo sucedió en un instante: desde mi puesto de guardia en el pasillo pude oír a las máquinas cobrando vida con un ruido que sacudió las ventanas del edificio como si nos hubiese golpeado un terremoto. Entonces comenzaron sus gritos. Nunca oí nada parecido. He visto soldados sosteniendo con las manos sus propias vísceras. He visto pilotos calcinados por el combustible de avión, los rostros derretidos por las llamas. Pero aquello fue diferente: la voz del profesor ya no parecía la de un ser humano. Nadie durmió esa noche. Y lo que sea que intentaron, no funcionó. Vinieron a llevarse el cuerpo por la mañana. Cuando pasaron por mi lado, su brazo cayó a un costado de la camilla y vi que su piel se había carbonizado, estaba totalmente negra salvo por pequeños círculos blancos, del tamaño de una moneda, como si lo hubieran conectado a mil electrodos. A menudo me pregunto si lo dejaron descansar después de eso, o si incluso después de muerto siguieron manipulando su cadáver. No es tan loco como suena. Le pasó a Einstein. Cuando murió, un patólogo se quedó con su cerebro, sin el permiso de la familia del físico. Durante décadas, nadie supo dónde lo había escondido. Cuando finalmente lograron recuperarlo, vieron que el médico lo había troceado por la mitad y metido en dos grandes frascos de vidrio. Un equipo de científicos lo encontró así, flotando en formaldehído, tomaron esas pálidas libras de carne y las cortaron en láminas más finas que una hoja de papel para examinarlas con un microscopio. Querían ver si había algo anormal, o quizá patológico, una estructura nueva tal vez, o una deformidad que pudiese explicar ese genio sin igual. Pero no hallaron nada. Tenía un mayor número de células gliales en comparación a un ser humano promedio, pero ese tipo de células no producen impulsos nerviosos, no son neuronas. Hasta donde sabemos, su cerebro era igual que el de cualquiera. Cuesta creerlo, pero es cierto. Yo hasta el día de hoy me pregunto qué hubiéramos visto al mirar dentro de la cabeza de von Neumann.

Von Neumann fue enterrado en el cementerio de Princeton el 12 de febrero de 1957, cuatro días después de su muerte, en un ataúd sellado, cerca de su madre, Margit Kann, y de su suegro, Charles Dan. Sus amigos dejaron una corona de narcisos sobre la tumba. El contraalmirante Lewis Strauss pronunció el elogio fúnebre. El padre Anselm Strittmatter practicó los ritos.

EUGENE WIGNER

Para el progreso no hay cura

Jancsi dejó su obra más ambiciosa inacabada.

Antes de que su mente comenzara a deteriorarse, intentó crear un esquema integral de autorreplicación que abarcase la biología, la tecnología y la teoría computacional, aplicable a todo tipo de vida, ya fuese en el mundo físico o en el reino digital, en este planeta o en cualquier otro. La llamó la «Teoría de los autómatas autorreplicantes», y trabajó en ella hasta que ya no pudo sostener un lápiz. Aun incompleta, es una maravilla: con la misma claridad y precisión de todas sus obras anteriores, estableció las reglas lógicas que subyacen a la autorreproducción, años antes de que supiéramos cómo la vida en la Tierra había implementado una versión de aquel modelo a través del ADN y el ARN. Pero Jancsi no estaba pensando en seres biológicos. Él soñaba con una forma de existencia completamente nueva. Su teoría considera lo que sería necesario para que entidades no biológicas —sean mecánicas o digitales— comenzaran a reproducirse y ser sujetos de un proceso evolutivo. Mi amigo dedicó prácticamente toda su energía mental, cada vez más escasa, a concebir formas de desencadenar un segundo Génesis. Confinado en su habitación en Walter Reed, lleno de tubos y sensores, ya no

275

podía salir a caminar, beber o dar vueltas en auto, que era como mejor pensaba, así que envió a sus ayudantes a comprar todos los juguetes mecánicos que pudiesen encontrar. Aquello continuó durante meses, y al final su habitación de enfermo parecía la de un niño rico el día después de Navidad, con robots que caminaban, coches eléctricos, animales a cuerda y sets de construcción que cubrían todas las superficies disponibles, e incluso estaban esparcidos por el suelo; cuando los jefes del Estado Mayor o los generales del Pentágono venían a verlo, tenían que atravesar un campo minado de patitos con ruedas, tranvías, retroexcavadoras y autobuses, esquivando cohetes, aviones, tanques y submarinos para llegar hasta los pies de la cama de Jancsi, y si no tenían muchísimo cuidado, un paso en falso podía desatar un estruendo infernal de campanillas, silbatos y alarmas que deleitaba a mi amigo y volvía locos a todos los demás. Yo le regalé varios de esos artefactos (un pequeño cañón, la réplica de un Cadillac y una máquina de escribir que tenía un parecido extraño con su computadora), aunque sabía que el bullicio que hacían tenía a Klari con los nervios de punta. Creo que todos sentimos un alivio enorme cuando Julian Bigelow, el ingeniero que fue la mano derecha de Johnny en la construcción de la MANIAC, le enseñó cómo diseñar sus autómatas en una grilla bidimensional —con papel y lápiz— y Klari finalmente pudo deshacerse de todos los juguetes rotos, porque Jancsi se pasaba el rato completo desmontándolos y luego uniendo sus partes de formas extrañas, mientras desarrollaba su teoría. Me parece que Klari se los regaló a Carl, el hijo de cinco años de Oskar Morgenstern.

«¿Cómo podrían las máquinas empezar a tener vida propia? Puedo formular el problema de forma rigurosa, como hizo Turing con sus mecanismos», me escribió Jancsi solo un par de meses antes de morir. Afirmaba ha-

276

ber desarrollado un esquema que parecía demostrar que «existe un tipo de autómata –podríamos llamarlo *Aleph-zero*– que posee la siguiente propiedad: si le das a *Aleph-zero* una descripción de cualquier cosa, la consume y produce dos copias de dicha descripción». Utilizando los mismos métodos lógicos y razonamientos recursivos y autorreferenciales con los que Turing creó los experimentos que finalmente nos llevaron hasta las computadoras, y que Gödel empleó para probar sus teoremas de incompletitud, Jancsi había logrado diseñar una máquina teórica cuyos productos no serían solo largas trenzas de ceros y unos, sino objetos físicos reales. Estaba seguro de que existía un cierto umbral, un punto crítico en el que sus máquinas entrarían en un proceso evolutivo, lo que daría como resultado una serie de autómatas cuya complejidad crecería a una velocidad exponencial, de forma similar a como los organismos biológicos florecen, prosperan y mutan siguiendo las leyes de la selección natural, formando el esplendor caótico que nos rodea. Esta progresión permitiría a los miembros de sucesivas generaciones producir no solo copias exactas de sí mismas, sino descendientes de una complejidad cada vez mayor: «En sus niveles inferiores, la complejidad es probablemente degenerativa», me escribió, «por lo que cada autómata solo podría generar otros aún menos complejos; pero existe un cierto nivel más allá del cual el fenómeno se vuelve explosivo, con consecuencias inimaginables; en otras palabras, un estado en el cual cada máquina produce descendencia con cada vez mayores potencialidades». Por alguna razón que aún no comprendo, Jancsi insistía en querer que sus máquinas cobraran forma en el mundo real; pero también consideraba que sus autómatas no requerirían tener cuerpos de metal y nervios de plástico, sino que podrían existir y desarrollarse en el interior de un mundo muy parecido al que Barricelli ha-

277

bía concebido para criar aquellos organismos que incubó dentro de la memoria de la MANIAC. «Si mis autómatas pudiesen evolucionar con libertad en la matriz ilimitada de un cosmos digital en expansión permanente», escribió Jancsi, «podrían adoptar formas inimaginables, recapitulando las etapas de la evolución biológica a un ritmo inconcebiblemente mayor que el de las criaturas de carne y hueso. Fecundándose mutuamente y polinizándose las unas a las otras, eventualmente nos superarían en número, y quizá, algún día, puedan desarrollarse de tal modo que se conviertan en rivales de nuestra propia inteligencia. Al comienzo, su progreso será lento y silencioso. Pero luego su voraz enjambre alzará el vuelo e irrumpirán en nuestras vidas como una plaga de langostas, luchando por tomar el lugar que les corresponde, abriendo su propio camino hacia el futuro, pero llevando consigo, en algún oscuro rincón de sus almas digitales, el murmullo de la mía, un pequeño trozo del espíritu del hombre que sentó el fundamento de su lógica.» En 1957 (el año en que murió Jancsi) solo había un puñado de kilobytes de memoria computacional en todo el planeta. Menos de lo que los aparatos modernos utilizan para mostrar un solo pixel. Con recursos tan limitados, él no estaba pensando en lo que era posible o probable; la ciencia de la computación era tan joven e incipiente que János podía jugar con absoluta libertad, como un niño perverso que se gratifica con su imaginación, sin estar atado a la realidad ni tener que pensar en las consecuencias de sus actos. Por primera vez en toda nuestra vida juntos, me mordí la lengua y dejé que él se perdiera en sus alocadas fantasías sin oponerle resistencia. Realmente pensé que eran los delirios de un hombre moribundo enloquecido por el dolor, y no tuve el corazón de obligarlo a poner los pies en la tierra. Sin embargo, con el paso de los años, las cosas han cambiado tanto que ya no sé qué es verdad y qué es delirio. El ritmo de expansión del universo digital se ha vuelto inconcebible. Y lo que es real ha superado incluso nuestros sueños más febriles. Las utopías de Jancsi ya no me parecen totalmente irracionales, y por esa misma razón algunas de las cosas que escribió antes de morir me persiguen y angustian hasta el día de hoy.

Siempre fue pesimista con respecto al futuro del mundo y de la humanidad, pero a medida que la enfermedad comenzó a adueñarse de su cuerpo, fue como si una mano oscura hubiese aferrado su mente, eclipsando sus pensamientos y tiñendo todos sus puntos de vista, juicios e ideas de un negro tan intenso que ninguna luz podría aclararlo. La cercanía de la muerte y el hecho innegable de su propia mortalidad lo empujaron hacia la absoluta desesperación, llevándolo más allá de la lógica. Al final, miraba hacia un futuro tan sombrío, y concebía escenarios tan macabros, que guardó silencio y se rehusó por completo a compartir el contenido de su cabeza. En la última carta que me envió, hablaba de un cambio de estado esencial, una transformación que galopaba desbocada hacia nosotros: «Las horribles posibilidades actuales de guerra atómica pueden dar paso a otras aún más espantosas. Literal y figuradamente, nos estamos quedando sin espacio. Después de muchísimo tiempo, hemos empezado a sentir, de forma crítica, los efectos del tamaño finito y real de la Tierra. Esta es la crisis de madurez de la tecnología. En los años que quedan entre hoy y el comienzo del próximo siglo, la catástrofe global seguramente superará todos los patrones anteriores. Cuándo y dónde llegará a su fin –y a qué estado de cosas dará lugar– es algo que nadie puede saber. Es un consuelo muy pequeño pensar que los intereses de la humanidad puedan cambiar algún día, la curiosidad de esta época sobre la ciencia puede cesar, y es posible que la mente humana se ocupe de cosas completamente diferentes. La tecnología, después de todo, es una excreción humana, y no debe ser vista como algo ajeno, como un Otro. Es una parte de nosotros, como la tela es parte de la araña. Sin embargo, parece que el progreso cada vez más rápido de los medios técnicos da muestras de estar acercándose hacia algún tipo de singularidad esencial, un punto de inflexión en la historia de nuestra raza más allá del cual los asuntos humanos tal como los conocemos no podrán continuar. El progreso se volverá tan complejo y veloz que no podremos comprenderlo. Porque el poder tecnológico en sí es un logro ambivalente, y la ciencia es neutra por completo; provee medios de control aplicables a cualquier propósito, pero permanece indiferente ante todos. Lo que crea el peligro no es el potencial destructivo particularmente perverso de un invento en específico. El peligro es intrínseco. Para el progreso no hay cura».

Cerca de la medianoche del 15 de julio de 1958, Julian Bigelow llegó al Instituto de Estudios Avanzados, bajó las escaleras que conducían a la MANIAC, se apretó contra el muro para alcanzar la parte trasera de la computadora, y apagó su control maestro. Tomó la gruesa maraña de cables que la conectaba a la red eléctrica del edificio como si fuese un gigantesco cordón umbilical y tiró de ella hasta desenchufarla; en un instante, los filamentos se apagaron, el fosfeno destello de sus cátodos se disipó, los tubos de vacío —que habían preservado las memorias de la MANIAC en trazos evanescentes de energía electroestática— perdieron su carga, y la chispa de la vida se extinguió en sus circuitos.

El otro día vi un fantasma– el esqueleto de una máquina que hasta hace poco estaba llena de vida, motivo de una violenta controversia, ahora inerte y en silencio dentro de su tumba innoble. La computadora, la veterana, la original, la primera, la JONNYAC, la MANIAC, más oficialmente conocida como la Máquina de Cálculo Numérico del Instituto de Estudios Avanzados, hoy está presa, no enterrada, sino escondida en la habitación trasera del mismo edificio donde solía ser la reina, aguardando, quizá, el día en que despierte de su sueño para volver a atormentarnos. Su esencia vital, la electricidad, está desconectada; su aparato respiratorio, el sistema de aire, fue desmantelado. Aún posee su propia capillita, a la que solo se puede acceder a través de la gran nave que funcionaba como su antecámara y que contenía sus equipos auxiliares– convertida tan solo en un depósito ciego para cajas vacías, sillas rotas, escritorios viejos y toda aquella parafernalia que invariablemente acaba en esos lugares, antes de ser olvidada por completo. *Sic transit gloria mundi.* Así pasa la gloria del mundo.

KLÁRA DAN VON NEUMANN,
A Grasshopper in Very Tall Grass,
autobiografía inédita, sin fecha

Antes de caer en el silencio y negarse a hablar incluso con su familia o amigos, le preguntaron a von Neumann qué sería necesario para que una computadora, o algún otro tipo de entidad mecánica, empezara a pensar y a comportarse como un ser humano.

Se tomó mucho tiempo antes de contestar, en una voz más suave que un suspiro.

Dijo que tendría que crecer, no ser construida.

Dijo que tendría que dominar el lenguaje, para leer, escribir y hablar.

Y dijo que tendría que jugar, como un niño.

LEE

o

Los delirios de la inteligencia artificial

... nuestra existencia en la Tierra, que en sí misma tiene un sentido muy dudoso, solo puede ser un medio hacia la meta de otra existencia. La idea de que todo en el mundo tiene un sentido es, después de todo, precisamente análoga al principio de que todo tiene una causa, sobre el cual descansa toda la ciencia.

KURT GÖDEL, carta a su madre

¿Quién de nosotros no se alegraría de levantar el velo detrás del cual yace escondido el futuro; echar un vistazo a los próximos avances de nuestra ciencia y a los secretos de su desarrollo durante los siglos venideros?

DAVID HILBERT

El fraile Bungey e el fraile Bacon, con gran pena e estudio, fizieron una cabeça de bronze, la cual en sus partes interiores avía todas las cosas como ay en la cabeça de un omne natural. Esto acabado, fallaron que eran tan alongados de la perfición como antes, e determinaron invocar un espíritu e saber dél cuanto no pudieron averar por su proprio entendimiento.

ROBERT GREENE, *The Honorable
Historie of Frier Bacon and Frier Bungay*
(1589)

PRÓLOGO

El legendario emperador Yao inventó el juego de Go para iluminar a su hijo, Danzhu.

Yao, descendiente de la diosa Yao-Mu, uno de los cinco míticos reyes-sabios de China, engendró a Danzhu con su concubina favorita, San Yi, quien dio a luz a una criatura despiadada y salvaje. Danzhu veneraba la crueldad más que cualquiera de las diez mil cosas; cuando era solo un niño y los rayos del sol fulguraban a través de las ventanas del Brillo Verde Yang del Palacio de la Luz, arrancaba las alas a los pájaros del Palacio del Este, les extirpaba los ojos con una varilla afilada y los miraba aletear indefensos en el suelo, bailando al son de las pequeñas campanas que amarraba con hilos de seda alrededor de sus garras. Se oponía por completo al orden del mundo y se deleitaba contraviniendo las estrictas reglas establecidas por su padre para garantizar la paz a lo largo de su reino, tan vasto que se asemejaba al infinito. Durante la primavera, cazaba yeguas encinta. En verano, atrapaba y hería a los cervatillos, hasta dejarlos lisiados y deformes, para que fuesen presa fácil de los lobos, el único animal que apreciaba, porque eran tan crueles y desalmados como el joven príncipe. Otoño era su estación preferida. Cuando empezaba la cosecha, se cubría el cuerpo con hojas podridas, salpicaba barro en las paredes blancas de la Sala del Patrón Integral del Palacio de la Luz, y esperaba, ansioso, el inicio de los sacrificios: todos los criminales del reino eran arrestados, junto con los perversos, los enfermos y los dementes, y Danzhu se estremecía de placer mientras observaba cómo los interrogaban y torturaban antes de ejecutarlos. Sus atrocidades alcanzaban el paroxismo durante las noches más negras y frías de invierno, cuando el sol estaba en la Cola; entonces secuestraba a niños y a niñas, atrayéndolos hacia el Salón Oscuro del Palacio del Norte con promesas de oro y comida, y luego los violaba y estrangulaba, dejando sus pequeños cuerpos abandonados a merced de los elementos, para que la nieve los enterrara y los lobos tuvieran huesos que roer cuando llegase el deshielo.

Era una bestia incapaz de aprender a leer, escribir, pintar o tocar el laúd, pero tenía una destreza sobrenatural para los juegos de cualquier especie, ya fueran de azar, pruebas físicas o competiciones mentales, porque era tan astuto y artero como un zorro, y tan hábil con las manos que podía desollar un gato con los ojos cerrados. Yao-Mu, la diosa madre del emperador, le dijo a su hijo que el niño no era en realidad humano, sino un meteoro, y que —como todas las cosas que caen del cielo— era un heraldo de la muerte, un mensajero del mismísimo Emperador de Jade, un castigo dirigido a toda la humanidad para que no nos creyéramos superiores a los dioses. El niño estaba poseído por una ira que lo consumía todo y añoraba la paz que solo la muerte y el vacío pueden garantizar. Era un devoto de la destrucción, un exterminador que no tenía vínculos con nada salvo con su propia gravedad, una estrella que colapsaba sobre sí misma, volviéndose cada vez más oscura, densa y letal. Yao-Mu también reveló al emperador el significado de los extraños símbolos que el niño se había tatuado en la frente, marcas que ninguna sustancia podía borrar: *El cielo otorga cien granos a la humanidad. El hombre no ofrece una sola buena obra para recompensar al cielo. ¡MATA, MATA, MATA, MATA, MATA, MATA, MATA!*

El emperador era un modelo de perfección moral. Según los Anales de bambú, vivió como si fuese un simple agricultor, sumido en la quietud y el silencio, pero su gracia y benevolencia alcanzaban incluso los rincones más alejados de su imperio, iluminando el corazón de cada uno de sus súbditos. Durante su reinado, el sol y la luna refulgían con múltiples colores, como si fuesen piedras preciosas, los cinco planetas viajaban juntos por el firmamento, al igual que las perlas de un collar, y los aves fénix anidaban en los techos de los templos. Manantiales cristalinos bajaban desde las colinas y fluían por campos alfombrados de verde, y el arroz crecía de forma abundante y copiosa. En Pingyang, la capital, dos unicornios –raro presagio de paz y prosperidad– fueron avistados por primera vez en mil años, entrechocando sus cuernos bajo las flores púrpura de las enredaderas que cubrían el palacio imperial. Pero aquellos maravillosos animales huyeron el mismo día en que Danzhu fue concebido y no regresaron más, porque el niño organizó espléndidas partidas de caza desde el momento en que fue capaz de estirar la cuerda de un arco, expediciones que podían durar meses, pues él había jurado no descansar hasta haber matado ejemplares de todas las especies vivientes, lo que incluía a dragones y unicornios.

Con la ayuda de su madre, el emperador Yao rezó a los Cuatro Reyes Celestiales, a los nueve soles, a la Bendita Reina del Oeste y al mismísimo Pangu, el primer ser vivo de este universo, para recibir su beneplácito y la potestad de dividir el cosmos en una cuadrícula de 19 filas y 19 columnas, creando un tablero con 361 intersecciones, un modelo a escala del infinito mediante el cual se enfrentaría a su hijo primogénito. Mandó llamar a Danzhu y le explicó las reglas de aquel juego, el más sagrado de todos: debían colocar piedras –negras o blancas– en las intersecciones de la cuadrícula, rodeando las de su oponente, para conquistar tanto espacio como fuera posible. El que obtuviera la mayor cantidad de territorio sería el vencedor. Yao puso el tablero en manos del joven y le dijo que, cuando se sintiera preparado, jugarían un torneo frente a todos los dioses y las diosas, las potencias y los demonios, los seres inmortales, las criaturas celestes, terrenas e infernales. El emperador usaría piedras blancas, fabricadas de almejas; el niño, negras, de pizarra.

El vencedor sería el dueño del mundo.

La piedra fuerte

Lee Sedol, la piedra fuerte, maestro de Go 9.º dan, el jugador más creativo de su generación, y el único ser humano que ha vencido a un sistema avanzado de inteligencia
artificial durante un torneo profesional, perdió la voz a los
trece años de edad.

En 1996, seis meses después de convertirse en jugador
profesional de Go, y cinco años después de haberse mudado a Seúl desde la remota isla de Bigeumdo, ubicada en el
extremo occidental de la península de Corea del Sur, una
rara enfermedad atacó sus pulmones, le inflamó los bronquios y paralizó sus cuerdas vocales, dejándolo no solo
mudo –cosa que era de esperar– sino también extrañamente incapaz de leer o comprender ciertas palabras. Nadie pudo esclarecer la causa de su padecimiento, o explicar
su afasia, afortunadamente temporal, pero Lee cargó con
las consecuencias de ese episodio para el resto de su vida,
ya que la enfermedad (si es que realmente fue una dolencia física y no la expresión de una profunda crisis psicológica) dejó sus bronquios y su laringe dañados, de modo
que, hasta el día de hoy, Lee habla con una voz de juguete, chillona, aflautada e infantil, como si aún fuera ese
niño pequeño que se bajó, solitario y despavorido, del

barco que lo trajo a Seúl desde su isla natal. «Mis padres vivían en Bigeumdo, y yo estaba alojado con mi hermano mayor, en Seúl, pero él estaba en el ejército, así que no había nadie que cuidara de mí. Ni siquiera tuve la oportunidad de recibir una atención médica adecuada cuando enfermé», recordó años después, cuando ya era considerado una leyenda viva, durante una de las pocas entrevistas que concedió a lo largo de su carrera, pues se sentía tan avergonzado por su voz que detestaba hablar en público, y lo evitaba siempre que era posible, negándose incluso a participar en las ceremonias de premios de los innumerables torneos que fue ganando, uno tras otro. Lee se convirtió en uno de los maestros de Go más admirados de la era moderna, pero a mediados de los noventa todavía era un niño prodigio de trece años bajo una enorme presión: practicaba doce horas al día en la Academia Internacional de Go de Corea, fundada por Kweon Kab-yong, un profesor de renombre que entrenó a muchos de los mejores jugadores del país. Kweon había reconocido de inmediato el talento del chico de Bigeumdo, después de verlo ganar el 12.º Campeonato Nacional de Go Infantil, organizado por la empresa de confitería y alimentos Haitai, en 1991. Lee fue el ganador más joven en toda la historia de ese torneo –tenía solo ocho años–, y durante la competición demostró el estilo salvaje, violento e impredecible que lo volvería famoso. El maestro Kweon había entrenado a miles de aspirantes a lo largo de su carrera, pero sintió que había algo muy diferente en ese chico delgado, de orejas grandes y ojos de gato capaz de derrotar a profesionales que llevaban veinte años en el circuito, razón por la cual decidió invitarlo a vivir en su casa: «Recuerdo su cara redonda, sus ojos marrones y oscuros, y los quince pelos que le crecían encima de su labio superior. Como venía de una isla, era tímido y trataba de desviar la atención de sí mismo. Pero él era diferente a todos los otros niños. Sus ojos brillaban con una luz distinta».

Lee Sedol había aprendido Go de su padre, un apasionado jugador amateur que enseñó el juego a todos sus hijos e hijas, incluso antes de que supieran leer o escribir. Lee era el menor, pero superó rápidamente a sus hermanos y hermanas; ni ellos ni su padre pudieron ganarle una sola partida después de cumplir los cinco años. Entrenaba los siete días de la semana bajo la tutela del maestro Kweon, y aunque era amable, no podía hacer amigos; sus compañeros de clase —asombrados por los milagros que era capaz de hacer sobre el tablero de Go— lo envidiaban, pero se reían de él sin cesar, burlándose de lo ingenuo que era: lo apodaron «el chico de Bigeumdo», porque tenía tan poco mundo que cuando llegó a Seúl, cargando nada más que un hatillo de ropa y una mochila de peluche en la espalda, les preguntó, sin un asomo de ironía, en qué tipo de árboles crecían las pizzas. Lee era el único alumno que vivía en la casa del maestro, pero seguía el mismo ritual de entrenamiento que los demás: despertar al amanecer para estudiar los seis mil problemas contenidos en el manual de su dojo, parte de una tradición que había pasado de maestro a pupilo de manera ininterrumpida durante más de dos mil quinientos años; jugar varias partidas relámpago hasta la hora de almuerzo, y luego sentarse, en silencio, a memorizar, movimiento a movimiento, los campeonatos jugados por los antiguos maestros. De todos ellos, el favorito de Lee era el «juego del vómito de sangre», de 1835, entre el campeón reinante de Japón, Honinbo Jowa, conocido como «el último sabio», y el joven contendiente Akaboshi Intetsu, quien lo había desafiado a un torneo de tres días, el cual acabó con el jovencito de rodillas, tosiendo sangre sobre el tablero tras haber dominado los primeros cien movimientos de la partida final, cuando, según la leyenda, el anciano maestro había colocado tres piedras sucesivas siguiendo un estilo que nadie había visto antes, movimientos tan anormales que varios miembros del público juraron haber visto una presencia fantasmal a la espalda del maestro, como si fuese una segunda sombra; algunos dijeron que había sido el espectro, y no el hombre, quien había colocado las piedras negras sobre el tablero. Esos tres movimientos dieron como resultado una remontada tan repentina y abrumadora que el joven retador no solo perdió la partida y el campeonato, sino también su vida, una semana después, cuando murió ahogado en su propia sangre. La principal fortaleza de Lee Sedol, lo que lo hizo sobresalir frente a todos los demás, era su habilidad para crear movimientos tan audaces como los del último sabio: jugadas impensables que para un ojo inexperto parecerían caóticas, temerarias y mal concebidas, tontas incluso; pero cuando el juego progresaba, se revelaban, poco a poco, como lo que eran: jugadas únicas, fruto de una habilidad que Lee Sedol desarrolló tras pasar tanto tiempo como pudo practicando su don de *leer* el tablero completamente vacío, mirando hacia el futuro para imaginar los múltiples senderos que se bifurcan a partir de los movimientos más humildes y sencillos.

«Quiero que mi estilo de Go sea algo diferente, algo nuevo, algo muy mío, algo en lo que nadie haya pensado antes», explicó Lee cuando el reconocimiento internacional y su estatus de héroe en Corea del Sur le dieron la confianza para empezar a hablar en público. Para entonces, su talento ya era ampliamente reconocido, pero tanto sus antiguos compañeros de academia, como los profesionales que crecieron compitiendo contra él en el circuito nacional de Go, coinciden en que no fue un jugador excepcionalmente fuerte hasta la muerte de su padre, lo cual ocurrió cuando Lee tenía quince años; solo después de eso comenzó a desarrollar el estilo que se convertiría en su sello y que le valdría el apodo de «la piedra fuerte». Según su amigo Kim Ji-yeong, «su forma de jugar al Go cambió después de la muerte de su padre. Se volvió más bestial, violento y poderoso, más rabioso e impulsivo, mucho menos predecible. Era como jugar contra un animal salvaje, o contra alguien que ni siquiera conocía las reglas más básicas del juego, pero que, sin embargo, lograba dejarte completamente humillado. Nunca me he enfrentado a nadie que juegue como Lee Sedol, ni cuando yo era niño ni desde entonces». Aunque Lee siempre fue tímido e introvertido, nunca fue modesto. De hecho, parecía no poseer un ápice de humildad en todo su cuerpo. Se convirtió en el jugador más joven en alcanzar el 9.º dan, el nivel más alto posible, y lo hizo más rápido que nadie. Sus destellos de virtuosismo, su hábito de provocar a sus rivales antes de las partidas con insultos y burlas para socavar su confianza («Ni siquiera me sé el nombre de ese jugador. ¿Cómo voy a conocer su estilo?»), su petulancia («No creo que pueda llegar a perder») y su incontrolable bravuconería hicieron que se granjeara innumerables detractores, y una multitud de seguidores absolutamente fanáticos. «Soy el más grande, nunca he sido opacado», dijo cuando le preguntaron quién era el mejor jugador del mundo. «Si se trata de habilidades, no estoy por detrás de nadie. Quiero pasar a la historia como una leyenda viva. Quiero ser la primera persona que la gente asocie con el Go. Quiero que mis partidas perduren, que se estudien y admiren como obras de arte.» El riesgo definía su estilo de juego: mientras la mayor parte de los profesionales de primer nivel lo evitaban a toda costa, y trataban de mantenerse alejados de situaciones complejas y caóticas que no podían controlar, Lee las buscaba desde el comienzo, y luego lograba prosperar bajo condiciones enrarecidas que solo él parecía ser capaz de aprovechar. Lanzaba violentos ataques sin ningún tipo de plan premeditado, forzando a sus oponentes a entrar en escenarios de todo o nada, luchas que deberían haber sido desastrosas para él, pero de las cuales podía escapar prácticamente sin esfuerzo, y con tanta gracia y velocidad que muchos de sus rivales se rendían producto de la simple frustración. Aunque entrenaba asiduamente, confiaba en su talento creativo por encima de todas las cosas: «Yo no pienso, yo juego. El Go no es un juego o un deporte, es una forma de arte. En juegos como el ajedrez o el shogi se empieza con todas las piezas sobre el tablero, pero en el Go se empieza con el vacío, se empieza con la nada, y luego los dos jugadores van añadiendo blanco y negro sobre el tablero, y crean una obra de arte. La infinita complejidad del Go, toda su belleza, brota de la nada». Aunque su carácter impredecible lo convirtió en uno de los jugadores más temidos del mundo, a menudo lo traicionaba; se enfurecía a mitad de una partida y perdía su concentración. O se le agotaba la paciencia, de golpe: una vez abandonó la final de un torneo importante cuando recién había comenzado, no porque temiese perder (tanto los jueces como su oponente pensaban que Lee había establecido una posición ganadora), sino porque fue incapaz de tolerar su aburrimiento cuando se dio cuenta de la forma en que iba a terminar la partida. Faltarle el respeto a un oponente de esa forma no era algo común en él, pero sí era famoso por ignorar y subvertir las expectativas tradicionales que la gente tiene con respecto a los jugadores de Go de su nivel. Tampoco se ajustaba a la imagen del venerable sabio oriental: durante su única aparición televisiva en horario de máxima audiencia, confesó, ante una multitud de admiradores incrédulos, y frente a un presentador aún más estupefacto, que era un fanático rabioso de las telenovelas populares como *Goblin* y *Touch Your Heart*, las cuales veía de una sola sentada, al doble de la velocidad normal. Cuando le preguntaron sobre qué le gustaba hacer durante su tiempo libre, Lee respondió que solía pasar días enteros escuchando Oh My Girl, la banda femenina de K-pop, cuyas canciones «Remember Me» y «Secret Garden» tarareaba para sí mismo una y otra vez, lo que sacaba de quicio a su esposa, Kim Hyun-jin, y avergonzaba a su pequeña hija, Lee Hye-rim, la única persona del mundo a quien Lee amaba tanto como al Go. Sus millones de admiradores apenas podían creer que la misma persona que había creado una jugada tan alucinante como la «escalera rota», que usó contra Hong Chang-sik en 2003 –contraviniendo siglos de tradición y sabiduría que señalaban, claramente, que ese tipo de formación, en la cual un jugador persigue al otro por todo el tablero, era un error de principiantes que garantizaba una derrota segura–, se pasaba las tardes escuchando a un grupo de seis chicas que coreaban canciones de amor y saltaban por el escenario vestidas con diminutas minifaldas. Para Lee Sedol, jugar al Go era como respirar, un proceso continuo que no podía detener: «Siempre pienso en Go. Hay un tablero de Go en mi cabeza. Si se me ocurren nuevas estrategias, coloco piedras en el tablero de mi cabeza, incluso si me emborracho, veo la tele o juego al billar». Cuando le preguntaron si acaso se arrepentía de haber desperdiciado su vida al dedicarla por completo a un juego, o si estaba realmente preparado para los desafíos que tendría que enfrentar al final de su carrera, ya que no tenía ninguna educación formal y ni siquiera había terminado la escuela primaria, Lee respondió que el Go era, ante todo, una forma de entender el mundo: su infinita complejidad era el mejor espejo de cómo funcionaba nuestra mente, mientras que sus acertijos y laberintos, aparentemente insondables, lo convertían en la única creación humana capaz de rivalizar con el orden, la belleza y el caos de nuestro universo: «Si alguien fuese capaz de comprender el Go totalmente –y con eso no me refiero solo a las posiciones de las piedras y la forma en que se relacionan entre sí, sino también a los patrones ocultos, prácticamente imperceptibles, que surgen por debajo de esas formaciones cambiantes–, creo que sería lo mismo que entrar en la mente de Dios». Alcanzar la comprensión más profunda posible era algo primordial para Lee, algo que iba mucho más allá de ganar o perder: no dejaba de pensar en una partida de Go hasta que había entendido todos los movimientos, los suyos y los de su rival. Según el jugador de Go y presentador de televisión Kim Jiyeong, «una vez, él y yo bebimos hasta las dos de la madrugada, pero después de eso me invitó a su casa, tan borracho que se caía al suelo, para analizar una partida que acababa de ganar, y volvimos a colocar todas las piedras, blancas y negras, porque, aunque había vencido, me dijo que le molestaba una jugada en particular (¡hecha por él mismo!) que no comprendía del todo».

A los treinta y tres años, Lee Sedol ya había ganado el segundo mayor número de títulos internacionales en toda la historia del Go, y era considerado un virtuoso del más alto calibre. Durante más de una década, dominó por completo el circuito mundial, obtuvo dieciocho títulos internacionales, fue campeón de treinta y dos campeonatos nacionales y ganó más de mil partidas de Go. Venerado en Corea del Sur, se convirtió en uno de los atletas mejor pagados del país. «Lee Sedol es un genio del siglo. Ahora, cuando miro hacia atrás, estoy orgulloso de él. Y estoy orgulloso de mí también», recordó su mentor, el maestro Kweon, a comienzos de 2016, absolutamente convencido de que no había nadie en el planeta que pudiese vencer a su pupilo.

Y justo en ese momento, cuando Lee Sedol estaba en la cima de su carrera, fue desafiado a jugar un campeonato de cinco partidas contra un sistema de inteligencia artificial: AlphaGo.

Niño genio

AlphaGo era una creación de Demis Hassabis, un niño prodigio del norte de Londres que a los cuatro años de edad vio a su padre jugando al ajedrez contra su tío, y les preguntó si acaso podían enseñarle cómo mover las piezas por el tablero. A las dos semanas ninguno de ellos podía vencer al chico.

Hassabis ganó su primer campeonato doce meses después, a pesar de que era tan pequeño que tenía que apilar una silla sobre otra y sentarse arriba de una guía telefónica para ver por encima del borde de la mesa. Cuando cumplió seis, obtuvo el primer lugar en el campeonato de Londres infantil, y a los nueve ya era el capitán del equipo juvenil de Inglaterra, en un momento de la historia en que el ajedrez de dicho país solo era inferior al de la Unión Soviética. Se convirtió en maestro de ajedrez a comienzos de su adolescencia, y en 1989 era el segundo jugador de su edad mejor clasificado en todo el planeta. Su futuro como ajedrecista parecía algo determinado por los dioses. Recibió el apoyo absoluto de sus padres, quienes obtuvieron un permiso especial de su colegio para que el chico pudiese viajar sin problemas por el circuito profesional, una beca de su instructor, que lo entrenaba gratis, y apoyo financiero de un benefactor anónimo fanático del ajedrez, que envió dinero a sus padres tras presenciar un campeonato en el que Demis triunfó con la alegría y la pasión que lo caracterizaban, sin que nadie sospechase que, en su fuero interno, el joven ya había decidido abandonar su sueño de convertirse en el próximo Garry Kasparov para dedicar su formidable intelecto a algo que era, en su opinión, muchísimo más importante, tan importante, de hecho, que tenía el potencial de cambiar el destino de la humanidad, decisión que Hassabis tomó después de sufrir una epifanía provocada por su más humillante derrota.

Demis acababa de cumplir trece años. Era un chico reflexivo, amable y muy atento con los demás, pero estaba poseído por una energía maniaca infatigable, y era prácticamente incapaz de controlar su entusiasmo; eso, sumado al hecho de que tenía los ojos y la boca tan grandes que apenas le cabían en el rostro, le valió el apodo de «el Señor Sapo», como el protagonista de *El viento en los sauces*. Pero no eran sus rasgos desproporcionados, sino el tamaño de su cerebro, lo que causaba una impresión duradera en la gente: en su evaluación de fin de curso, uno de sus maestros de la escuela primaria escribió: «el chico tiene el cerebro del tamaño de un planeta». Hassabis aprendió por sí mismo a programar en una computadora Commodore Amiga que compró con las ganancias de sus campeonatos de ajedrez, un regalo que sus padres jamás le podrían haber hecho, porque siempre estaban justos de dinero, lo que los obligaba a mudarse de ciudad en ciudad, con trabajos ocasionales y negocios que fracasaban, como la vez que intentaron restaurar propiedades derruidas en el norte de Londres, que luego fueron incapaces de vender. Durante la primera década de su vida, Demis vivió en diez casas distintas, sin poder encontrar su lugar en el mundo ni desarrollar amistades íntimas, porque siempre debía cambiarse de escuela. Llenó ese vacío con libros y películas, pero fue en los juegos de computador donde pudo ejercitar de verdad su talento: aprendió a reprogramar sus favoritos para darse infinitas vidas, y cuando se aburrió de ganar, empezó a inventar sus propios juegos, que perfeccionaba usando a su hermano menor como conejillo de Indias. Hassabis tenía solo once años cuando creó su primer programa de inteligencia artificial. Aunque era tosco y primitivo, podía jugar al Reversi, una versión simplificada del Go, y para él fue una revelación cuando su vástago digital logró vencer a su hermano cinco veces seguidas. Sí, el niño tenía seis años y no era el contrincante más formidable, pero lo que fascinó a Demis fue sentir que al engendrar esa pequeña inteligencia artificial –tan llena de fallos que sobrecalentaba la computadora de forma peligrosa cada vez que la ponía en marcha– parecía haber externalizado un aspecto de su propia mente. Su programa estaba lejos de tener vida propia, pero daba la sensación de que poseía el atisbo de una personalidad, algo que no emergía de su destreza para tomar decisiones y ejecutar buenos movimientos, sino de sus múltiples defectos, de los errores incomprensibles que cometía, y de la tendencia a quedarse congelado, como si estuviera absorto en una profunda meditación, con los circuitos lógicos atrapados en un extraño bucle que Demis no podía deshacer ni desatar por más que lo intentaba.

Aunque las computadoras ocuparon el centro de su atención durante la mayor parte de su vida, el deseo de convertirse no solo en un buen jugador de ajedrez, sino en el mejor de todos los tiempos, lo consumió por completo durante su niñez y temprana adolescencia, así que apenas pudo contener su entusiasmo cuando, solo un par de días después de cumplir trece años, recibió una carta con una invitación a Liechtenstein para participar en un prestigioso campeonato internacional, donde competiría contra algunos de los mejores jugadores de Europa.

Demis despachó a sus primeros rivales sin esfuerzo antes de enfrentarse al campeón danés, un veterano de cuarenta años que lo acorraló durante ocho horas, hasta que alcanzaron un final extraordinario: Hassabis solo tenía su rey y su reina, mientras que su oponente lo atacaba con un alfil, una torre y un caballo. El danés lo hostigó durante cuatro horas más, y Demis tuvo que concentrarse al máximo para evitar una larga serie de trampas y emboscadas, sabiendo que un simple error significaría la muerte. Poco a poco, las mesas a su alrededor empezaron a vaciarse, los cientos de hombres, mujeres y niños que habían estado batallando desfilaron por la puerta hacia la calle, y el enorme salón quedó tan vacío que Demis podía oír el eco de su propia respiración resonando contra las paredes. El danés finalmente arrinconó al rey de Hassabis, quedando a un paso del jaque mate. Empapado en sudor y cerca del desmayo, Demis renunció; extendió la mano por encima del tablero y se levantó de la silla tratando de mantener la dignidad, pero apenas se dio la vuelta, su rival se echó a reír. El chico había sido engañado: estaba tan exhausto después de haber tenido que defenderse durante toda la partida contra fuerzas muy superiores a las suyas, que no se dio cuenta de que le habría bastado con sacrificar su reina para forzar tablas y lograr un empate que hubiera tenido sabor a victoria, después de estar en desventaja por tanto tiempo. Su rival no fue elegante ni le mostró ningún respeto, aunque tenía casi treinta años más que él. Siguió riéndose a carcajadas y golpeando los puños contra la mesa mientras le explicaba a su novia cómo había vencido a ese inglés advenedizo, claramente aliviado de no haber perdido frente a un colegial. Hassabis intentó controlar las ganas de llorar, pero cuando la rabia le hizo subir el vómito por la garganta, empujó a sus padres hacia un lado, salió corriendo por la puerta y no se detuvo hasta perderse en mitad de un prado, con la hierba hasta las rodillas y los pulmones ardiendo.

Temblando por la falta de alimento, mareado y aturdido, se dejó caer al suelo y cerró los ojos. Su mente estaba completamente atrapada: no podía pensar en otra cosa que no fuera el último movimiento de la partida y la risa del cabrón danés. Reina, sacrificio, tablas, reina, sacrificio, tablas. Reina, voces distantes gritando su nombre, un rebaño de vacas, sacrificio, la campana de una iglesia, todo ese año perdido, tablas, cuervos graznando bajo el pino blanco. Bosta fresca tablas sacrificio reina. ¡Reina! ¡Hijo de puta! Todo perdido. Olor a muerte a sus pies. ¿Una especie venenosa? Trufado, rancio, húmedo. ¡Reina, reina, reina! El pastor es un lobo. ¿Por qué había perdido de esa manera? Sabía que era mejor que el danés. La verdad es que parte de su atención había estado en otro lugar. Aunque había entrenado durante meses y anhelaba la llegada del campeonato, tenía una nueva obsesión, más profunda que la que sentía por el ajedrez, una que le comía la cabeza con creciente ferocidad. Era una pregunta fundamental que lo despertaba en la mitad de la noche y le robaba el sueño, dejándolo allí, a oscuras, preso del insomnio hasta el amanecer, leyendo libros de ciencia ficción debajo de las sábanas, alumbrándose con una pequeña linterna para no despertar a sus hermanos pequeños, que descansaban plácidamente en la misma habitación, arropados en sus camitas, mientras Demis oía cómo Londres despertaba poco a poco, sin poder hacer otra cosa que pensar sobre el pensar. Mientras lavaba los platos en casa o hacía sus tareas, cuando escapaba del niño que lo esperaba a la salida del colegio para robarle el dinero y humillarlo, o mientras reparaba los juguetes rotos que su padre vendía en una

316

tienda de la estación de metro Finchley Central, pensaba sobre su propio pensamiento. ¿Cuál era el origen de su extraordinaria inteligencia? ¿Por qué podía aprender de forma tan rápida? ¿Por qué tenía esa relación tan cercana con los números? ¿Y cómo se le ocurrían las jugadas y estrategias con las que se enfrentaba a sus rivales en el tablero de ajedrez? Su padre y su madre eran personas normales, bueno, no tan normales, ambos eran bohemios y extravagantes a su manera, pero en términos matemáticos y científicos eran prácticamente analfabetos. Su padre, originario de Chipre, soñaba con ser un cantautor famoso, e imitaba en todo a su ídolo, Bob Dylan, mientras que su madre era una mujer de ascendencia china y singapurense que trabajaba detrás del mostrador en una tienda John Lewis, vendiendo muebles de alta gama que nunca podría comprar. Su hermano menor y su hermana pequeña también eran bastante comunes y corrientes. Demis era un engendro de la naturaleza, ese azar estadístico que se da una vez entre varios millones. Nunca había sufrido su excepcionalidad (podía comportarse como un chico cualquiera), pero no era capaz de entender por qué su cerebro le permitía disfrutar de cosas que la mayor parte de la gente consideraba insoportablemente aburridas, dolorosas incluso. Lo que realmente le torturaba, sin embargo, no era la extrañeza de su propia mente, sino el misterio de la mente en sí. ¿Por qué éramos así? ¿Por qué cargábamos con el peso de la conciencia? La evolución nos había concedido un fruto envenenado. ¿Acaso no hubiera sido mejor permanecer tan felizmente ignorantes como todas las otras formas de vida en el planeta? Los animales solo sienten el dolor y el placer en el presente; sus penas y glorias son puras y absolutas, brotan y se desvanecen en la corriente del devenir sin dejarlos atrapados en la cadena de sufrimiento que ata a todos los seres humanos. ¿Cómo

317

romper esa rueda sobre la cual giramos sin cesar? Demis sabía que en miles de años de civilización apenas habíamos avanzado en nuestra comprensión de la mente. La conciencia seguía siendo el enigma fundamental, un puzle sin solución, una pregunta cuya respuesta parecía estar oculta en un lugar salvaje que la humanidad no podría pisar sin ponerse en riesgo. Tal vez se trataba de un límite que simplemente debíamos aceptar. Después de todo, la especie humana había logrado sobrevivir durante cientos de miles de años sin comprender su propia inteligencia. Pero ahora el futuro era sombrío, parecía más miserable y peligroso que nunca. La ciencia del siglo XXI –joya de nuestra corona– progresaba tan rápido que nos empujaba hacia un precipicio, creando un mundo nuevo para el cual no estábamos preparados. No era necesario ser un genio para darse cuenta de que los descubrimientos científicos estaban transformando todos los aspectos de nuestras vidas, sin responder a ninguna de las preguntas fundamentales. Pronto alcanzaríamos un punto de quiebre. Nuestros cerebros humanos nos habían llevado tan lejos como podían. Necesitábamos algo radicalmente distinto. Una mente capaz de ver más allá de nuestras limitaciones y penetrar las sombras que nuestros propios ojos proyectan sobre el mundo. No quedaba tiempo que perder. Demis no podía despilfarrar su talento en diversiones y juegos infantiles, a pesar del placer que le daban. ¿Cuál era el mejor uso para su capacidad cerebral? Se levantó del suelo cuando escuchó a sus padres llamarle a lo lejos, y emprendió el camino de regreso con un nuevo objetivo tomando forma en su cabeza. Ya no deseaba ser el campeón mundial de ajedrez. Quería algo distinto y mucho más importante: crear una nueva mente, más fuerte, más rápida y más extraña que todo lo conocido. IAG: inteligencia artificial general. El verdadero hijo del hombre.

A partir de entonces, Hassabis trabajó sin descanso para alcanzar su objetivo, siguiendo, paso a paso, un plan de veinte años que esbozó para sí. Terminó su enseñanza escolar a los quince y postuló a Cambridge para estudiar ciencias de la computación; fue aceptado, pero le dijeron que aún era muy joven para ser admitido, por lo que tuvo que esperar un año. En lugar de holgazanear, participó en un concurso organizado por la revista *Amiga Power* y consiguió trabajo en una prestigiosa compañía de videojuegos. Allí creó *Theme Park*, un juego que vendió millones de copias y que le dio suficiente dinero para financiar toda la carrera universitaria. Tras graduarse en Cambridge como el mejor alumno de su promoción, fundó Elixir, su propia empresa de videojuegos. La usó para tratar de simular un país completo, poblado por un millón de agentes cuyo objetivo era usar cualquier medio necesario para derrocar a un dictador bestial y despiadado. El juego, demasiado adelantado a su tiempo, requirió cinco años de desarrollo y fue un completo fracaso, ya que exigía una capacidad de procesamiento de datos que iba más allá de lo que estaba disponible en ese momento. Sin embargo, Hassabis no se dejó intimidar y pronto encontró empleo en otra empresa, donde dirigió el diseño de una simulación que permitía a los usuarios desempeñar el papel de una deidad todopoderosa que reinaba sobre una isla poblada por varias tribus en guerra perpetua. Después de adquirir dominio en programación y ciencias computacionales, pasó a la siguiente fase de su plan: se enroló como candidato a doctorado en neurociencia cognitiva en el University College de Londres, donde estudió dos de los manuscritos inacabados de John von Neumann, «Máquinas de cálculo y el cerebro: sobre los mecanismos del pensamiento», y la «Teoría de los autómatas autorreplicantes». Durante su doctorado, encontró una conexión hasta entonces insospechada entre la memoria y la imaginación, un hallazgo que la revista *Science* eligió como uno de los diez principales descubrimientos de 2007. La investigación de Hassabis demostró que las facultades de la memoria y la imaginación comparten un mecanismo común arraigado en el hipocampo. «Mi trabajo investigaba la imaginación como proceso. Quería saber cómo nosotros, los seres humanos, visualizamos el futuro, y luego ver qué es lo que los computadores venideros podrán conjurar», señaló después de publicar sus resultados. Con un doctorado bajo el brazo, se pasó a la neurociencia computacional; trabajó como investigador invitado en el MIT y en Harvard, y aún le sobró capacidad intelectual suficiente para ganar los Juegos Mundiales de Deportes Mentales cinco veces seguidas, una competición que enfrenta a algunas de las personas más inteligentes del mundo en un decatlón de juegos que incluye, entre otros, el ajedrez, el shogi, el backgammon, el póquer, las damas y el bridge. Llegado el año 2010, Hassabis había adquirido suficiente conocimiento y experiencia en los ámbitos necesarios para poner en marcha el aspecto central de su plan: junto a dos de sus amigos más cercanos de la universidad, Shane Legg y Mustafa Suleyman, fundó DeepMind, una empresa cuyo objetivo declarado era «crear la inteligencia artificial general y luego usarla para resolver todo lo demás».

Durante sus primeros años, los inversionistas no quisieron tener nada que ver con DeepMind. La inteligencia artificial aún estaba atravesando un periodo que los especialistas tildaron como la «edad oscura»: tras el entusiasmo inicial generado a principios de los años cincuenta por visionarios como John von Neumann y Alan Turing, que fueron algunos de los primeros en hablar de las enormes posibilidades de ese campo de investigación, y después del pequeño repunte de interés entre la comunidad científica cuando Deep Blue, el programa de IBM, derrotó al campeón mundial de ajedrez, Garry Kasparov, a finales de los noventa, prácticamente todo el entusiasmo se había esfumado. Aunque la capacidad computacional, la tecnología celular y las redes de comunicación habían aumentado su poder de manera exponencial, parecía que no había forma de hacer que los ordenadores se comportaran de manera inteligente. Lo que era peor aún a la hora de atraer inversiones es que DeepMind no funcionaba como otras empresas emergentes: ni ofrecía un producto, ni quería construir una base de usuarios para explotar sus datos personales. Era una empresa de investigación pura con un objetivo radicalmente ambicioso, y sin beneficios a corto plazo con los que poder seducir a potenciales socios. Ningún inversionista de riesgo se dignó siquiera a hablar con Hassabis hasta que logró involucrar a uno de los más importantes del planeta: Peter Thiel, cofundador de PayPal y el primer financiero externo de Facebook. Hassabis lo investigó durante semanas y luego se acercó a él en una sala repleta de gente, durante un evento en California; había descubierto que Thiel era un entusiasta del ajedrez, así que le preguntó, a bocajarro, sin preliminar alguno, si sabía por qué el ajedrez era un juego tan seductor y fascinante. Thiel miró de arriba abajo a ese hombrecito con rasgos de anfibio. Consciente de que solo disponía de unos segundos para captar la atención del multimillonario, Hassabis le dijo que la clave del ajedrez radicaba en el exquisito equilibrio entre el alfil y el caballo, porque sus modos de desplazamiento, tan disímiles, creaban una tensión dinámica y asimétrica que tenía profundas consecuencias a lo largo de todo el juego y en todas las posiciones posibles. Pasaron el resto de esa noche conversando. Con Thiel a bordo, el dinero empezó a fluir: en 2014, Elon Musk de Tesla y Jaan Tallinn de Skype invirtieron en DeepMind, y luego Google adquirió la compañía por más de 625 millones de dólares estadounidenses, inundándola con dinero pero dejando el control creativo en manos de sus fundadores.

Después de la adquisición –el pago más grande hasta esa fecha para una empresa británica nueva basada completamente en la ciencia–, todos se preguntaron qué haría DeepMind para cumplir su promesa de crear una inteligencia artificial general. Hassabis ni siquiera había terminado de contratar a su equipo cuando ya circulaban rumores en internet sobre una futura rebelión de las máquinas. Pero la gente más seria se preguntaba en qué se iban a enfocar. ¿Entrenarían a una inteligencia artificial para diagnosticar el cáncer? ¿Tratarían de resolver la fusión nuclear? ¿Intentarían crear una nueva tecnología de comunicación? Los especialistas se enfrascaron en acaloradas discusiones, cada uno hacía su apuesta sobre dónde era más probable encontrar una veta de oro, pero Hassabis no tenía ninguna duda: comenzarían con un juego, el más complejo y profundo que la humanidad ha concebido.

El Go.

AlphaGo

En 1997, las computadoras se volvieron superiores a los seres humanos en el ajedrez.

Ese año, IBM desafió al gran maestro Garry Kasparov —el jugador número uno del mundo— a enfrentar a la supercomputadora Deep Blue. El virtuoso ruso aceptó el duelo sin pensarlo dos veces, pues había derrotado a una versión anterior de ese mismo sistema experto menos de dos años antes, en Filadelfia, y estaba absolutamente convencido de que faltaban décadas para que los ordenadores alcanzaran el nivel de juego de los humanos. La revancha tuvo lugar en mayo, en Nueva York, y fue un acontecimiento global: Kasparov apareció en la portada de la revista *Newsweek*, bajo el titular «The Brain's Last Stand» (La última batalla del cerebro), y el campeonato fue anunciado en las calles de la Gran Manzana con gigantescas vallas publicitarias, generando fervor en los medios de comunicación y atrayendo una audiencia enorme, ansiosa por presenciar la contienda entre el hombre y la máquina. Porque Kasparov no había perdido un solo torneo durante toda su carrera. Prácticamente todos lo consideraban el mejor jugador de ajedrez de la historia. Había reinado sobre el circuito profesional con mano de hierro durante más de dos décadas: Garry Kasparov no vencía a sus rivales, los destrozaba. Su estilo de juego era sofisticado, impredecible y extremadamente agresivo; no daba cuartel, no tenía piedad, y era tan veloz y superior a sus contemporáneos que parecía incapaz de perder, lo que podría explicar su absoluta falta de dignidad cuando Deep Blue le infligió su primera derrota. Para el campeón ruso fue un golpe sin parangón: después del torneo sufrió un derrumbe psicológico total y no pudo jugar a ajedrez en más de un año. Pero lo que quebró su mente y lo sumió en la crisis más profunda de su vida adulta no fue la derrota en sí misma, sino dos movimientos concretos que Deep Blue había hecho durante la segunda partida de la revancha.

Kasparov había ganado el primer encuentro, pero en el segundo tuvo que replegarse y defenderse, tratando de esconder su nerviosismo frente a los cientos de periodistas, fotógrafos y cámaras de televisión que observaban cómo la computadora lo dominaba. Deep Blue estaba jugando mucho mejor de lo que él se había imaginado, así que decidió tenderle una trampa: ofreció una ventaja irresistible, sabiendo que casi cualquier programa que funcionase según las leyes estrictas de la lógica se abalanzaría sobre la carnada, porque aquello garantizaba una posición absolutamente ventajosa. Kasparov sabía cuáles eran las debilidades del razonamiento computacional, y había practicado contra sistemas de ese tipo, pero Deep Blue se negó a morder el anzuelo, y en vez de eso contraatacó con una jugada absolutamente brillante. Kasparov no lo podía creer, y de inmediato empezó a sospechar sobre la naturaleza de su rival. ¿Estaba batallando contra una inteligencia artificial, o había una mente humana detrás de la máquina? Lo que el computador acababa de hacer era casi inconcebible. La única explicación es que hubiera un gran maestro escondido tras bambalinas, alguien capaz de evadir el sutil cepo que había colocado para engañar a Deep Blue y responder con una finta tan elegante. Sus sospechas resultaron insoportables cuando la máquina cometió un error de principiante solo un par de jugadas después. ¿Cómo era posible que el mismo sistema se comportase como un maestro y luego como un idiota? El público esperaba ansioso que el campeón ruso aprovechara la ventaja que Deep Blue le había dado para dar la vuelta al resultado de la partida, pero Kasparov seguía preso de la duda. ¿IBM estaba haciendo trampa? Ese primer movimiento, la forma en que Deep Blue evitó su emboscada, había sido un golpe de genio. Solo un puñado de jugadores en todo el mundo eran capaces de hacer algo así. De hecho, le recordó a Anatoli Karpov, el más temible de sus adversarios. ¿Karpov se había aliado con IBM? ¿Su némesis estaba oculto tras la cortina? ¿O acaso la compañía había contratado a una legión de grandes maestros, cansados de la supremacía de Kasparov, con el único afán de destruirlo? Pero si ese era el caso, cómo explicar el otro movimiento, el error garrafal. Tal vez no había sido una equivocación, sino una artimaña, una táctica de parte de la hidra para ocultar sus múltiples cabezas. Kasparov no pudo salir de la suya para volver al juego, y mientras su tiempo se agotaba, no hizo otra cosa que agarrarse el cabello y pasarse las manos por el rostro; cuando empezó la fase final de la partida, echó su silla hacia atrás y se bajó del escenario hecho una furia, tan rápido que tuvieron que pasar unos instantes para que la audiencia se diera cuenta de que había renunciado. Su abdicación fue una sorpresa total, no solo porque Kasparov jamás se rendía, sino porque muchos vieron que podría haber forzado un punto muerto para acabar en tablas. El campeón ruso empató las siguientes tres partidas y se retiró de la última después de solo diecinueve movimientos, cediendo su corona. En los meses siguientes, se volvió cada vez más paranoico: estaba convencido de que había «una mente humana dentro de la máquina» y no paraba de exigir a IBM que le diera acceso al *hardware* y al *software* de Deep Blue; quería ver los registros internos de la máquina y observar su funcionamiento por sí mismo para comprender cómo había tomado sus decisiones. También pidió información sobre los juegos de entrenamiento de Deep Blue. Eso era lo justo; después de todo, IBM había podido estudiar miles de partidas de Kasparov utilizando su poder informático casi ilimitado para analizar sus estrategias, aperturas y movimientos preferidos. Él, en cambio, había llegado al campeonato a ciegas, ya que jamás había presenciado una partida de la computadora, y tampoco podía buscar la verdad en el rostro de su rival. IBM no solo rechazó las peticiones del ruso, sino que desmanteló a Deep Blue y cerró ese proyecto. Incapaz de aceptar lo que había pasado, Kasparov cayó en la depresión y tuvo que tomarse un año sabático; sin embargo, tras su derrota, volvió más fuerte que nunca, y siguió ganando una partida tras otra. Cuando se retiró del ajedrez en 2005, aún era el mejor jugador del mundo, pero todavía estaba obsesionado con esa jugada incomprensible de Deep Blue. Tuvieron que pasar años antes de que uno de los programadores involucrados en el proyecto de IBM confesara que el error flagrante que Deep Blue había cometido durante aquella fatídica partida –la jugada que le generó un colapso nervioso a Kasparov– había sido producto de un simple fallo en el *software*: al no poder calcular un movimiento óptimo, la computadora había elegido uno al azar.

Aunque hoy todos aceptan que Deep Blue era considerablemente más débil que Kasparov, y que el ruso fue derrotado por sus propios demonios, los nuevos programas de ajedrez –como Fritz, Komodo y Stockfish– son prácticamente imbatibles y han evolucionado más allá de las capacidades de nuestra especie. Estos programas no juegan al ajedrez como lo hacemos nosotros. No dependen de la creatividad ni de la imaginación, sino que eligen los mejores movimientos utilizando fuerza de cálculo pura y dura. Su capacidad para procesar datos excede la del cerebro humano en varios órdenes de magnitud: un jugador profesional puede ver entre diez y quince jugadas por delante, pero los algoritmos de ajedrez son capaces de computar doscientos millones de posiciones por segundo, y cerca de cincuenta mil millones en poco más de cuatro minutos. Este método –en el cual la computadora analiza cada una de las posibilidades que surgen del movimiento de una pieza– se conoce, apropiadamente, como *fuerza bruta*. Mientras que un ser humano utiliza su memoria, experiencia, intuición, razonamiento abstracto y capacidad de detectar patrones para interiorizar el tablero en su mente y adquirir una sofisticada comprensión del juego, los programas de ajedrez, en cambio, no necesitan «entender», sino que usan su potencia para calcular, y luego optan por una jugada siguiendo un conjunto de reglas establecidas por sus programadores. Cada vez que su oponente coloca una pieza en uno de los casilleros del tablero, el programa construye un árbol de búsqueda: sus ramas son los posibles futuros que surgen de esa configuración particular de piezas; el árbol crece hasta llegar al final de la partida, y el programa simplemente elige una de las ramas como el resultado que considera más ventajoso. Con cada movimiento brota un nuevo árbol, que se ramifica a medida que el juego cambia, pero el computador puede mirar tan lejos que siempre estará un paso –o varios miles de pasos– por delante de cualquier jugador de carne y hueso en una partida de ajedrez.

El Go, sin embargo, es distinto.

Su complejidad descomunal hace que el método de fuerza bruta sea inviable. Mientras que en una partida de ajedrez existen cerca de veinte posibilidades tras cada movimiento individual, en el Go hay más de doscientas; si una partida de ajedrez acaba, en promedio, tras unas cuarenta jugadas, una de Go necesita alrededor de doscientas; tras los dos primeros movimientos del ajedrez existen cuatrocientos intercambios posibles; en el Go hay casi ciento treinta mil. El tablero también es mucho más grande en el juego oriental –mide diecinueve por diecinueve cuadrados–, mientras que su contraparte occidental está limitada a un universo de solo ocho por ocho. El espacio combinatorio –que determina el tamaño del árbol de búsqueda que el programa debe generar para ver todos los futuros que surgen de cada movimiento– es simplemente titánico. Y aún hay más problemas: en un tablero de ajedrez se pueden jugar cerca de 10^{123} partidas posibles, mientras que el número total de partidas en el Go es tan superior que cuesta imaginar: 10^{700}. La cantidad de posiciones que las reglas permiten en un tablero de Go –la singular configuración de piedras que dos jugadores pueden establecer sobre el tablero– es tan grande que nadie supo calcularla con exactitud hasta el año 2016:

208.168.199.381.979.984.699.478.633.344.862.770.
286.522.453.884.530.548.425.639.456.820.927.419.
612.738.015.378.525.648.451.698.519.643.907.259.
916.015.628.128.546.089.888.314.427.129.715.319.
317.557.736.620.397.247.064.840.935

Si uno llegase a considerar todos los juegos que son teóricamente posibles en el Go –incluso aquellos que nunca ocurrirían en el mundo real, partidas completamente irracionales con jugadas que nadie en su sano juicio elegiría–, el número total desafía la comprensión humana: excede un gúgolplex, $10^{(10^{\wedge}100)}$, una cifra tan vasta que es físicamente imposible escribirla en su forma decimal completa, ya que para hacerlo necesitaríamos más espacio del que hay disponible en todo el universo.

Pero la complejidad del Go no acaba ahí.

En el Go, todas las piezas tienen el mismo valor: no hay torres ni caballos, no hay alfiles, reinas o peones, solo piedras blancas y negras que valen exactamente lo mismo. Es fácil crear un programa de ajedrez capaz de distinguir el valor intrínseco que posee una reina en relación con un caballo, un peón o un alfil, pero en el Go la importancia de cada piedra emana de su posición exacta en el tablero y de su conexión con todas las demás piedras, así como con los múltiples espacios vacíos que hay a su alrededor. Distinguir si un movimiento es bueno o malo es algo extremadamente subjetivo; los profesionales de Go deben usar su instinto y su intuición para decidir dónde colocar la próxima piedra, un proceso que involucra no solo su razón, sino también sus emociones. Entrenan durante años para tener una visión holística del juego que les permite anticipar la aparición súbita de patrones que son comunes a casi todas las partidas de Go, formaciones de piedras que los novatos deben dominar antes de ser dignos de sentarse frente al tablero. Estas tienen nombres evocadores como «ojos», «escaleras» o «juntas de bambú». Los jugadores de Go hablan de grupos de piedras «vivas», «muertas» o «inquietas». Hay piedras que cortan, piedras que matan y piedras que se suicidan. El jugador debe ser capaz de leer el tablero, utilizando su visión interior para mirar hacia el futuro y determinar si una agrupación de piedras vivirá o morirá. Debe crear una posición armoniosa, alternando ataques altos y bajos. Debe distinguir la firmeza o debilidad de sus formaciones para saber cuáles requieren ser fortalecidas y cuáles pueden soportar los ataques enemigos. Debe aprender a invadir, a capturar y a contrarrestar. Debe sopesar el *aji*, el potencial de cada piedra, recorrer el camino del *korigatachi* –para no acabar rodeado del todo– aprendiendo cuándo tomar la ofensiva, *sente*, y cuándo optar por *gote*, la defensa; debe escoger el momento exacto para encarar a su enemigo de frente, o para hacer una finta y escabullirse al otro lado del tablero, ejecutando *tenuki*, mediante un delicado equilibrio entre la suprema falta de esfuerzo y la concentración absoluta. Debe distinguir los «ojos» falsos de los verdaderos. Debe aprender a jugar en el Punto de la Estrella, en el Origen del Cielo y en los Ojos Grandes, Altos y Pequeños. Debe desarrollar su *kiai*, el agresivo espíritu de lucha que te permite controlar el flujo del juego sin caer en la codicia irracional. Debe aprender el salto del mono, el vistazo furtivo, la pinza y el golpe en el hombro. Necesita saber jugar *kikashi*, el gran sacrificio que da vida. Todo eso, y mucho más, debe lograrse solo colocando una piedra tras otra, para incrementar los bordes de tu territorio mientras cercas a tu rival.

Los seres humanos han jugado al Go durante más de tres mil años. Es el juego más antiguo de la humanidad, y el más estudiado de todos. Escuelas chinas, japonesas y coreanas han acumulado un asombroso acervo de conocimiento que se ha transmitido de generación en generación, codificado en una serie de sutiles proverbios que todos los jugadores saben de memoria. Se trata de fórmulas arcaicas que intentan reducir y domar la complejidad infinita que ofrece el tablero, con advertencias que sirven para evitar trampas y no caer en errores de principiantes.

No hagas triángulos vacíos.
No hagas peep en un punto de corte.
No hagas peep en ambos lados de la junta de bambú.

Hasta un idiota conecta contra un peep.
Juega rápido, pierde rápido.
No juegues 1, 2, 3– juega 3.
Si no entiendes las escaleras, no juegues al Go.
Si has perdido las cuatro esquinas, has perdido.
Si has conquistado las cuatro esquinas, has perdido.
En la esquina, seis piedras viven pero cuatro mueren.
Nunca intentes cortar la junta de bambú.
Cosas extrañas suceden en los puntos 1 y 2.
Golpea en la cintura del movimiento del caballero.
Aprende el tesuji que roba ojos.
El cuadrado débil del carpintero está muerto.
El punto clave de tu enemigo es tu propio punto clave.
¡La codicia no puede prevalecer!
La muerte está en el hane.

Durante siglos, más que un juego, el Go fue considerado una forma de arte. En China era una de las cuatro disciplinas que todo noble debía dominar. Los mejores jugadores de todas las épocas jamás dependieron del cálculo para decidir sus movimientos, sino de una sensibilidad estética que bordeaba en el misticismo. El Go es tan singularmente profundo, su alma tan compleja y laberíntica, que nadie imaginaba que pudiera encararse con un enfoque computacional. Pero en 2016, Hassabis y su equipo de DeepMind sorprendieron a los adeptos del Go, y a sus colegas en la comunidad científica, cuando publicaron un artículo en la revista *Nature*, demostrando que habían construido un agente de inteligencia artificial que no solo era capaz de jugar al Go, sino que había derrotado al campeón europeo reinante, Fan Hui. Era la primera vez que un programa había vencido a un profesional, por lo que cientos de investigadores empezaron a desmenuzar el artículo, analizando los juegos que DeepMind había publicado en su sitio web, estudiando cada movimiento en el tablero para confirmar que la proeza había sido efectivamente alcanzada. Cuando DeepMind publicó el artículo, prácticamente todos los expertos del mundo estaban convencidos de que faltaban más de diez años para que la inteligencia artificial pudiese comenzar a competir contra los seres humanos. Pero todo indicaba que Hassabis y su equipo lo habían logrado: su programa, AlphaGo, había pulverizado a Fan Hui, venciéndolo en cinco partidas seguidas. Fue un logro colosal que causó una polémica inmediata. Los fanáticos del Go empezaron a ridiculizar a Fan Hui, diciendo que ser el campeón de Europa era poca cosa, y que no podía siquiera compararse con los verdaderos profesionales: Hui solo había alcanzado el 5.º dan, mientras que los mejores jugadores del mundo –9.º dan– vivían y jugaban en Japón, China y Corea del Sur. Analizaron las cinco partidas, criticando cada uno de los errores que Fan Hui había cometido, y llegaron a una idea tajante: no era un adversario digno, así que las conclusiones del artículo de *Nature* eran erróneas. El equipo de DeepMind necesitaba un adversario mucho más poderoso, alguien que poseyera un estatus incuestionable, alguien de quien no se pudiera dudar.

Y nadie era mejor que Lee Sedol.

Una súbita invasión

Lee Sedol tomó una piedra negra de su cuenco y la colocó en la esquina superior del tablero.

Fuera de la sala de los jugadores, en el sexto piso del nuevo hotel Four Seasons de Seúl, más de doscientos periodistas de todo el mundo lo escrutaban en las pantallas que retransmitían la partida, sentados junto a comentaristas expertos ansiosos de analizar cada movimiento para las cien mil personas que seguían el juego en la retransmisión oficial de YouTube, y para una audiencia televisiva de cerca de sesenta millones en los siete canales de Japón, China y Corea del Sur que emitirían el campeonato completo en directo. Aislado del bullicio exterior después de atravesar los pasillos de mármol del hotel bajo la luz de gigantescas lámparas de araña, Lee estaba sentado en una habitación sencilla, con una mesa, dos sillas de cuero negro, algunas cámaras, un grupo muy reducido de su gente más cercana, algunos representantes del equipo de DeepMind y los tres jueces del campeonato, que observaban el tablero desde una plataforma elevada. Frente a él, al otro lado de la mesa, estaba Aja Huang, uno de los principales programadores de DeepMind, a quien le tocaba la tarea de realizar los movimientos de AlphaGo, que aparecían en un peque-

333

ño monitor colocado a su izquierda. Años después del campeonato, tras sorprender al mundo anunciando súbitamente su retirada, Lee Sedol no pudo evitar mofarse de la perturbadora quietud que Aja Huang mantuvo durante los cinco días que duró el enfrentamiento: «Aja Huang. Solo pensar en él me hace reír. Es un hombre verdaderamente extraordinario. Porque él es un ser humano, ¿no? AlphaGo es la inteligencia artificial. Pero yo llegué a pensar que, de los dos, él era más artificial. Es que no solo tenía cara de póquer, sino que era como una marioneta. Nunca fue al baño, nunca dejó su asiento, ni siquiera una vez. Y tomaba unos sorbitos de agua, sorbos muy, muy pequeños, que lo hacían verse tan adorable como ridículo. Yo no sé si era solo agua, porque no hacía más que mojarse los labios, como si fuese un autómata, o un animalito acobardado bebiendo de un abrevadero en la sabana. Todos sus movimientos eran lentos y conscientes, ejecutados con infinita paciencia y precisión. Y nunca me miró a los ojos. ¡Ni una sola vez! Yo no podía dejar de mirarlo a él, y pensaba: *¿Quién es este tipo, realmente?* Fue como jugar al Go contra un robot, o un zombie sin corazón. O un idiota, un completo imbécil. Más tarde supe que no lo dejaban ir al baño. La gente de DeepMind se lo prohibió. Tampoco le dejaron expresar emociones o sentimientos de ningún tipo, para no revelar nada durante los partidos. Pero incluso sabiendo eso, si ves a una persona así, si alguien se comporta de esa manera delante de ti, te sientes muy incómodo. ¡Más que incómodo! Quería gritarle, o ponerme de pie y pellizcarle, solo para ver si era de carne y hueso». Eso fue lo que dijo Lee en un programa de televisión en horario de máxima audiencia cuando le preguntaron por el arranque del campeonato, durante el cual AlphaGo había necesitado una cantidad ilógica de tiempo para elegir dónde colocar su primera piedra.

Las jugadas de apertura en el Go tienden a ser muy rápidas. Lo único que hay en el tablero es la cuadrícula vacía, preñada de infinitas posibilidades. Por lo general, un jugador optará por establecer un territorio cerca de las esquinas superiores, y su rival pondrá su piedra en el lado opuesto. No hay mucho que pensar, por lo que el inicio suele durar nada más que un instante; pero tras el primer movimiento de Lee Sedol en el hotel Four Seasons –ligeramente inusual, para tratar de alejarse de la base de datos con que él suponía que DeepMind había entrenado al programa–, el reloj de AlphaGo comenzó a avanzar y no sucedía nada: Aja Huang escrutaba el monitor, luego la piedra de Lee sobre el tablero, hecha de pizarra negra, su superficie pulida destellando bajo las luces cegadoras de la sala, y de vuelta al monitor, donde lo único que podía ver eran las líneas parpadeantes de la cuadrícula que espejaba el tablero real y una pequeña bolita que giraba sobre sí misma indicando que AlphaGo aún estaba haciendo cálculos para llegar a una decisión. Pasaron cinco, diez, quince, veinte segundos. Los comentaristas surcoreanos empezaron a hacer chistes sobre AlphaGo, y en la sala de control de DeepMind, situada dos plantas por debajo de la de los jugadores, Demis Hassabis y su colega David Silver, el investigador jefe del equipo de veinte técnicos a cargo del proyecto AlphaGo, entraron en pánico. ¿Se había colgado el programa? ¿Estaba todo el sistema a punto de colapsar? ¡Qué demonios ocurría para que tardase tanto! ¿Se iban a cagar en los pantalones en la primera jugada del campeonato?

Cuando ya habían transcurrido treinta segundos, Lee empezó a hacer muecas. Seguramente todo eso había sido un error monumental, una pérdida de su valioso tiempo. Había estudiado las partidas de AlphaGo contra Fan Hui, el jugadorcito ese de Europa, y no había visto nada especial, ni en el hombre ni en la máquina. Comparado con él, Fan era poco más que un principiante. De haberse enfrentado, habría sido como si un niño (y uno no especialmente dotado) jugase contra Go Seigen, el legendario maestro japonés. A Lee tampoco le había impresionado AlphaGo. Sí, la inteligencia artificial era capaz de jugar, incluso con una cierta elegancia muy rara de ver en un programa computacional, pero no estaba ni siquiera cerca del nivel de Lee. Google, la empresa que había adquirido DeepMind, había establecido un premio de un millón de dólares para el ganador del enfrentamiento, y muchas de las personas que habían analizado las partidas de Fan Hui y AlphaGo consideraban que era como si le estuviesen regalando el dinero a Lee. En Corea del Sur, los profesionales de Go se mofaban diciendo que sentían envidia de Sedol, porque sin duda era el premio más fácil que un jugador de alto nivel podía llegar a ganar. Todos estaban convencidos de que el campeón triunfaría. Lee miró a las cámaras con una expresión burlona en el rostro, mientras Aja Huang sudaba en su asiento, tratando de mantener la calma durante esa larga pausa al comienzo del juego, pensando quizá en las palabras que Lee había pronunciado durante la conferencia de prensa inaugural, en el deslumbrante salón principal del sexto piso, amueblado para recibir a la horda de periodistas coreanos y corresponsales extranjeros que se habían agolpado hasta llenar el último centímetro cuadrado del lugar: «Hay una belleza particular en el Go, y no creo que las máquinas puedan entender esa belleza. Creo que la intuición humana es demasiado avanzada para que la inteligencia artificial la haya alcanzado aún, así que no estoy pensando en si voy a ganar o no. Lo que me preocupa es si voy a ganar cinco a cero o cuatro a uno». Cuando ya había pasado más de un minuto, un círculo blanco apareció en el monitor de Huang; el programador tomó una piedra del cuenco que tenía ante sí y la colocó, con el brusco gesto tan característico de los jugadores profesionales, al lado opuesto de la piedra de Lee, en la parte superior del tablero, exactamente donde lo habría hecho cualquier oponente humano.

Siguieron varias jugadas en rápida sucesión. Después de veinte movimientos, nadie parecía estar impresionado por el desempeño de AlphaGo. Algunos comentaristas incluso expresaron asco y desdén cuando Aja Huang colocó una piedra en una posición particularmente torpe y poco inspirada: «Lo que este programa necesita es un maestro que le dé un golpe en la cabeza y le transmita un poco de sabiduría tras una jugada tan horrorosa. Todo el mundo sabe que ese movimiento no sirve de nada... Estas primeras piedras blancas no son óptimas, parecen errores de principiante», se mofó la profesional china Guo Juan, una jugadora que había alcanzado el 5.º dan, negando con la cabeza mientras comentaba el partido en directo. Durante todo el comienzo del juego, Lee Sedol estaba en clara ventaja, pero cuando habían transcurrido dos horas, Huang colocó la piedra blanca número 102 en la décima línea, cerca de la mitad del tablero, a dos casillas del borde izquierdo de la cuadrícula, y todo cambió.

Fue una súbita invasión dentro del territorio de Lee. Con una sola piedra, AlphaGo creó múltiples posiciones de riesgo, desencadenando batallas a lo largo de todo el tablero. Era exactamente el tipo de jugada ultraagresiva por la cual Lee Sedol había adquirido su fama, y el chico de Bigeumdo fue incapaz de creer lo que veían sus ojos. Abrió la boca de par en par, su mandíbula quedó colgando, al igual que la de un dibujo animado, cerca de veinte segundos; se enderezó en su asiento, rígido como una tabla, con ambos brazos a los costados, y permaneció inmóvil, como si hubiese perdido el control de su cuerpo.

Completamente estupefacto, empezó a mecerse hacia los lados. Sin la compostura que lo caracterizaba, de pronto el maestro 9.º dan se veía levemente ridículo; el corte de pelo que se había hecho antes del comienzo del campeonato lo hacía parecer un muñeco de Playmobil, y la torturada expresión de incredulidad en su rostro era dolorosa de ver. Sin embargo, tras unos instantes, empezó a sonreír; se echó hacia atrás en la silla y se llevó la mano a la nuca para rascarse los tres lunares negros que tenía allí –sorprendentemente parecidos a las piedras con las que jugaba– dispuestos en forma de triángulo. Repetiría ese gesto, un tic nervioso, en múltiples ocasiones durante el campeonato, pero esa primera vez retiró la mano rápidamente y se inclinó hacia delante mirando el tablero mientras una serie de emociones cruzaban su rostro: estupor y sorpresa, algo parecido al miedo, fascinación y, finalmente, una expresión que solo puede describirse como la alegría en su estado más puro. ¿Podía un computador realmente hacer un movimiento tan audaz?, le preguntó a un amigo al final de esa partida, cuando ya había podido digerir la jugada. Pero cuando la vio por primera vez no fue capaz de comprender lo que había ocurrido. Se trataba de un nivel de juego absolutamente distinto. Esta versión de AlphaGo no se parecía en nada al algoritmo que había derrotado al campeón europeo. ¿Cómo diablos había mejorado tanto en tan poco tiempo? Solo habían pasado cinco meses desde el encuentro entre Fan Hui y AlphaGo. Un salto así era impensable. Nadie podía aprender tan rápido. Lee tuvo que pensar durante diez minutos antes de responder al movimiento de la máquina, con el ceño fruncido, cruzando y descruzando las piernas, entrecerrando los ojos, apoyando el rostro en las palmas de las manos, y sacudiendo la cabeza de lado a lado, incapaz de aceptar lo que estaba ocurriendo. Luego se quedó inmóvil, los ojos fijos en el tablero, y al final de esa larga pausa tomó una de sus piedras y la puso justo al lado de la que AlphaGo había colocado antes, plenamente consciente de que el equilibrio de fuerzas había cambiado, y que una gigantesca franja de territorio que hasta entonces sujetaba con firmeza en sus manos ahora pertenecía a su rival. Ochenta movimientos después, Lee Sedol tomó una piedra blanca –no las negras que él estaba usando– y la colocó en medio del tablero, renunciando de la forma más educada posible.

Una belleza nueva

Cuando los historiadores del futuro observen nuestra época y traten de encontrar el primer destello de la inteligencia artificial, es muy posible que lo hallen en una jugada de la segunda partida entre Lee Sedol y AlphaGo, que tuvo lugar el 10 de marzo de 2016: el movimiento 37.

Fue una novedad maravillosa, un quiebre radical con la tradición y la sabiduría acumuladas durante miles de años. Porque no se pareció a nada que una computadora hubiese hecho antes, y fue distinto de todo lo que los seres humanos habían considerado hasta entonces. Quienes vieron el movimiento, ya fuera en directo en el hotel Four Seasons de Seúl, por la televisión o a través de internet, atisbaron, sin saberlo, un pequeño adelanto de un futuro que se abalanza sobre nosotros, un futuro que permanece lejano, aunque ya afecta al presente de múltiples formas. Es un porvenir que inspira terror y esperanza. Algunos creen que hay que recibirlo con los brazos abiertos, mientras que otros piensan que debemos resistir a ese sueño alocado y asegurarnos de que la caja de Pandora se mantenga cerrada. Podemos luchar o rendirnos, pero su heraldo, la primera señal de la tormenta que se avecina, ya llegó: fue el sonido, apenas perceptible, de una piedra de pizarra negra puesta sobre un tablero de madera en el lugar indicado por un tipo de inteligencia que podría llegar a rivalizar con la nuestra.

La victoria de AlphaGo durante el primer enfrentamiento con Lee Sedol fue una sorpresa gigantesca para el mundo, pero no impresionó tanto a los jugadores y comentaristas profesionales. Lee había cometido varios errores infantiles, dijeron, y no había jugado a su nivel habitual. La máquina, en cambio, había superado las expectativas de todos, pero tampoco realizó jugadas que fuesen trascendentales. Era muy competente, sin duda, pero le faltaba inspiración. Al igual que los programas de ajedrez, AlphaGo jugaba de forma efectiva, y sin duda tenía un enorme poder, pero su juego carecía de belleza, aunque la agresividad y el *kiai* –el «espíritu de lucha» de la máquina– habían sorprendido tanto a Lee como a la comunidad global del Go. Aunque ya nadie tenía la misma confianza ciega en Sedol como al principio del campeonato, la mayor parte de los espectadores aún apostaban a que él ganaría, y algunos incluso dijeron que la victoria del programa de DeepMind no había sido más que suerte, un azar que Lee Sedol se encargaría de corregir durante el segundo enfrentamiento.

El maestro surcoreano, sin embargo, no veía las cosas de la misma manera.

La partida inaugural le había sacudido hasta la médula. No lograba entender cómo el algoritmo podía haber dado un salto tan grande en tan poco tiempo. ¿Cuánto había tardado él en desarrollar las habilidades necesarias para ser un artista? Más de dos décadas. Y AlphaGo lo había vencido, a pesar de que solo meses antes, durante las partidas contra Fan Hui, el programa se había comportado como un jugador cualquiera, un tipo del montón a quien Lee podría haber aniquilado sin esfuerzo. El día anterior, durante el primer asalto, Lee había seguido su estilo personal y característico, pero ahora estaba asustado. Si perdía el segundo juego, tendría que ganar las tres últimas partidas para evitar una derrota. En la conferencia de prensa previa al inicio, cambió su discurso y bajó el tono de sus bravuconerías: «No pensaba que AlphaGo pudiera jugar de forma tan perfecta. Pero he ganado muchos campeonatos mundiales, y perder la primera partida no va a afectar la forma en que jugaré en el futuro. Ahora creo que las posibilidades son cincuenta a cincuenta», dijo Lee mientras su mentor, Kweon Kab-yong, caminaba devorándose las uñas entre los periodistas que llenaban el salón. En las vísperas del segundo enfrentamiento había el doble de reporteros que el día anterior, y Lee podía sentir la enorme presión que significa tener que representar a la humanidad en su lucha contra la inteligencia artificial. Claramente agotado por el esfuerzo físico y mental del primero, salió de su habitación en el hotel vestido con un traje negro muy holgado y una camisa celeste que parecía irle dos tallas más grande, lo que le daba el aire de un famélico estudiante de secundaria. Ese aspecto de fragilidad fue en aumento a medida que el campeonato avanzaba: desde que empezó a entrenar para el encuentro hasta que terminó su última partida contra la máquina, perdió ocho kilos. En su camino a la sesión de fotos, Lee sonrió amablemente a las personas que lo animaban —¡*Vamos, Lee Sedol! ¡Pelea, Lee!*– mientras caminaba rodeado por cinco guardaespaldas que empujaban a la multitud hacia los lados. El campeón no dejaba de consultar su reloj, un modelo enorme y lujoso que empequeñecía su muñeca y colgaba de ella como si fuese el grillete de una cadena invisible. Cegado por los flashes de las cámaras, parecía estar a un mundo de distancia, perdido dentro de sí mismo. Cada pocos pasos, se detenía, miraba a su alrededor y lue-

342

go cerraba los ojos, fruncía el ceño y se pellizcaba el puente de la nariz como si estuviese sufriendo una jaqueca horrorosa. Su hija pequeña corrió a abrazarlo y hundió la carita contra su pecho justo antes de que entrara en la sala de los jugadores. Lee se arrodilló para envolverla entre sus brazos, pero al verlos así era difícil saber si él la consolaba a ella, o si era la niña quien trataba de transmitirle su fuerza. Cuando llegó el momento de empezar, Kim Hyun-jin, la esposa de Lee, los separó suavemente, para que él pudiese entrar en la sala y dedicarle toda su atención al tablero. Era su turno de jugar con las blancas.

Empleó una táctica completamente distinta y una apertura cautelosa, opuesta a su estilo habitual. Con las primeras piedras evitó cualquier atisbo de violencia, buscando establecer una base firme. Consideró cada una de sus jugadas con extremo cuidado, consciente de que sus repentinos cambios de ritmo, tan útiles para confundir a sus rivales humanos, no le servían de nada ahora que jugaba contra un ser que no pensaba ni sentía. Según su costumbre, bebió café sin parar, sus ayudantes le rellenaban la taza apenas se vaciaba. Lee necesitaba fumar durante los campeonatos, así que los organizadores del evento habían puesto a su disposición una terraza abierta de los pisos superiores, donde podía caminar y pensar incluso durante la partida, sin que nadie lo molestara, disfrutando la vista del distrito Gwanghwamun, con su muro de gigantescos rascacielos, detrás de los que despuntaban las montañas esmeralda de Seúl. Las piedras se acumulaban lentamente sobre el tablero: luego de que AlphaGo jugara la piedra negra número 13, Lee evitó atacar una formación que el programa había comenzado a apilar en la esquina inferior derecha, esperando su momento, y optó por dividir el territorio en el lado opuesto del tablero. Los analistas notaron su renuencia a pasar a la ofensiva y criticaron su acti-

343

tud pusilánime: «Lee se ve muy tenso hoy. Yo creo que ayer no durmió», dijo uno de los comentaristas surcoreanos, a medida que el juego avanzaba, y agregó que Sedol estaba siendo demasiado cauteloso, ya que de vez en cuando AlphaGo optaba por jugadas que parecían de principiante, o incluso ejecutaba movimientos que no tenían ningún sentido, pero parecía que Lee no era capaz de aprovechar las ventajas que le estaban regalando. «Esos últimos dos movimientos me hacen dudar de las habilidades de AlphaGo», declaró un comentarista chino tras una jugada particularmente torpe de la computadora. «Pero debemos mantenernos alerta. Es difícil entender a AlphaGo.» Al jugar la piedra negra 15, el programa de DeepMind eligió un *peep*, un movimiento que cualquier profesor de Go hubiese rechazado como una jugada tosca y desprovista de sentido, pero Lee no se aprovechó del error y procedió con la máxima precaución. La experiencia previa claramente lo había dejado conmocionado, y ahora pecaba de demasiado precavido, una actitud que llevó a varios de sus fanáticos a quejarse en YouTube: decían que estaba traicionando su esencia al renunciar al estilo de juego que lo había convertido en una leyenda. Incluso su mentor, el maestro Kweon, tuvo que admitir que su pupilo estrella estaba en peligro. Le dijo a un periodista que «Lee Sedol está jugando con un estilo completamente diferente al que acostumbra», aunque también lo justificó: era el centro de atención mundial en un momento realmente histórico, y si bien su apodo –la piedra fuerte– podía insinuarlo, no estaba hecho de piedra. Era fácil para los espectadores criticar la actitud de Sedol, pero la verdad es que nadie en el mundo sabía qué ocurría en el interior del misterioso algoritmo de AlphaGo, ni cuáles eran los límites de su capacidad. Esa última jugada –negra 15–, ¿realmente había sido tan inútil? Incluso los programadores de DeepMind estaban a ciegas: AlphaGo tomaba sus propias decisiones, sin ninguna supervisión humana, ellos simplemente lo miraban jugar y controlaban que el sistema funcionara de forma óptima. Demis Hassabis lo había explicado antes del campeonato: «Aunque hemos programado esta máquina, no tenemos idea de qué movimientos va a inventar. Son fenómenos emergentes, algo que surge de su aprendizaje. Nosotros solo creamos los conjuntos de datos y los algoritmos de entrenamiento. Pero las jugadas que AlphaGo imagina no están en nuestras manos y son mucho mejores de lo que podríamos hacer nosotros. El programa es, por naturaleza, bastante autónomo». Las quince jugadas siguientes fueron normales y corrientes: cuando las piedras negras de AlphaGo se conectaron en el movimiento 21, Lee asintió para sí mismo, como si se reafirmara en su decisión de evitar el conflicto y jugar en el costado izquierdo del tablero. Cuando llegaron a la piedra 30, la partida seguía empatada: la función de evaluación de AlphaGo estimaba que su posibilidad de ganar era del 48 por ciento. La máquina impidió el intento de Lee de invadir una esquina para desplegar sus fuerzas en la tercera línea; una pequeña batalla tuvo lugar allí, pero luego todo regresó a la calma. AlphaGo cercó otra esquina del tablero y Lee dudó brevemente antes de atacar las piedras de su oponente por debajo. Ambos jugaron con normalidad, sin sobresaltos ni errores, hasta que Lee colocó su piedra blanca número 36.

Aja Huang miró al monitor, recogió una piedra negra y la puso por debajo y a la derecha de una que Lee había dispuesto cerca de la mitad del tablero. Fue un «golpe en el hombro» en la quinta línea, un tipo de movimiento que busca disminuir el potencial del territorio de tu enemigo, pero era algo que jamás se había visto durante un campeonato. El movimiento 37 iba en contra de todo lo que los jugadores de Go consideran sagrado. Simplemente no se golpea nunca en el hombro en la quinta línea. Era algo tan escandaloso y contrario a la intuición que cuando Aja Huang puso la piedra allí, los comentaristas, la audiencia e incluso los jueces pensaron que lo había hecho por error. Porque ningún ser humano se habría atrevido a jugar allí. No se trata solo de un mal movimiento; es algo que los grandes maestros han vilipendiado y criticado en innumerables libros escritos sobre el juego durante sus tres mil años de existencia. No hace falta ser un genio para entender que no debes dar un golpe en el hombro en la quinta línea; incluso los niños y los principiantes saben que no deben jugar allí, ¡porque significa ayudar a tu oponente a ganar territorio! Es una jugada fea y contraproducente, pero lo que es aún más importante es que se *siente* mal, porque es casi imposible estimar cuáles serán sus consecuencias futuras a lo largo de todo el tablero. Sin embargo, nada de eso podía importar a AlphaGo, y el pobre Aja Huang (que sabía lo suficiente de Go para sentirse avergonzado de tener que colocar la piedra allí) se esforzó mucho por disimular que estaba tan asombrado como los demás por la incomprensible decisión del algoritmo. Casi nadie podía ver el potencial que la máquina había detectado, y todos los comentaristas profesionales la criticaron de inmediato. No era como las jugadas «flojas» que AlphaGo elegía de vez en cuando, esas piedras carentes de toda inspiración, que parecían no aumentar su ventaja y que, a primera vista, no afectaban a la partida en lo más mínimo; esto era algo realmente distinto, algo horroroso, y muchas personas lo consideraron el primer error verdadero de la máquina, la evidencia concreta de que, sin importar cuán poderosas se volvieran las computadoras, nunca llegarían a entender la profundidad del Go de la manera en que lo hacían los seres humanos. El único que reconoció de inmediato su valor, y supo que estaba en presencia de algo nuevo, fue Fan Hui, el campeón europeo nacido en China, que aún se estaba recuperando de la paliza que le había dado AlphaGo.

Fan Hui era el ser humano que mayor experiencia tenía jugando contra AlphaGo, y estaba totalmente deslumbrado por lo que el programa era capaz de hacer. Tras perder sus cinco partidas contra la máquina, DeepMind lo había contratado como consultor del proyecto. En los cuatro meses previos al encuentro de Seúl, había jugado contra varias versiones del algoritmo, aconsejando a Hassabis, a Silver y al resto del equipo, y ayudándolos a hacer que el programa fuese más fuerte; tan fuerte, de hecho, que Hui llegó a estar convencido de que el algoritmo era capaz de manifestar una creatividad real, uno de los sellos distintivos de la inteligencia humana. Fan Hui había viajado hasta Seúl y era uno de los tres jueces del encuentro: sentado en una tarima elevada, podía mirar directamente por encima de Lee y de Huang, y tenía una visión privilegiada de lo que estaba ocurriendo sobre el tablero. Su cercanía y su íntimo conocimiento de AlphaGo le permitieron reconocer el movimiento 37 como lo que realmente era: un golpe de genio. «La negra 37 envuelve todo el tablero con una telaraña invisible. El golpe en el hombro crea potencial en el núcleo del tablero. Todas las piedras colocadas antes empezaron a trabajar juntas, se conectaron como si fuesen parte de un intrincado sistema, unido en todas sus partes», fue lo que escribió meses después cuando hizo un análisis a fondo de todas las partidas del campeonato, pero en el momento en que la vio por primera vez, todo lo que pudo hacer fue escribir una nota rápida en su cuaderno, una vez que se recuperó del asombro inicial: «*¡¿Aquí?!* Esto va más allá de mi comprensión. No es un movimiento humano. Nunca he visto a un ser humano realizar este movimiento». Horas

347

después, cuando terminó la partida –aunque algunos (incluso Lee Sedol) argumentarían que terminó en ese mismo instante–, Fan Hui no lograba expresar en palabras lo que sentía, y no hizo más que repetir «hermoso, hermoso, tan hermoso» cuando los demás se acercaron a preguntarle lo que pensaba sobre el movimiento de AlphaGo, que rápidamente se volvería legendario. Pero la mayor parte de los espectadores permanecieron tan desconcertados como lo estuvo Hui al principio: «Un movimiento completamente impensable», dijo un comentarista coreano. «A estas alturas, no sé si es una buena o una mala jugada», intervino Michael Redmond, el único occidental que ha alcanzado el 9.º dan en Go. Redmond analizaba la partida para el canal de YouTube de DeepMind, pero no pudo responder a las preguntas que le hizo su colega, el director de la Asociación Americana de Go. Se rio nervioso, y tuvo que admitir que había pensado que era un error, pero no por parte de AlphaGo: Redmond estaba convencido de que el ayudante humano del programa, Aja Huang, seguramente había interpretado mal el monitor antes de colocar la piedra sobre el tablero. Un reducido grupo de personas comenzaron a apreciar lo que la máquina había hecho: Demis Hassabis, por ejemplo, salió corriendo de la sala y bajó las escaleras de dos en dos hasta la planta donde su equipo había instalado el centro de control de DeepMind, ansioso por saber qué decían los sistemas que monitorizaban AlphaGo, y cómo habían evaluado esa extrañísima jugada. Cuando abrió la puerta, encontró a David Silver tan excitado como él, metido de cabeza en el algoritmo, tratando de entender lo que había pasado, mientras esperaba la reacción de Lee Sedol con la misma ansiedad que el resto del mundo, ya que, debido a una de esas coincidencias del destino tan extrañas que parecen sugerir que detrás de este mundo se esconde una inteligencia sutil y maliciosa, el hombre que tendría que responder a la jugada más extravagante de la historia reciente del Go fue el último en verla.

Lee Sedol había abandonado la sala para tomarse un descanso de diez minutos cuando Aja Huang ejecutó el golpe en el hombro. Regresó después de fumarse un cigarrillo, escoltado por dos guardias tan impecablemente vestidos que él a su lado parecía un tipo andrajoso, y al tomar asiento se le cayó el alma a los pies al ver lo que el computador había hecho: ni siquiera intentó disimular su desprecio, sino que se quedó mirando el tablero con la boca abierta, el ceño fruncido y una expresión de asco incontenible en el rostro, como si hubiese pisado mierda en el camino. Pero un segundo después, su semblante cambió por completo; inclinó la frente sobre el tablero con reverencia y una sonrisa beatífica comenzó a iluminar sus facciones. Parecía una estatua de Buda, o un santo que contempla la visión que ha añorado durante toda su vida, algo tan bello e inefable como el amanecer de otro mundo. Lee era famoso por ser un jugador increíblemente impulsivo, alguien que no necesitaba más de sesenta segundos para tomar una decisión, pero en ese instante, al ver la jugada de AlphaGo, agotó casi doce minutos de su tiempo pensando antes de actuar, parpadeando una y otra vez y pellizcándose la piel entre su dedo índice y pulgar, con la cabeza ligeramente ladeada, como un cachorro que se enfrenta a un objeto que jamás ha visto. «Al principio de la partida pensé que AlphaGo estaba cometiendo muchos errores. La máquina me dominaba, pero sentí que yo estaba remontando, porque AlphaGo seguía cometiendo más y más equivocaciones, así que llegué a pensar: "Tengo la posibilidad de ganar". Me dije: "Esta máquina aún es imperfecta". Pero luego hizo ese movimiento. En una partida real es impensable, porque esa piedra estaba completamente rodeada, por todos lados. No puedes llegar y dejar caer una piedra ahí. Pero hizo esa jugada y supe que yo no tenía ninguna posibilidad de ganar. Después entendí que la razón por la cual me había entregado tantos espacios, dándome margen en otros puntos del tablero, era porque ya tenía esa jugada en mente. Me estaba dejando ganar. Me engañó. Con ese movimiento me mató. Ya había ganado.» Así recordaría aquel encuentro Lee Sedol un año después, tras anunciar su retirada, pero durante la partida no se rindió sin luchar, y siguió analizando el tablero mientras su reloj avanzaba lentamente, pellizcándose el labio inferior con las uñas de sus dedos largos y delicados. «Yo estaba seguro de que AlphaGo funcionaba a partir de un cálculo de probabilidades, y que era solo una máquina. Pero luego vi esta jugada y cambié de parecer. Sin duda, AlphaGo es creativo. Ese movimiento me hizo ver el Go bajo una nueva luz. ¿Qué significa la creatividad en el Go? Porque esa jugada no solo fue buena, o poderosa, o completamente nueva. Fue significativa, y llena de sentido», reconocería al equipo de documentalistas que lo entrevistó después del campeonato. Lee luchó contra la máquina durante tres horas más, pasado el punto en el que normalmente se habría rendido, y continuó peleando mientras los comentaristas empezaban el lento y difícil proceso de contar el puntaje, incapaz de aceptar lo que ya era inevitable, o quizá reticente a alejarse de una partida que él sabía que iba a pasar a la historia. Para el movimiento 99, Lee ya no tenía ninguna posibilidad, pero el algoritmo no le buscó la yugular, sino que fue mordisqueando y consumiendo su territorio migaja a migaja, piedra por piedra. Sedol aguantó, anhelando un milagro, o quizá con la secreta esperanza de que la máquina cometiera un error, o volviera a exhibir el comportamiento errático del principio, pero se volvió más fuerte a medida que las piedras cubrían el tablero, y al llegar al movimiento blanca 211, Lee finalmente capituló.

Los periodistas se agolparon en la conferencia de prensa como un enjambre de langostas, zumbando a los pies de la tarima sobre la cual Demis Hassabis esperaba a Lee Sedol, quien subió los escalones lenta y dolorosamente, como un hombre quebrado por dentro. Un sentimiento de tristeza y melancolía permeaba el lugar, porque ni los fanáticos, ni los comentaristas, ni los otros jugadores podían creer que su héroe hubiera caído derrotado, y no una, sino dos veces seguidas. Lee había sido superado en astucia. Lo habían dominado como a un principiante. Durante la primera partida, uno podía argumentar que su exceso de confianza le había jugado en contra, pero en la segunda se había mostrado impotente. Con su frágil voz de muñeco de ventrílocuo sofocada por el exceso de emoción, Lee pidió disculpas por haber perdido: «Ayer estaba impresionado, pero hoy no tengo palabras. Ha sido una derrota clara. Desde el comienzo, no hubo un instante en que sintiese que llevara la delantera. Jugó una partida casi totalmente perfecta», confesó cegado por los flashes. Aunque parecía profundamente humillado y no lograba esconder su conmoción, dejó muy claro –con un grado de modestia que nadie había visto antes en él– que no se rendiría sin pelear: «Puede que haya perdido la segunda partida, pero el campeonato aún no ha terminado. Queda la tercera por jugar».

Una de las diez mil cosas

Lee tuvo un día libre antes de la tercera partida y pasó todo ese tiempo encerrado en su habitación con cuatro jugadores de Go de primer nivel, analizando cada una de las piedras de las dos anteriores, para tratar de entender cómo un grupo de científicos de la computación sin casi ninguna experiencia en el Go habían podido crear un sistema capaz de anular siglos de tradición con un solo movimiento. ¿Cómo era posible que el equipo de DeepMind hubiese programado un algoritmo para que jugara de esa manera?, se preguntaron, estupefactos. La realidad es que no lo habían hecho.

El movimiento 37 no formaba parte de la memoria de AlphaGo, tampoco había sido fruto de una regla preestablecida, o el producto de una heurística general que hubiese sido codificada a mano en su cerebro de silicio. Fue creada por el propio programa, sin ninguna intervención humana. Pero lo que la hacía más impresionante aún era que la propia máquina sabía –al menos en la medida en que se puede decir que una entidad no consciente «sabe» algo– que era una jugada que ni siquiera un maestro de Go consideraría. DeepMind estaba a una sola partida de lograr la victoria, y la atención de los medios había alcanzado tal nivel de frenesí, que Demis Hassabis se vio obligado a hacer rondas para explicar cómo era posible que una inteligencia artificial hiciera lo que AlphaGo había logrado. El sistema, les dijo a los periodistas, no estaba programado a mano, tampoco lo habían dotado de un conjunto completo de reglas, como lo había hecho IBM dos décadas antes con DeepBlue. AlphaGo estaba basado en el aprendizaje por refuerzo y en su capacidad de aprender jugando por cuenta propia, lo que significaba que, en esencia, era casi un autodidacta, pues se había enseñado a sí mismo a jugar.

Pero primero había tenido que imitar a los seres humanos.

Hassabis y su equipo creían que la única forma de derrotar a un profesional del más alto nivel era emular la manera –algo misteriosa y profundamente intuitiva– en que los humanos jugaban al Go. Para lograrlo, crearon una base de datos con cerca de ciento cincuenta mil partidas de los mejores jugadores aficionados y la introdujeron en una red neuronal artificial, un complejo modelo matemático que imita a las neuronas de nuestro cerebro, compuesto por múltiples capas de algoritmos conectados entre sí, cada uno de los cuales está diseñado para detectar un conjunto específico de patrones y rasgos; trabajando en combinación, estos algoritmos crean un modelo colosal, con millones de parámetros individuales que se afectan mutuamente y que pueden variar de forma muy sutil, alterando el comportamiento general de la red. La primera red neuronal de AlphaGo se dedicó a analizar esos miles de partidas y aprendió, poco a poco, a imitar, replicar y predecir los movimientos que un jugador humano elegiría en una situación dada. Este primer conjunto de datos se convirtió en lo que podríamos llamar «el sentido común» de AlphaGo, ya que equivale, de forma muy aproximada, al conocimiento que un principiante puede extraer de los libros y de las lecciones que recibe de forma directa de parte de sus maestros. El equipo de DeepMind bautizó este sentido común como la *red de políticas*; utilizándola, AlphaGo era capaz de jugar de manera bastante competente, al mismo nivel que un aficionado, pero muy alejada de como juegan los profesionales. Para llegar a ese nivel, tendría que desarrollar aquella habilidad específica de los grandes jugadores, la que les permite observar el tablero completo y comprender de forma intuitiva cómo se desarrollará el juego desde una determinada posición. Es la capacidad, esencialmente humana, de «leer el tablero», que requiere años para ser dominada, y que Lee Sedol había adquirido tras pasar incontables horas mirando el tablero vacío y ensayando cada movimiento y sus posibles consecuencias en el teatro de su imaginación. AlphaGo necesitaba una forma de estimar y evaluar cada posición para tener una comprensión mucho más profunda del juego, una forma de saber, momento a momento, si se estaba acercando a una victoria o tambaleándose al vacío. Para lograrlo, tuvo que enfrentarse a sí mismo.

AlphaGo utilizó la red de políticas que había creado basándose en partidas de aficionados y empezó a jugar contra sí millones de veces. A través del ensayo y el error, se volvió cada vez más fuerte; en poco tiempo dejó de imitar el estilo de juego de los seres humanos y se enfocó solo en derrotarse a sí mismo. A lo largo de esas innumerables partidas, su modelo matemático experimentó miles de millones de ajustes, mejorando por razones que ningún ser humano podría llegar a entender, ya que el funcionamiento de una red neuronal artificial es algo casi completamente opaco para nosotros, porque somos incapaces de seguir o comprender los efectos que surgen de la infinidad de pequeñas modificaciones que el algoritmo realiza a sus parámetros a medida que se acerca lentamente hacia el objetivo deseado. «Al principio era terrible», explicó Hassabis. «No hacía otra cosa que atacar de forma salvaje en cualquier parte del tablero, como si fuese un niño extremadamente torpe, o un principiante sin una gota de talento, porque no tenía una representación interna del juego, no entendía de qué se trataba. Eso es algo que a nosotros los humanos se nos da de forma natural, casi instintiva. Sin embargo, ocasionalmente, hacía cosas ingeniosas, por azar, y gracias a eso aprendió a reconocer los mejores patrones de juego y fortaleció esos patrones en su modelo. Sus redes trabajaron juntas, reforzando el comportamiento que aumentaba la posibilidad de ganar, mejorando poco a poco sus habilidades.» Luego de ese segundo proceso de entrenamiento, la nueva versión de AlphaGo, mucho más fuerte, jugó otros treinta millones de partidas contra sí misma, creando una segunda base de datos que le permitió entrenar otra red neuronal, la que DeepMind bautizó como la *red de valor*: esta analizaba cualquier configuración de piedras en el tablero y miraba hacia el futuro, proyectando el juego hasta el final, para estimar si estaba ganando o no, y por cuánto. Esta capacidad era algo que ningún jugador humano poseía, por talentoso que fuera, ya que, gracias a esta segunda red, AlphaGo podía asignar un valor numérico a algo que los seres humanos solo pueden capturar mediante la nebulosa certeza que nos otorga nuestra intuición. Con sus dos redes neuronales, el programa de DeepMind pudo domar la descomunal complejidad del Go, desarrollando un estilo de juego que hasta ese momento había sido inimaginable. No necesitaba malgastar su vasto poder computacional analizando las infinitas probabilidades que germinan de cada piedra sobre el tablero, ya que podía utilizar el sentido común de su red de políticas para considerar solo los mejores movimientos,

355

podando las ramas de su árbol de búsqueda que consideraba innecesarias, o alejadas de su valor óptimo; su red de valor, por su parte, le ahorraba el enorme esfuerzo de tener que proyectar hasta el final cada posible partida en su memoria interna y analizar si un movimiento en particular acrecentaba o disminuía sus posibilidades de ganar. La combinación de estos dos sistemas –pulidos hasta la perfección gracias a millones y millones de partidas contra sí mismo– es lo que le permitió a AlphaGo superar el conocimiento humano y hacer gala de estrategias radicales y movimientos contraintuitivos como el que dejó atónito a Lee Sedol durante el segundo enfrentamiento. Pero también le permitían hacer otra cosa: estimar cuán probable era que un jugador humano eligiese un movimiento en particular.

Cuando Hassabis y David Silver examinaron los sistemas internos de AlphaGo para ver cómo había evaluado el movimiento 37, vieron que le había asignado un valor de probabilidad de uno entre diez mil; esto significa que, de acuerdo con su estimación de cómo nuestra especie se enfrenta al Go, solo uno entre diez mil jugadores humanos hubiese considerado colocar una piedra en esa parte del tablero, en ese momento en particular. Y, sin embargo, ese era el movimiento exacto que AlphaGo había elegido. Y ese era el nivel de astucia e ingenio que Lee Sedol tendría que demostrar si es que aspiraba a vencer a la máquina y ganar el torneo.

La tercera partida comenzó a las 13:00 horas del 12 de marzo. Lee Sedol jugó con las negras y sufrió desde el comienzo.

Sentado sobre el podio de los jueces, Fan Hui vio cómo la mano de Lee temblaba levemente cuando puso su tercera piedra en la esquina inferior derecha de la cuadrícula. Había leído que el ídolo coreano sufría insomnio, y por su propia experiencia como profesional sabía que uno necesitaba calma y una gran paz interior para jugar un campeonato del más alto nivel. Lee Sedol parecía tan débil y maltrecho que Fan Hui llegó a pensar que podía desmayarse y caer de cabeza sobre el tablero, o simplemente desplomarse, muerto, como le ocurrió a Akaboshi Intetsu durante «la partida del vómito de sangre». Antes del juego, Fan Hui había seguido los comentarios en la web: no había nadie que pensara que Lee fuera capaz de ganar. Hasta sus fanáticos se habían vuelto en su contra, criticando sus errores de forma despiadada, e incluso cuestionando su carácter, su resolución y su *kiai*. Fan Hui era quizá el único ser humano en el mundo que podía comprender lo que Lee Sedol estaba afrontando. Él había sido triturado por la máquina durante sus enfrentamientos, y sabía muy bien cuán perturbador era jugar contra un oponente sin sentimientos, emociones o compasión. AlphaGo no vacilaba, no dudaba y no cuestionaba las jugadas que había hecho. Era inmune al cansancio, carecía de inseguridades y no conocía el temor. No le importaban ni el estilo ni la belleza, y no perdía tiempo ni energía en participar de los enrevesados juegos mentales con que los jugadores profesionales buscan desequilibrar a sus contrincantes. AlphaGo no pensaba en los demás, ni le importaba lo que sentían, porque no pensaba ni sentía. Lo único que le importaba era ganar. Para el programa no había ninguna diferencia entre ganar de una paliza o por un solo punto. Eso explicaba los movimientos «indolentes» que elegía de tanto en tanto, jugadas que le parecieron mediocres y desprovistas de inspiración a casi todo el mundo, hasta que un comentarista surcoreano se dio cuenta de que estaban basadas en el cálculo puro: cada una de esas piedras perezosas representaba una ganancia —minúscula, casi imperceptible— hacia el resultado, pero su verdadero valor no se apreciaría hasta el final de la partida, cuando todas funcionaran en conjunto. Fan Hui era consciente de ello, y mientras veía al pobre Lee Sedol retorciéndose en su asiento, como si fuese víctima de una nueva técnica de tortura, deseaba poder ayudarlo de alguna manera, porque sabía que jugar contra AlphaGo podía generar una angustia muy profunda: el programa era capaz de inducir un sentimiento de absoluta desesperación, la extraña sensación de ser arrastrado hacia el vacío, lenta pero inexorablemente. «Es como un agujero negro», escribió Fan Hui meses después, «te chupa hacia dentro poco a poco. No importa lo que hagas para tratar de liberarte, descubres que tus esfuerzos no sirven de nada. AlphaGo te acecha y se acerca a ti como una enfermedad desconocida y fatal. Cuando sientes los primeros síntomas, ya estás muerto.» Y es posible que Lee ya se hubiera dado cuenta de eso tras las primeras partidas, porque se lanzó a la ofensiva apenas vio una oportunidad de atacar.

Antes de que la ventaja del algoritmo se volviera abrumadora, Lee quiso irrumpir en el territorio de AlphaGo con un repentino e inesperado ataque, pero no se había tomado el tiempo para construir una base sólida, y su emboscada fue demasiado brusca e imprudente. «Mostró las garras antes de tiempo», escribió Fan Hui en su cuaderno, al ver que AlphaGo contraatacaba con un salto de dos espacios tan elegante, que le pareció evidente que el sistema que Lee Sedol estaba enfrentando había evolucionado muchísimo más lejos que la versión contra la cual él mismo había perdido; tanto, de hecho, que parecía estar mirándolos desde el cielo, penetrando no solo en el misterio que reside en el corazón del tablero de Go, sino en el interior de la mente de Lee, porque era capaz de anticipar todos sus movimientos. Furioso, Sedol plantó la siguiente piedra sobre el tablero con un golpe seco, pero luego su rostro enrojeció de rabia al ver cómo AlphaGo destrozaba la formación de ojo de elefante que él había construido con tanto esmero. Lee empezó a perder el control. Se movía adelante y atrás en su silla como un borracho, y no dejaba de mirar el reloj. Cuando cometió un error espantoso, se dio una cachetada en la mejilla y luego apoyó la mano sobre el borde del cuenco donde tenía sus piedras, metiendo y sacando los dedos, como si fuese físicamente incapaz de tomar una de ellas. Necesitaba recuperar la calma, pero continuó atacando de forma compulsiva, sin lograr ningún resultado, como un boxeador que se agota peleando contra su sombra. Cuando llegaron al movimiento 48, los sistemas internos de AlphaGo estimaban que sus propias posibilidades de ganar habían alcanzado el 72 por ciento. La partida ya estaba esencialmente decidida, pero Lee no se rindió y trató –sin éxito– de desmantelar la formación de dragón que la inteligencia artificial había cimentado en la parte inferior de la cuadrícula. Cuando Lee finalmente aceptó que no podía ganar jugando de forma razonable, echó mano a su estilo «zombie»: el intento desesperado de un hombre que ya se sabe muerto pero que espera sorprender a su oponente con la guardia baja mediante una serie de ataques salvajes, descontrolados y completamente irracionales. Era una estrategia torpe y desprovista de gracia, pero en el pasado le había funcionado para revertir encuentros que ya todos daban por perdidos. Sin embargo, resultó por completo ineficaz contra un oponente al que no se podía intimidar, confundir o amenazar. AlphaGo siguió adaptándose a los movimientos de Lee, que parecía haber perdido la cabeza, y aseguró un enorme territorio en la parte superior del tablero. Su red de valor estimaba que sus probabilidades de ganar ya habían sobrepasado el 87 por ciento: las piedras blancas estaban vivas en todo el tablero y las negras iban atrás por muchos puntos. Parecía no quedar un solo lugar donde jugar cuando, en el último momento, Lee encontró una pequeñísima grieta en las fortificaciones blancas, y cortó un grupo de piedras de AlphaGo en el lado derecho, abriéndose suficiente espacio para poder respirar. Un jugador humano jamás dejaría a su oponente vivir allí, especialmente a esas alturas de la partida, pero AlphaGo ni siquiera se dignó en responder, como si hubiese decidido patear a Lee en el suelo; dando una última muestra de incontestable dominación, AlphaGo dejó que Sedol se mantuviera vivo allí, en esa pequeña esquina, y simplemente jugó en otra parte, sumando un punto más a su total, y alcanzando, según su propia estimación, el 98 por ciento de posibilidades de ganar. La partida continuó durante veintiocho jugadas más, que fueron casi insoportables de ver: Lee Sedol se retorcía como si tuviese la ropa llena de hormigas, refunfuñando, mordiéndose las uñas, suspirando y murmurando para sí mismo, a tal punto que los comentaristas empezaron a criticar su incapacidad de aceptar lo que ya era inevitable. «No tiene sentido seguir jugando hasta el final si ya sabes que vas a perder, ¿no?», se preguntó el presidente de la Asociación Americana de Go. «No sé cómo describir esta situación... Si yo fuese Sedol, renunciaría. Tenemos que aceptar que estamos frente a la entidad más poderosa en toda la historia del Go», dijo un comentarista chino.

AlphaGo había ganado la partida y, con ello, el campeonato.

El dedo de Dios

Aunque Lee Sedol ya había perdido y solo quería abandonar el hotel Four Seasons, volver a casa con su mujer y su hijita, y lamerse las heridas, las reglas del torneo eran muy claras: debía terminar las cinco partidas, sin importar cuál fuese el resultado. Eso significaba que tendría que enfrentarse a AlphaGo dos veces más, y la posibilidad de que no fuese capaz de ganar una miserable partida era algo que no podía soportar, una pérdida de honor de la que sería imposible recuperarse. El equipo de DeepMind ya lo había humillado –sin querer y sin saberlo– al enviarle una botella de finísima champaña a su habitación después del tercer enfrentamiento; habían querido demostrar su respeto, pues les habían informado de que era el décimo aniversario de matrimonio de Lee y de su esposa, Kim, pero no podrían haber elegido un peor momento. Sedol había tenido que soportar esa falta de respeto, pero si llegaba a perder los próximos dos duelos contra la máquina, frente a una audiencia global de millones de personas, no habría forma de que se sentara de nuevo frente a un tablero de Go. Una humillación tan pública seguramente acabaría con lo poco que quedaba de su espíritu indomable. Porque no parecía haber ninguna posibilidad de

361

que pudiese salir del abismo en que lo había sumido AlphaGo para arrebatarle una victoria. A Lee se le quebró la voz durante la conferencia de prensa posterior a la tercera partida y apenas fue capaz de hablar cuando se enfrentó a los micrófonos para pedir disculpas: «Esta vez creo que he decepcionado a muchos de ustedes. Ruego que me disculpen por haber sido tan impotente. Nunca he sentido tanta presión, nunca he sentido un peso así. Creo que he sido demasiado débil como para poder superarlo», confesó ante las cámaras. Al final de la conferencia sonrió tímidamente al recibir gritos de apoyo y elogios de muchos de sus compañeros, jugadores profesionales que estaban en el hotel y que lo alentaron a recuperar la confianza y volver a jugar con su estilo característico durante las últimas dos partidas. Pero Lee estaba demasiado cansado, y la posibilidad real de perder cinco a cero –el resultado opuesto al que él había predicho, lleno de orgullo, al principio del torneo– no dejaba de torturarlo. Ahora que el campeonato ya estaba decidido, había menos periodistas que evitar en los pasillos mientras se dirigía a la sala de los jugadores, pero los pocos que lo vieron notaron de inmediato el temor en su rostro, un nerviosismo incontenible que Lee no fue capaz de ocultar cuando se dejó caer en su asiento a un costado del tablero, más flaco y aniñado que nunca, después de hacer una honda reverencia frente a Aja Huang, que no quitaba la vista del monitor en el que aparecería la primera jugada de AlphaGo.

El programa de DeepMind usó las piedras negras y tomó el control del juego de inmediato. En la jugada 28, los comentaristas ya criticaban las reacciones de Lee como lentas y demasiado cautelosas. Se demoraba muchísimo en pensar cada movimiento y su reloj se agotaba más rápido que en cualquiera de los encuentros previos. AlphaGo, en cambio, parecía rebosar confianza, buscaba la confrontación desde el comienzo, y jugaba de forma mucho más agresiva que antes. Era exactamente el tipo de juego que Lee siempre había preferido; cuando AlphaGo le propinó un violento golpe en el hombro, el campeón esbozó una sonrisa, como si estuviese jugando contra un niño impetuoso y travieso, o contra una versión de sí mismo, pero más joven y salvaje. ¿Estaba empezando a disfrutar la partida? Era poco probable. La computadora ya había expandido su dominio sobre todo el tablero, y trataba de abrumarlo por completo. Lo que sorprendió aún más al público fue la total ausencia de respuesta por parte de Lee: tan dócil como un corderillo que se encamina, sin saberlo, al matadero, Sedol permitió a AlphaGo dominar el centro con sus fortificaciones, y rodear el pequeño grupo de piedras que Lee había logrado reunir en el costado izquierdo del tablero, sin dejarle prácticamente ningún lugar donde maniobrar. Parecía que Lee Sedol ya se hubiese rendido. Hubo solo un comentarista que lo siguió apoyando, una excompañera suya de la academia del maestro Kweon, que analizaba la partida para uno de los canales de Corea del Sur; llena de esperanza, dijo estar totalmente convencida de que Lee se estaba haciendo el muerto, y que de alguna forma iba a encontrar la manera de vivir en ese espacio minúsculo, incluso ahora que las piedras negras de Alpha-Go cubrían la cuadrícula casi por entero. A medida que el juego avanzaba, cada vez más lento, Lee entró en un estado de concentración absoluta: dejó de retorcerse en su asiento y de tocarse el cabello, estaba completamente absorto y lleno de determinación, sus ojos no se movían del tablero y su cuerpo era la imagen misma de la inmovilidad, relajado y tenso a la vez, como un tigre que acecha a un ciervo en medio del bosque. Se tomó más y más tiempo antes de cada jugada, ladeando la cabeza para captar una señal lejana que solo él podía escuchar. Cuando llegaron a la piedra 54, al reloj de Lee le quedaban solo 51 minutos, mientras que AlphaGo disponía de 1 hora y 28 minutos para considerar sus jugadas. El duelo avanzaba a paso de tortuga y, al igual que antes, parecía que Lee estaba al borde de una nueva derrota; los reporteros se agolparon fuera de la sala cuando el rumor de que la cuarta partida iba a ser la más corta de todas empezó a correr en internet. Lee, en cambio, se mantuvo tranquilo, sin reaccionar, jugando con sumo cuidado y evitando cualquier confrontación directa con la máquina, cediendo casi todo el tablero a su oponente. «¿Acaso no tiene miedo de morir?», escribió Fan Hui en sus notas, desesperado por la obstinada negativa de Lee a enfrentarse abiertamente con su enemigo. Físicamente, Fan estaba tan cerca de Lee que casi podía oír lo que pasaba por su cabeza, y de pronto sintió que estaba cayendo en el mismo estado de trance que se había apoderado del campeón surcoreano, que parecía estar completamente hipnotizado. Al llegar al movimiento 69, a Lee solo le quedaban 34 minutos de tiempo, mientras que la computadora disponía de una 1 hora y 18 minutos. AlphaGo siguió machacando a Lee con ataques, engullendo un gran grupo de piedras en el lado izquierdo, y los fanáticos de Sedol cayeron en la desesperación al ver que su ídolo malgastaba un total de diez minutos antes de colocar su próxima piedra en el tablero, solo para recibir un contraataque inmediato de la máquina que bloqueó el centro por completo. Parecía que a Lee ya no le quedaba nada por hacer; en la sala de control de DeepMind, Demis Hassabis vio que el algoritmo estimaba su propia probabilidad de ganar en más del 70 por ciento. Demis alzó la vista hacia un grupo de monitores que mostraban a los comentaristas chinos, japoneses y coreanos, ya convencidos de que AlphaGo había ganado la partida, porque ninguno de ellos podía imaginar una forma de romper la granítica fortaleza que la computadora había levantado. A Lee no se le movía un pelo. Cuando no quedaban más que once minutos en su reloj, sostuvo la palma de la mano por encima del cuenco en el que descansaban sus piedras, como si estuviese sintiendo el calor de una pequeña fogata, y de pronto cogió una entre su dedo índice y medio y la plantó, con un golpe seco, en el corazón del territorio de AlphaGo.

«¡El dedo de Dios! ¡Es una jugada de los dioses!», gritó uno de los rivales históricos de Sedol, Gu Li, mientras empujaba su silla hacia atrás y se ponía de pie de un salto en el estudio desde el cual comentaba la partida para la audiencia china. Como un rayo, la piedra 78 de Lee fulminó las fortificaciones de la máquina, penetrando el centro del tablero con un movimiento de cuña como nadie había visto antes. La gente enloqueció de emoción. Incluso si no podían comprender el significado real de lo que acababan de ver, o calcular las consecuencias del atrevido gambito de Lee, reconocieron que era un movimiento impensable, una jugada que nadie salvo él habría considerado. «Si eso funciona, sería tan genial», dijo Chris Garlock, un comentarista estadounidense, completamente sorprendido. «Es una jugada tan emocionante. Va a cambiar toda la partida», dijo su colega en el canal de YouTube de DeepMind, Michael Redmond, incapaz de creer que Lee Sedol hubiera encontrado un espacio para maniobrar en el centro mismo del territorio que dominaba su oponente, colocando su piedra en un lugar donde ningún otro profesional habría tenido la audacia de jugar. Ni los analistas ni los comentaristas habían podido anticipar la jugada, pero apenas Lee dejó caer su piedra blanca, todos empezaron a discutir a gritos para tratar de entender qué había sucedido, criticando o alabando el movimiento de cuña; algunos se contradecían abiertamente, diciendo que era un error, y luego destacando sus méritos, mientras que otros simplemente lo miraban estupefactos, sin saber qué decir. Hubo un pequeño momento de caos durante el que parecía que ninguna persona estaba segura de qué pensar, debido a la absoluta novedad de la jugada. Pero nadie allí estaba tan perplejo y aturdido como AlphaGo.

La respuesta que el programa dio al movimiento iluminado de Lee no tuvo ningún sentido: cuando Aja Huang colocó la piedra que AlphaGo había elegido en una posición claramente desventajosa, casi todo el mundo se sorprendió, pero nadie quiso correr el riesgo de criticar a la máquina –la experiencia de las partidas anteriores los había humillado, y estaba claro que nadie entendía realmente la forma en que jugaba–, a pesar de que la computadora empezó a cometer una serie de errores, cada vez más evidentes, desde ese momento en adelante. El mismo Lee Sedol dudó antes de aprovechar la clara ventaja que su oponente le estaba regalando. ¿Acaso era una nueva estrategia?, pensó. ¿Esa rara inteligencia estaba tratando de hacer que él cayera en una trampa? Los únicos que sabían que AlphaGo había perdido la razón por completo y estaba jugando de forma totalmente disparatada era el pequeño grupo de personas encerradas en la sala de control de DeepMind.

Cuando vio lo que estaba sucediendo, Demis Hassabis se escabulló de la sala de juego tan sigilosamente como pudo, corrió escaleras abajo e irrumpió en la sala de control justo a tiempo de ver a los programadores amontonados alrededor de una pantalla que mostraba que la estimación de AlphaGo sobre sus propias posibilidades de ganar acababa de caer por un precipicio. «¿Pasó algo extraño antes de que empezara a comportarse de esta manera?», les preguntó, y cuando le respondieron que antes del movimiento de cuña de Lee todo parecía normal –joder, no solo normal, sino perfecto, AlphaGo lo estaba masacrando–, no le quedó otra opción que cruzarse de brazos y observar el resto del duelo tratando de contener su angustia, mientras su mayor temor se hacía realidad: AlphaGo estaba delirando.

No era la primera vez que el programa exhibía ese tipo de comportamiento. Muy de vez en cuando, enfrentado a ciertas configuraciones de piedras sobre el tablero, AlphaGo se volvía loco, perdía súbitamente el sentido de la realidad, al punto de que pensaba que seguía vivo en lugares donde estaba claramente muerto, como si se hubiese quedado ciego, o fuese incapaz de diferenciar sus piedras de las del contrario, distinguir el negro del blanco o elegir entre la vida y la muerte. El equipo de DeepMind tuvo que presenciar el vergonzoso espectáculo sin poder hacer nada al respecto. Aja Huang trató de ocultar sus emociones y no traicionarse ante las cámaras, porque notaba cuán bajo había caído AlphaGo y podía imaginar lo trastornados que estaban sus sistemas: «Me di cuenta luego del movimiento 78, como diez o veinte piedras después, que AlphaGo había enloquecido de alguna forma, pero no entendía por qué», diría Huang meses después, pero en ese momento lo único que podía hacer era seguir fielmente las instrucciones y ejecutar los movimientos que aparecían en su monitor, tratando de evitar las miradas interrogativas que le lanzaba Lee Sedol, quien parecía estar rogando algún tipo de explicación. En la sala de control de Deep-Mind, el programador principal, David Silver, colega de Aja Huang, notó que el algoritmo había proyectado hacia el futuro más de noventa y cinco movimientos posibles tras la espectacular jugada de Lee Sedol, desarrollando las interminables probabilidades que se ramificaban a partir de cada uno de ellos.

«Creo que algo ha salido mal», le dijo a Hassabis, que caminaba frenéticamente de un lado a otro de la habitación. «Es lo más lejos que AlphaGo ha buscado durante todo el campeonato. Creo que ha buscado tan profundamente que se ha perdido a sí mismo.»

«¡Qué está haciendo ahí!», gritó Hassabis al ver el nuevo movimiento que la computadora estaba considerando.

«Tal vez tenga un plan maestro…», bromeó uno de los ingenieros más jóvenes, tratando de relajar el ambiente.

«No, no lo tiene. Ni siquiera él mismo piensa que lo tiene, ¿no?», respondió Hassabis, furioso y amargado. «Sabe que ha cometido un error, pero está valorando la forma opuesta. O sea, ¡mira! ¡Mira a Lee! Está totalmente confundido. No sabe qué está pasando. Esa no es una cara de *estoy asustado,* es una cara de *¿qué mierda está haciendo?*»

Todos los integrantes del equipo de DeepMind miraban desesperados mientras los comentaristas internacionales empezaban a exigir respuestas. «¡Qué está pasando!», clamó Kim Myungwan, un jugador coreano que había alcanzado el 9.º dan, al ver cómo AlphaGo daba palos de ciego a lo largo del tablero, como si se hubiese emborrachado. «Tal vez no sepa encontrar una forma de salir de ahí, como si hubiese mirado lo suficiente hacia delante para saber que no funciona, que no hay salida, y ahora, no sé, como que está… ¿fuera de control?», le respondió uno de sus compañeros.

«¿Me estás jodiendo?», se lamentó David Silver al ver lo que acababa de aparecer en uno de los monitores internos de AlphaGo. «Este movimiento…, este movimiento, literalmente, esta próxima jugada que vamos a hacer…, creo que se van a reír. Creo que Lee se va a reír de nosotros», dijo, llevándose las manos al rostro.

Aja Huang tomó una piedra negra, y apenas la colocó sobre el tablero todo el mundo fuera de la sala estalló en carcajadas.

«¡Oh, pero eso es ridículo!», gritó la presentadora de uno de los siete canales de televisión que estaban retransmitiendo la partida en directo en Corea del Sur. «¿Es un error de Aja Huang? No, esa es la jugada. Estos no son movimientos humanos. Es inexplicable. Se trata de errores, errores claros. Por primera vez en cuatro partidas vemos a AlphaGo cometiendo errores. Yo creo que Lee Sedol encontró una grieta en su armadura. Halló la debilidad del sistema», añadió mientras miraba al campeón, que no despegaba los ojos del tablero, tan confundido como los demás. Tuvieron que pasar veinte movimientos más de AlphaGo antes de que el sistema recuperase la cordura, pero para entonces ya había perdido el control del juego.

El tiempo de Lee se había agotado; desde ese punto en adelante tuvo que jugar bajo el régimen de *byo-yomi*, una restricción que no le permitía pensar más de un minuto cada movimiento. Por primera vez en todo el campeonato, llevaba la delantera, pero no podía permitirse un solo error, así que continuó jugando sin dejarse arrastrar por el entusiasmo, mientras fuera la horda de periodistas que habían abandonado el hotel cuando la victoria de AlphaGo parecía inevitable regresaron y llenaron la sala de prensa hasta el tope. Lee se enderezó en su asiento para contrarrestar una serie de movimientos desesperados que intentó la computadora, manotazos de ahogado que ningún ser humano con sentido de la dignidad consideraría pero que AlphaGo no tuvo vergüenza de jugar, y que le permitieron a Sedol aumentar su considerable ventaja. No fueron movimientos malos *per se*, solo inútiles y sin sentido. Cuando los sistemas internos de AlphaGo indicaron que sus propias probabilidades de ganar habían caído por debajo del 20 por ciento, un mensaje apareció en el monitor de Aja Huang:

El resultado «W+Renuncia» fue agregado a la información de la partida.

AlphaGo renuncia.

Aja tomó una piedra de su cuenco, la colocó al borde del tablero e hizo una reverencia ante Lee Sedol.

Los comentaristas profesionales gritaron, aplaudieron y se echaron a reír de puro deleite. Las pocas personas que había dentro de la sala de los jugadores estallaron en aplausos, y varios de los mejores amigos de Lee se abalanzaron sobre él para felicitarlo. Fuera, en los pasillos del hotel y en las calles de Seúl, hombres y mujeres que no se conocían de antes y que habían estado viendo la partida a través de los aparadores de un restaurante, o en enormes pantallas en el centro de la ciudad, se abrazaban y besaban, mientras que otros permanecían inmóviles y en silencio, con una expresión de beatífica gratitud en sus rostros, como si Lee Sedol no hubiese logrado esa victoria para sí mismo, sino para todos los miembros de nuestra especie. La sala de prensa se convirtió en una verdadera fiesta, los camarógrafos y los corresponsales extranjeros brincaban, silbaban y gritaban, sin ninguna pretensión de objetividad, pero el hombre que había vencido a la máquina no se movió de su asiento, sino que continuó analizando las piedras en el tablero, pensando en alternativas posibles, caminos y senderos que podría haber recorrido, al igual que lo había hecho en las tres partidas anteriores, sin el asomo de una sonrisa, aunque sin duda podía escuchar los vítores y las celebraciones de cientos de personas que gritaban su nombre en el hotel, y ver que la única jueza del torneo le miraba desde arriba, sonriendo desde su estrado, con lágrimas en los ojos. «Escuché que la gente gritaba de felicidad cuando quedó claro que AlphaGo había perdido la partida», recordó después. «Creo que es muy evidente el porqué: la gente sintió miedo y desamparo. Parecía que nosotros los seres humanos éramos tan frágiles, tan débiles. Y esa victoria significó que aún podíamos defendernos, podíamos dar batalla. Con el paso del tiempo, será más y más difícil vencer a la inteligencia artificial. Pero ganar esa única partida... fue suficiente. Una vez fue suficiente.» Lee no levantó la cabeza del tablero hasta que Demis Hassabis se acercó y le tocó el hombro, muy suavemente, haciendo una pequeña reverencia para demostrarle su respeto y transmitirle sus felicitaciones. Siguió sentado allí, recogiendo las piedras una a una, hasta que Fan Hui descendió del podio de los jueces, se arrodilló a su lado para quedar a la altura de sus ojos, y le hizo un silencioso gesto de aprobación con sus dos pulgares hacia arriba antes de dejarlo solo, con la barbilla apoyada en la palma de la mano, meditando, analizando la partida completa, como si tuviera miedo de alejarse de aquel lugar donde algo único había ocurrido, algo que para él –y para tantas otras personas– había sido un verdadero milagro, un instante hermoso y singular que jamás habría que olvidar.

Cuando Sedol entró en la sala de prensa, los aplausos fueron tan estruendosos que llegó a pensar que las enormes lámparas de araña iban a caer encima de la multitud que bramaba *¡LEE-SE-DOL, LEE-SE-DOL, LEE-SE-DOL!*, a todo pulmón. Subió al estrado tan serio como lo había estado al final del duelo, sin emoción alguna en el rostro, preso de una extraña indiferencia, pero cuando finalmente levantó la vista que había tenido clavada en sus zapatos mientras el público callaba y Hassabis ajustaba el micrófono, su expresión se transformó en un segundo, como si hubiese despertado de un trance. Empezó a sonreír, y su cara se iluminó de felicidad a medida que el público volvía a desatar una ovación de aplausos y vítores que él recibió con extrema humildad, inclinando la cabeza una y otra vez en señal de profundo agradecimiento. Meses después, confesó que al principio le costó comprenderlo; había perdido el campeonato, y ganar una sola partida no cambiaba la derrota. «No esperaba que las cosas fueran así. ¡Fue alucinante, increíble!», recordó, con más calma, porque en el momento mismo apenas fue capaz de contener sus emociones. «Muchas, muchas gracias», dijo, riéndose. «¡Nunca me han felicitado tanto por ganar una sola partida! No podría estar más feliz después de haber perdido tres seguidas.» El estruendo de los aplausos ahogó el sonido de su voz, y solo pudo responder a algunas preguntas de la prensa y murmurar una última frase antes de retirarse a su habitación, completamente agotado tras cinco horas de duelo, y emocionalmente superado por la reacción del público: «No cambiaría esto por nada en el mundo».

Fuera del hotel, los fanáticos de Lee corrían por las calles de Seúl, celebrando la victoria de su ídolo, totalmente asombrados por aquella hazaña tan improbable. Incluso la gente de DeepMind, que aún no se habían recuperado de la vergüenza por la forma en que había jugado AlphaGo, no lograban comprender cómo Lee había podido crear algo de la nada. ¿Cómo era posible que un hombre, sin importar cuán inteligente fuera, derrotase a una máquina capaz de calcular doscientos millones de posiciones en un segundo? Era una hazaña que pasaría a la historia, la mejor demostración del genio creativo de Lee Sedol, y algo que toda la humanidad podía celebrar.

Demis Hassabis, sin embargo, no lograba hacer las paces con lo que había ocurrido. Necesitaba entender qué había fallado, por lo que reunió a los miembros principales de su equipo en la sala de control de DeepMind; al igual que Lee Sedol, revisaron la partida completa, piedra a piedra, y rápidamente confirmaron, como todos ya sospechaban, que el movimiento 78 había hecho que Alpha-

Go perdiese la cabeza. Meses después, Lee revelaría que durante la partida quiso encontrar un movimiento que la computadora no pudiese predecir, por mucho que calculara, aunque su propio proceso de pensamiento no había sido racional en lo absoluto: el movimiento había sido fruto de la más pura inspiración. No lo había planeado ni previsto, y cuando le preguntaron por ello en la conferencia de prensa, lo admitió con total franqueza: «En ese punto de la partida, era la única jugada que yo podía ver. Simplemente no había otro lugar donde colocar una piedra. Era la única opción, así que la puse allí. Me siento honrado, y algo humillado, por todos los elogios que estoy recibiendo por ello». Hassabis y su equipo se apiñaron frente al monitor principal de AlphaGo, escudriñando dentro del sistema para tratar de determinar exactamente qué había sucedido, sabiendo que, debido a la naturaleza misma del programa, era extremadamente difícil dilucidar la lógica que había detrás de sus movimientos, y casi imposible comprender por qué había perdido el dominio del centro del tablero de esa manera, si solo un instante antes de la jugada de Lee tenía todo el juego absolutamente bajo su control.

«Estábamos ganando justo antes de eso», dijo Aja Huang apuntando a la milagrosa piedra 78 de Lee, cuyo valor nadie en el equipo de DeepMind sabía juzgar, porque ninguno poseía una comprensión lo suficientemente profunda del juego. Cuando quedó claro que nadie era capaz de entender, a David Silver se le ocurrió una idea genial: replicar la partida completa usando los sistemas internos de AlphaGo, obligándolo a repetir sus movimientos y los de Lee Sedol, para ver cómo la red de valor y la red de políticas evaluarían el «dedo de Dios».

«¿AlphaGo habría jugado allí?», preguntó Silver mientras encendían el sistema y lo veían ejercer su vasto poder computacional para desentrañar las infinitas hebras de probabilidad con que se teje el futuro. «¿Cuál es la probabilidad exacta que le otorga a esa jugada en particular?»

«Cero punto cero cero cero uno», respondió uno de los investigadores más jóvenes del equipo.

Hubo un minuto de silencio mientras todos aceptaban el significado de lo que había ocurrido: era exactamente la misma probabilidad que AlphaGo le había asignado a su propio golpe de genio en la segunda partida –el movimiento 37–, aquella que había hecho que toda la comunidad mundial del Go reconociera su gigantesco potencial: una entre diez mil. Las redes internas del algoritmo coincidían con el diagnóstico de Gu Li, el profesional chino que había bautizado la jugada de Sedol: había sido realmente divina, un roce de los dedos de Dios, algo que solo uno entre diez mil jugadores humanos habría podido imaginar. Esa era la razón por la cual AlphaGo no había podido lidiar con el movimiento de cuña de Lee: era algo que se alejaba demasiado de la experiencia humana, algo que superaba incluso la capacidad, aparentemente ilimitada, de la inteligencia artificial.

Al enfrentarse, Lee y la máquina habían superado los límites del Go, creando una belleza nueva, un raro fulgor que obedece a una lógica más poderosa que la razón, y que pronto iluminará zonas insospechadas del mundo y de nosotros mismos.

Fin del juego

Lee perdió su última partida contra AlphaGo.

Durante el quinto duelo, no hubo dedo de Dios ni un destello de inspiración luciferina que le permitiese imponerse sobre la monstruosa inteligencia de aquel Leviatán. Más de doscientos millones de personas lo vieron alrededor del mundo, y fue el encuentro con el mayor número de periodistas informando en directo desde el hotel Four Seasons para cadenas internacionales como la BBC y CNN. En el último encuentro, Lee pidió jugar con negras, aunque eso significaba darle a la máquina una pequeña ventaja que nadie pensaba que se podía permitir. Pero él había ganado jugando con las blancas, y quería demostrarse a sí mismo que también podía hacerlo con las negras.

Tuvieron que ampliar la sala de prensa a medida que más y más periodistas llegaban a Seúl para ser testigos del último duelo entre el hombre y la máquina. Nunca antes se había prestado tanta atención a un juego de Go en sus tres mil años de historia. En las cadenas de televisión de Corea del Sur, el nivel de excitación era casi inimaginable. Simplemente no hubo otra noticia que importase ese día.

Al comienzo, todos tuvieron la impresión de que Lee tenía una oportunidad real de ganar, porque la computadora empezó a ejecutar jugadas que nadie comprendía, al punto de que uno de los comentaristas bromeó diciendo que tal vez el algoritmo aún no se había recuperado de su derrota anterior. Hassabis no dejaba de comerse las uñas frente a los monitores de la sala de control de DeepMind; parecía que AlphaGo había vuelto a hacer cortocircuito. «¡Por qué está jugando ahí!», gritó cuando Aja Huang puso una piedra en una posición totalmente irrelevante e inútil, dejándole todo el espacio y la ventaja a Lee. «Porque otra vez está equivocado», respondió uno de sus técnicos, al ver que la función de evaluación interna del algoritmo se asignaba a sí mismo una probabilidad de ganar superior al 91 por ciento. Durante todo el encuentro, el equipo de DeepMind estuvo convencido de que AlphaGo estaba delirando, y que sus juicios sobre su posición en el tablero eran incorrectos; el programa continuó optando por jugadas rarísimas e indolentes, movimientos que no parecían hacer nada para mejorar su propia puntuación, a pesar de que todos eran capaces de ver varias opciones más sólidas. Hassabis, Fan Hui, Aja Huang, David Silver y muchos otros en el equipo de DeepMind estaban seguros de que volverían a sufrir una derrota humillante, pero todos estaban equivocados, porque ninguno de ellos sabía lo suficiente sobre el Go para apreciar la estrategia de la máquina.

«Las blancas están ganando ahora», dijo Kim Ji-yeong, quien comentaba el partido para la audiencia estadounidense, después de que la computadora eligiera otra de esas jugadas sin sentido aparente.

«No lo sé», le respondió su compañero en la retransmisión, completamente perplejo. «Tal vez estamos viendo lo que es jugar a nivel del décimo o del undécimo dan. Es algo que parece extraño, feo, simplemente no tiene ningún sentido para nosotros.»

El algoritmo continuó optando por esas jugadas extravagantes hasta el final de la partida. Poco a poco, algunos comenzaron a notar que, en efecto, había un tipo de pensamiento nuevo, y una lógica muy distinta a la nuestra detrás de sus decisiones. Porque un jugador evaluaría su propia ventaja de acuerdo con la cantidad de territorio que controlaba; según ese razonamiento simple y directo, cuanto más territorio, mayores posibilidades de ganar. Pero AlphaGo podía realizar algo de lo que ningún ser humano era capaz: calcular, con una precisión absoluta e infalible, exactamente cuánto territorio necesitaba para vencer, y conformarse con ello. ¿Para qué gobernar enormes extensiones de territorio cuando no las necesitaba? La partida se alargó por más de cinco horas, y culminó en un escenario final de una complejidad insoportable. Lee y AlphaGo ejecutaron un total de 280 movimientos, cubriendo el tablero casi por completo con sus piedras blancas y negras, antes de que Sedol se rindiera. Era prácticamente imposible saber cuál de los dos había triunfado. Cuando los expertos terminaron de contabilizar el puntaje, se dieron cuenta de que había sido, de lejos, el más parejo de los cinco duelos: AlphaGo había ganado a Lee por solo dos puntos y medio.

Durante la ceremonia de premios, Lee Sedol se veía demacrado. «He crecido gracias a esta experiencia», dijo. «Aprovecharé las lecciones que he aprendido. Lo más importante es que AlphaGo nos demostró que muchas jugadas que los seres humanos consideramos creativas son, en realidad, convencionales. Creo que este será el comienzo de un nuevo paradigma para el Go. Y estoy agradecido por todo esto, siento que he encontrado la razón por la cual juego al Go. Me doy cuenta de que aprender este juego fue una buena decisión. Ha sido una experiencia inolvidable.» La sala de prensa, llena a reventar, se había sumido en un profundo y solemne silencio. Demis Hassabis estaba sentado junto a Lee en el estrado, sin poder disimular su alegría, a pesar de que le preocupaba no regodearse y ser respetuoso con la dignidad del ídolo caído, a quien le temblaban tanto las manos que ni podía ajustarse el auricular que le habían entregado para la traducción simultánea. «No tengo palabras», dijo Hassabis. «Esta es la experiencia que más me ha impresionado de toda mi vida. Fue una partida alucinante, muy estresante y llena de emociones. Al principio parecía que AlphaGo había cometido un gran error con un *tesuji* mata-piedras que jugó de forma equivocada, pero al final se recuperó, y el resultado fue muy, muy ajustado. Hemos visto duelos increíbles por parte de AlphaGo y Lee Sedol durante estos últimos cinco días, y creo que algunas jugadas, como el movimiento 37 en la segunda y el 78 en el cuarto, generarán discusión y debate durante muchísimo tiempo más. Esto es algo que ocurre una vez en la vida. Para mí es la culminación de un sueño de más de veinte años. Diría que es lo más increíble que me ha pasado.» Lee se mordió el labio inferior y volvió a pedir disculpas a sus seguidores y al mundo entero por haber sido tan débil, tan frágil, indefenso y desvalido, ya que estaba seguro de que su falta de fortaleza –y no la superioridad fundamental de la computadora– era lo que había causado su humillante derrota. «No creo que Alpha-Go sea necesariamente superior a mí», dijo. «Creo que aún hay mucho que los seres humanos pueden hacer contra la inteligencia artificial. Siento un gran remordimiento, yo podría haber demostrado algo más. Porque, ya seas un principiante o un profesional, el Go es un juego que se disfruta. El goce es la esencia del Go. Y AlphaGo es muy fuerte, pero no puede conocer esa esencia. Mi derrota no es la derrota de la humanidad. Creo que estas partidas han demostrado claramente mi propia debilidad, no la debilidad del ser humano.»

Cuando Lee Sedol se bajó del escenario tras hacer una profunda reverencia ante todos los presentes, Demis Hassabis y David Silver permanecieron allí para recibir, en nombre de todo su equipo, un certificado honorario emitido por la Asociación de Go de Corea del Sur, que le otorgaba el grado de 9.º dan a AlphaGo, la mayor distinción que un gran maestro puede recibir, un título reservado para aquellos jugadores cuya habilidad raya en lo sobrenatural. El certificado –el primero de su especie para una máquina– llevaba el número de serie 001, y su inscripción aclaraba que había sido acuñado *en reconocimiento de los sinceros esfuerzos de AlphaGo por dominar los fundamentos taoístas del Go, y alcanzar un nivel cercano al territorio de la divinidad.*

Abandonen el instinto y calculen

Durante los meses posteriores a su derrota contra Alpha-Go, Lee Sedol ganó todas las partidas que jugó.

Le preguntaron cuál era su secreto, y él fue tajante: «No deben confiar en su instinto. Deben calcular con la máxima precisión». Su racha de victorias consecutivas y su nuevo estilo de juego hicieron pensar que continuaría con su ilustre carrera durante varios años más, pero en noviembre de 2019 sorprendió al mundo al anunciar, sin previo aviso, su retirada definitiva.

Al principio, nadie comprendió su decisión. Los mejores jugadores de Go suelen competir hasta una edad avanzada (en Japón, los profesionales participan en torneos hasta el final de sus vidas), y Lee acababa de cumplir treinta y seis. Hubo protestas e intentos de parte de sus fans para tratar de que cambiara de opinión, pero él explicó que le había dedicado su vida completa al Go y no había pensado en otra cosa desde los cinco años; había llegado el momento de hacer algo nuevo. Tan valiente como nunca, decidió que su última partida no sería contra su viejo amigo y eterno rival, Gu Li, ni contra la estrella emergente del circuito internacional, el niño prodigio de China, Ke Jie, un joven engreído que estaba dominando a todos sus rivales, sino contra HanDol, un programa de inteligencia artificial creado por la corporación de entretenimiento NHN, una compañía surcoreana de tecnologías de la información.

Ese mismo año, HanDol había derrotado a los cinco mejores jugadores de Corea del Sur, por lo que Lee empezó su primera partida con dos piedras de ventaja, otorgadas por los organizadores del evento para tratar de que la contienda estuviese más igualada. «Incluso con esa ventaja, siento que perderé el primer duelo contra HanDol», confesó Lee a la prensa, algo que hizo que muchos pensaran que había olvidado su espíritu de lucha. Pero en lo que fue, sin lugar a dudas, una de las coincidencias más extrañas en toda la historia del Go, logró ganar ese encuentro después de que su movimiento 78 sumiera a la inteligencia artificial en un estado de confusión absoluto, exactamente igual a lo que ocurrió durante su enfrentamiento contra AlphaGo. Aunque Lee dijo que su jugada había sido algo normal, muchos expertos la consideraron impensable, y el jefe del equipo detrás de HanDol declaró que estaban completamente asombrados por la capacidad que tenía Lee de encontrar errores y debilidades en una arquitectura programática que hasta ese momento parecía del todo perfecta, pues nunca había manifestado una sola falla; tuvieron que presenciar cómo HanDol comenzó a escoger jugadas absurdas e irracionales, y renunció a la partida solo catorce movimientos después. Lee Sedol volvió a ser noticia de portada: era el único ser humano que había derrotado a dos sistemas avanzados de inteligencia artificial durante un campeonato. Ningún otro jugador del mundo se había acercado siquiera a ello. Sin embargo, en la segunda partida, que Lee jugó sin ningún tipo de ventaja–, HanDol lo aplastó.

El torneo no tuvo lugar en Seúl, sino en El Dorado, un resort de cinco estrellas en el condado de Sinan-gun, a solo treinta kilómetros de Bigeumdo, la isla donde Lee había nacido. El lujoso hotel era la antípoda perfecta del hogar en el que Lee había aprendido Go jugando contra sus hermanas y hermanos, muchos de los cuales se convirtieron en profesionales como él, después de seguir un estricto régimen de entrenamiento a cargo de su padre. Su familia entera viajó hasta el hotel para la partida de despedida, y muchos de sus antiguos profesores y compañeros de escuela tomaron un transbordador para llegar hasta allí; se agolparon tras la puerta de entrada del resort con pancartas hechas a mano, ansiosos por tener la oportunidad de ver a la piedra fuerte, al chico de Bigeumdo, con sus propios ojos; apenas podían creer que el niño pequeño y tímido al que habían visto escalar árboles, o salir de pesca junto a sus amigos, se hubiera convertido en un héroe nacional que había ganado millones de dólares en premios y que poseía el estatus de una leyenda entre los aficionados al Go. Corearon su nombre y cantaron a todo pulmón durante los primeros veinte minutos de la partida, y solo se calmaron un poco cuando un funcionario del hotel les dijo que semejante barullo podía romper la concentración de Lee. Todos querían que, durante su canto del cisne, Sedol exhibiera una vez más el tipo de juego que lo había hecho famoso, pero después de cinco horas de tortura y 181 piedras, se rindió.

«Antes solía tener un sentido del orgullo», dijo al ser entrevistado en un programa de televisión muy popular, un par de semanas después de perder su tercera partida contra HanDol. El anfitrión le hizo preguntas sobre toda su carrera, y finalmente se animó a cuestionar las razones de su retirada: «Yo pensaba que era el mejor, o al menos uno de los mejores. Pero luego la inteligencia artificial me dio el tiro de gracia. Es simplemente imbatible. En esa situación, no importa cuánto lo intentes. No le veo sentido.

Empecé a jugar cuando era un niño. En ese tiempo, la cortesía y los modales eran muy importantes. Era más parecido a aprender una forma de arte que un juego. A medida que fui creciendo, el Go empezó a ser visto como una proeza mental, pero lo que yo aprendí era un arte. El Go es una obra de arte hecha entre dos personas. Pero ahora es totalmente distinto. Con la llegada de la inteligencia artificial, el concepto mismo del Go ha cambiado. Es una fuerza devastadora. AlphaGo no me venció, me destruyó. Después de eso seguí jugando, pero ya había decidido retirarme. Con el advenimiento de la inteligencia artificial me di cuenta de que no podía estar en la cima, incluso si hiciera una reaparición espectacular y volviera a ser el mejor jugador del mundo gracias a un esfuerzo sobrehumano. Incluso si me convirtiera en el mejor jugador de toda la historia, existe una entidad a la que no es posible derrotar».

EPÍLOGO

El Dios del Go

Poco después de que Lee anunciara su retirada, un extraño jugador apareció en el circuito internacional de torneos de Go en línea.

Bajo el apodo «el maestro», empezó a acumular una victoria tras otra. Aparentemente imbatible, ganó cincuenta partidas de forma consecutiva contra los mejores jugadores del mundo. Cuando por fin perdió una, la gente de DeepMind confesó que ellos habían creado al maestro: se trataba de una versión aún más poderosa de la inteligencia artificial que había derrotado a Lee Sedol y había perdido esa única partida debido a una falla en su conexión a internet.

Una vez más, los investigadores de DeepMind decidieron enfrentar su programa contra el jugador más fuerte posible para medir cuánto había evolucionado: decidieron retar a Ke Jie, el profesional mejor clasificado del mundo en ese momento, durante la Cumbre del Futuro del Go, en Wuzhen, China, el país donde el juego había nacido hace más de tres milenios. Ke Jie tenía solo diecinueve años, pero era aún más fanfarrón que Lee Sedol. Había alcanzado la cima del circuito internacional de forma espectacular, y criticó a Lee duramente por las partidas que el coreano había perdido contra AlphaGo, diciendo que Sedol no estaba en su mejor momento cuando se enfrentó a la computadora. Ke Jie estaba absolutamente convencido de que lo haría mucho mejor, y se jactó sin cesar antes del campeonato, aclarando que él daría una muestra de la incuestionable superioridad del Go chino, restableciendo la hegemonía del ser humano sobre sus creaciones.

El maestro aniquiló a Ke Jie.

Ke lloró como un niño durante la conferencia de prensa tras perder las tres partidas. Se tuvo que sacar las gafas de montura gruesa para poder secar las lágrimas de sus ojos y transmitir la sensación de incontrolable impotencia que se había apoderado de él durante el campeonato; apenas comenzó a jugar contra el maestro, sintió algo que para él era nuevo y profundamente perturbador. Cuando le pidieron que explicara qué hacía que el maestro fuera diferente de AlphaGo, no pudo sino usar el tipo de lenguaje que acostumbramos a reservar para los seres dotados de conciencia: «Para mí, el maestro es un dios del Go. Un dios que puede masacrar y destruir a quien lo desafíe. Yo nunca he dudado de mí. Siempre he sentido que tengo todo bajo control. Pensé que tenía una buena comprensión de la composición, y un conocimiento íntimo del tablero. Pero el maestro mira todo esto, y es como si dijera: "¡Qué es toda esta basura!". Él puede percibir el universo completo del Go, yo solo veo un pequeño espacio a mi alrededor. Así que, por favor, dejen que esa cosa explore el universo, y yo seguiré jugando en mi patio trasero. Pescaré en mi pequeña laguna. ¿Cuánto más podría mejorar ese programa a través del autoaprendizaje? Es difícil imaginar cuáles son sus límites. Creo que el futuro pertenece a la inteligencia artificial».

Tras derrotar a Lee Sedol y a Ke Jie, Demis Hassabis y el equipo de DeepMind ya no podían escalar más alto, al menos no jugando contra oponentes humanos. Hassabis había alcanzado un hito fundamental en su cruzada por dar vida a la inteligencia artificial general, pero la pregunta que se había hecho Ke Jie (*¿Cuánto más podría evolucionar el sistema a través del autoaprendizaje?*) le roía la conciencia, incluso mientras celebraba la hazaña de haber logrado una dominación total sobre el juego que muchos habían considerado como el último bastión de los seres humanos contra las máquinas. ¿Hasta dónde podría llegar el algoritmo realmente?

Hassabis y sus colegas tomaron una decisión radical: despojaron al maestro –heredero de AlphaGo– de todo su conocimiento humano, esos millones de partidas con que el algoritmo se había entrenado a sí mismo durante su «infancia», la base de datos que se hallaba en el corazón de su sentido común y que dotaba al programa con esa habilidad única de juzgar el valor de una posición, estimar sus probabilidades de ganar y ver el tablero completo como lo haría un ser humano. Eliminaron todo eso y dejaron solo los huesos. El objetivo era crear una inteligencia más poderosa y mucho más general, cuya capacidad de aprendizaje no estuviese limitada al Go y que no necesitara usar nuestro saber, entendimiento y experiencias como muletas mientras ensayaba sus primeros pasos. Tomaron su algoritmo y lo convirtieron en una tabla rasa, sin dejar ningún dato humano del que pudiera aprender, privándolo de la única conexión directa con nuestra especie.

El resultado fue aterrador.

El nuevo programa ganó cien partidas consecutivas frente a la versión de AlphaGo que había quebrado el espíritu de Sedol, empujándolo a la retirada. Pero eso fue solo el comienzo. Cuando aplicaron el mismo algoritmo al ajedrez, resultó ser igual de poderoso: tras solo dos horas, había jugado más partidas contra sí mismo que las que se han registrado a lo largo de toda la historia; tras cuatro horas, ya era mejor que cualquier oponente humano; después de ocho, podía vencer a Stockfish, el programa de inteligencia artificial considerado el campeón mundial de ajedrez. «Juega como un ser humano en llamas», dijo Matthew Sadler, el gran maestro inglés que fue el primero en tener acceso al algoritmo. Según Sadler, tenía un estilo de juego extremadamente agresivo, que le recordaba la forma en que solía jugar Garry Kasparov, una opinión que fue ratificada posteriormente por el mismísimo genio ruso. Después de conquistar el ajedrez, el sistema aprendió a jugar shogi, un juego japonés muy parecido al ajedrez, pero con una complejidad muchísimo mayor, ya que sus peones, alfiles y torres no son fijos, sino que pueden ser capturados y pasar a formar parte del ejército contrario, lo que genera múltiples variaciones que nunca podrían ocurrir en el ajedrez; el nuevo algoritmo dominó el shogi en menos de doce horas, y derrotó al programa más fuerte del mundo –Elmo– en el 90 por ciento de las partidas que jugaron.

Para todos estos juegos, esa nueva inteligencia artificial no consideró ninguna experiencia humana: simplemente le dieron las reglas y la dejaron jugar contra sí misma. Al principio ejecutaba movimientos al azar, completamente irracionales, pero en un abrir y cerrar de ojos evolucionó hasta ser imbatible.

Se ha transformado en la entidad más poderosa que el mundo haya conocido en Go, ajedrez y shogi.

Su nombre es AlphaZero.

AGRADECIMIENTOS

Este libro es una obra de ficción basada en hechos reales. Quiero agradecer a Constanza Martínez, Tal Pinto, María Elena Álvarez, Sebastián Jatz y Tomás Cohen por su inestimable apoyo. También tengo una deuda de gratitud con los autores que inspiraron este trabajo y sirvieron como fuentes para estas historias: en primer lugar, George Dyson, porque su maravilloso libro *La catedral de Turing* me introdujo en la vida e ideas de von Neumann; pero también Fan Hui, Gu Li y Zhou Ruiyang, por su análisis experto de las partidas entre Lee Sedol y AlphaGo. Otras fuentes importantes fueron las memorias de Marina von Neumann, *The Martian's Daughter*; la biografía de Norman Macrae, *John von Neumann: The Scientific Genius Who Pioneered the Modern Computer, Game Theory, Nuclear Deterrence, and Much More*, y el maravilloso documental *AlphaGo*, dirigido por Greg Kohs.

ÍNDICE

Impreso en Talleres Gráficos
LIBERDÚPLEX, S. L. U.,
ctra. BV 2249, km 7,4 - Polígono Torrentfondo
08791 Sant Llorenç d'Hortons